Fantasy Library XXIII

인도 만다라 대륙

イソド曼陀羅大陸

INDO MANDARA TAIRIKU

by Sai Takeo

Copyright ⓒ 1991 by Sai Takeo

All rights reserved

Korean Translation Copyright ⓒ 2001
by Dulnyouk Publishing Co.

Original Japanese edition published by Shinkigensha
Korean Translation rights arranged with Shinkigensha
through Best Agency

―――― 인도 만다라 대륙 ⓒ 들녘 2001――――

지은이 · 사이 다케오/옮긴이 · 이만옥/펴낸이 · 이정원/펴낸곳 · 도서출판 들녘/
초판 1쇄 발행일 · 2001년 9월 20일/등록일자 · 1987년 12월 12일/등록번호 · 10-
156/주소 · 서울 마포구 합정동 366-2 삼주빌딩 3층/ 전화 · (영업) 02-323-7849, (편
집) 02-323-7366/ 팩시밀리 · 02-338-9640/값은 뒤표지에 있습니다. 잘못된 책은 구입
하신 곳에서 바꿔드립니다.

ISBN 89-7527-194-3 (04830)

인도 만다라 대륙

신들 · 마족 · 반신 · 정령

사이 다케오 지음

이만옥 옮김

들녘

들어가는 말

지상의 '만다라 세계' 인도 대륙

인도는 불가사의한 매력으로 가득 찬 나라다. 여행자가 이 나라에 한 걸음 발을 들여놓으면, 그곳에는 강렬한 인상을 주는 세계가 넓게 펼쳐져 있다. 맨 먼저 눈에 들어오는 것은 크고 화려한 사원과 그 주변에 모여 있는 수많은 빈민들이다. 화려한 사리를 몸에 두른 풍만한 여성과 전라에 가까운 기이한 모습의 수행자, 나무 밑에 있는 자그마한 사당, 찬란하게 빛나는 태양……. 여행자를 자극하는 것은 단지 눈에 보이는 것만이 아니다. 진한 흙냄새와 풀에서 뿜어내는 훈기, 사람들의 땀냄새, 백단향(白檀香), 이런 것들에 향신료가 더해져 빚어내는 독특한 냄새는 여행자의 코끝을 지나 인간 뇌세포에 직접 자극을 준다.

인도의 매력을 간단하게 이야기하는 것은 불가능하다. 하지만 감히 말하면, 거친 대자연 위로 강렬하게 내리쬐는 햇살을 받으며 오늘도 인도인들은 씩씩하게 살아가고 있다는 점이다. 이러한 그들의 삶은 에어컨이 완비된 주택에서 온갖 문명의 혜택을 받으며 살아가는 우리들의 생활 양식과는 커다란 차이가 있다. 햇빛에 말린 벽돌을 쌓아서 만든 집에 살며, 해가 떠서 질 때까지 물소를 쫓는 농민들의 모습을 보면 수세기 전과 조금도 다를 바가 없다는 생각을 하게 된다.

게다가 더욱 놀라운 것은 그들이 살아가는 자세다. 그들의 조상이 태곳적부터 공경하고 두려워했던 신들은 오늘날에도 그 후손들의 삶 속에서 면면히 그 맥을 이어가고 있다. 나무 밑에 사는 정령을 두려워하고, 매일 거르지 않고 목욕을 하면서 신들과 대화를 하는 모습은 보는 이에게 강렬한 인상을 심어 준다. 또한 신화 속에 등장하는 영웅과 미녀, 신들을 둘러싸고 전개되는 이야기는 마치 어제 일어난 듯한 착각마저 불러일으킨다.

산과 강, 길가의 작은 돌멩이와 잡초, 그리고 밝게 빛나는 태양과 살랑거리는 바람에 이르기까지 모든 사물에서 신과 정령의 숨결을 느낄 수 있는 곳이 바로 인도다. 인도라는 넓은 대륙은 싸움과 화해를 되풀이하면서 서로 조화를 이루며 살아가는 신들의 각축장인 '만다라 세계' 그 자체인 것이다.

브라만교의 발전

현재 인도의 인구는 10억여 명으로 추정되는데, 그 중 약 85퍼센트의 사람들은 힌두교를 믿는다. '힌두'는 페르시아인들이 인더스 강을 지칭했던 '신두'라는 말을 어원으로 하고 있다. 이 힌두는 나중에 그리스로 들어가 '인도'라는 말이 되었다. 따라서 힌두교는 '인도교', 즉 인도 민족들의 종교라고 할 수 있다.

힌두교의 뿌리는 기원전 수천 년 전으로 거슬러올라가는데, 그 시작은 아리아인들의 인도 대륙 침입과 깊은 관계가 있다. 중앙아시아의 코카서스 북쪽 지역에 살았던 아리아인들은 여러 지역으로 이동하면서 일부는 서쪽으로 흘러들어가 유럽 여러 민족의 선조가 되었다. 그리고 동쪽으로 이동한 사람들은 서(西)투르키스탄 초원 지대를 거쳐 일부는 남서쪽으로 들어가 이란인의 선조가 되었고, 또 다른 일부는 남동쪽으로 진출해서 힌두쿠시 산맥을 넘어 현재 인도 펀자브 지방으로 침입했다. 이러한 대이동은 모두 기원전 13세기경에 일어난 일들이었다.

인도 지방으로 넘어들어온 이들은 '인도-아리아인'으로 불리는데, 현재 다양한 종족으로 구성되어 있는 인도 민족의 선조 중 하나가 되었다. 아리아인의 인도 침입은 아무도 살지 않는 지역에 무혈 입성했다기보다는 선주민족과의 전쟁을 되풀이하면서 자신들의 영역을 넓혀갔다고 하는 쪽이 보다 정확한 표현이 될 것이다. 기원전 3천 년경에 일어나 기원전 1500년경에 종말을 고한 인더스 문명을 멸망시킨 것도 이들이었던 것으로 추정된다. 애당초 이들이 믿었던 종교는 그리스인이나 로마인, 게르만 민족, 이란인 등과 같은 기원을 가지고 있었다. 이들이 인도 대륙에 가지고 들어온 종교는 인도의 풍토와 선주민들의 관습과 대립 · 경쟁하면서 새로운 형태를 갖추게 되었는데, 바로 인도

만의 독자적인 종교인 브라만교였다. 기원전 1200년경에 『리그베다』라는 경전이 성립되고, 그 밖에도 몇 개의 경전이 만들어지면서 브라만교는 본격적인 종교로서의 틀을 갖추게 되었다.

브라만교의 쇠퇴와 힌두교의 성립

아리아인은 체격이 우람할 뿐 아니라 전차나 금속제 무기를 사용했기 때문에 침략 과정에서 벌어진 수많은 전투를 승리로 이끌며, 광활한 인도 대륙 전체를 자신들의 지배하에 두기까지는 그다지 많은 시간이 걸리지 않았다. 인도 전역을 장악하고 농촌 지역에까지 침투해 들어간 그들은 자신들이 경험해 보지 못했던 농경을 비롯한 선주민의 생활 양식을 고스란히 배우고 익혔다. 그 뒤 많은 선주민들을 흡수하여 농업 생산을 확대시켰으며, 교역을 통한 상공업이 활발해지면서 화폐 경제로까지 발전하게 되었다.

그러나 기원전 5백 년경까지 압도적인 세력을 자랑하던 브라만교는 자이나교와 불교라는 반 브라만교적 신흥 종교의 성립과 부흥 속에서 점차 쇠퇴하기 시작했다. 아리아인의 토착화라는 생활 양식의 변화도 브라만교의 교리가 시대 변화에 뒤떨어지게 만든 커다란 요인으로 작용했다. 물론 브라만교가 그대로 소멸하고 만 것은 아니었다. 인도 선주민들의 민간 신앙과 관습을 대

폭적으로 받아들여 힌두교라는 새로운 종교로 거듭났던 것이다.

힌두교는 당시의 신흥 종교와 민간 신앙을 자신들의 체계 속에 받아들이면서 한 단계 더 도약했다. 이러한 새로운 분위기가 이어지면서 마침내 『마하바라타』와 『라마야나』라는, 역사에 빛나는 민족적 대서사시(이는 동시에 경전이기도 하다)를 성립시키면서 힌두교는 인도 대지에 확고하게 뿌리를 내리게 되었다.

힌두교의 발전

힌두교는 기독교나 이슬람교 같은 유일신교에서 볼 수 있는 배타적인 경향은 전혀 없다. 오히려 모든 것을 흡수·포괄하는 '능력'을 발휘하며 발전해 왔다. 자이나교나 불교의 성인도 자신들의 체계 속에 편입시켰으며, 나중에는 그리스도마저도 힌두교의 성인의 하나로 받아들일 만큼 넉넉한 포용성을 가졌던 것이다.

힌두교는 1세기경에 시작된 인도 상인들의 해외 진출과 함께 몇 개의 종파가 형성되면서 아시아 각지로 퍼져나갔다. 현재 스리랑카 인구의 약 18퍼센트는 힌두교 신자이며, 인도네시아에 진출한 힌두교는 사상과 문학 분야에 커다란 영향을 끼쳤고, 관광지로 유명한 발리 섬에는 지금도 신자들이 존재한다.

그리고 네팔에서는 힌두교가 국교로 신봉되고 있으며, 캄보디아와 태국에도 큰 영향을 주었다.

현재 인도는 헌법상 신앙의 자유를 보장하고 있다. 따라서 힌두교를 국가 종교라고 할 수는 없지만, 거의 대부분의 사원은 국가의 관리하에 있다.

힌두교의 신들

이 책의 목적은 힌두교 경전에 등장하는 신들과 마족(魔族), 정령들의 캐릭터(신격)를 소개하는 것이다. 힌두교는 원래 다신교이기 때문에 그 신의 수는 헤아릴 수 없을 만큼 많다. 우주를 파멸시킬 정도로 강력한 힘을 가진 신들이 있는가 하면, 그러한 신들의 탈것으로 등장하는 동물들, 신격화된 산천초목 등 수많은 것들이 신앙의 대상이기 때문이다. 연구자들의 주장에 따르면, 신들의 수는 수백에서 수천을 헤아린다고 한다.

더욱이 브라만교 때부터 발전해 온 종교이므로 시대마다 신들 간의 세력 판도도 많은 변화가 있었다. 예를 들면, 브라만교 시대에 최고신으로 군림했던 인드라 신은 힌두교 시대에는 점차 권력을 잃어버리고 말았다. 하지만 그 반대로 브라만교 시대에 큰 역할을 맡지 못했던 비슈누 신과 시바 신은 힌두교 시대가 되면서 나는 새도 떨어뜨릴 만큼 강력한 힘을 가지게 되었다.

그리고 민간 신앙을 받아들였다는 사실을 증명이라도 하듯 토속적인 냄새가 나는 신들도 적지 않으며, 신들의 세계에서도 영전과 좌천이 속출한다. 게다가 각 종파의 활동이 활발해지면서 자기 종파에 유리한 신화도 만들어내기 시작했다.

이러한 복잡한 과정을 거쳤기 때문에 신들의 계보를 일목요연하게 정리하기는 매우 어렵다. 이런 사정은 '마족', 즉 신들과 적대 관계에 있는 신격의 경우에도 그대로 적용된다. 마족을 단순히 '선과 대립하는 악'의 존재라고 할 수 없다는 점 또한 인도 신화의 특징이라고 할 수 있다. 정확하게 말하면, 이들은 아리아인들이 들어오기 이전부터 인도에 존재해 왔던 토착적인 '이교(異教)의 신'이다. 따라서 마족을 표현하는 검은 피부와 낮은 코 같은 신체적 특징들은 드라비다족을 비롯한 여러 인도 원주민들에게서 왔다는 사실을 확실하게 알 수 있다.

신들의 계보를 더욱 혼란스럽게 만드는 것은 자연 현상의 신격화라는 문제다. 예를 들면 시바 신은 폭풍우의 신으로 처음 사람들 앞에 등장했다. 폭풍우는 사람들에게 물을 가져다주는 은혜를 베풀기도 하지만 그 도를 조금만 넘어서면 무서운 존재로 돌변한다. 그래서 가끔씩은 대지를 '황폐하게 만드는 신'으로, 선악이 공존하는 존재이다. 더구나 그의 최종 목표는 우주를 파멸시키는 것이다. 이런 신은 서구의 신들에게서는 찾아보기 어려운 캐릭터를 가지고 있는, 다분히 이질적인 성격의 신이라고 하지 않을 수 없다.

따라서 인도 신화에서는 예수나 부처처럼 오로지 '선(善)'만을 신격화한 캐릭터는 존재하지 않는다고 할 수 있다. 신들은 각자 마음 속에 선과 악을 함께 지니고 있는 것이다. 이들의 행동을 보면 그런 양면성이 명확하게 드러난다. 남을 속이거나 적을 위협하기도 하며, 약속도 예사로 깨뜨리는 등 마치 인간처럼 행동하는 경우가 많다. 신이지만 인간과 마찬가지로 욕망과 번뇌를 가지고 있는 모습은 우리를 미소짓게 만들며, 친근감마저 느끼게 한다.

인도의 신들과 마족, 정령은 인도인의 사상이 그러한 것처럼 커다란 스케일과 역동적인 이미지로 모습을 드러낸다. 그러한 요소들은 인간적인 냄새를 풍기면서도 어딘지 모르게 불가사의하고 매력적인 캐릭터로 우리들에게 다가오는 것이다.

사이 다케오

차례

제2장 세계 수호신

제3장 인도의 여신들

제1장
힌두교의 3대 신

최고신의 '삼신일체' 설

『리그베다(Rigveda)』시대(기원전 11세기경)의 인도 신화는 남신이 어떤 여신을 아내로 맞아들이고, 어떤 자식들을 낳는가와 같은 '신들의 계보'에는 그다지 관심을 가지고 있지 않았다. 그러나 후대에 경전 역할을 하는 대서사시 『마하바라타』와 『라마야나』의 성립을 계기로 본격적인 힌두교 시대에 접어들면서 신들의 계보에 대한 인간들의 관심은 더욱 커지고 중요시되었다.

인도 신화는 많은 이야기가 독자적으로, 또한 수평적으로 존재하기 때문에 각 전승의 내용이 서로 다르고, 신의 계보를 파악할 수 있을 만큼 논리 정연하지 못하다는 것이 특징이다. 인도인 자신들도 그런 모순 정도는 충분히 수용할 만한 관용성을 갖고 있기 때문에 계보에 다소 문제가 있다 하더라도 크게 개의치 않는다.

일반적으로 힌두교에서는 브라마 신과 비슈누 신, 시바 신을 주신으로 꼽는데, 이 셋을 통칭해서 '트리무르티(Trimurti=삼신일체)'라고 부른다. 이 세 신은 각기 다른 역할을 맡고 있다. 즉, 우주의 최고 원리를 상징하는 브라마 신이 우주 창조를 주재하고, 비슈누 신이 우주를 유지하기 위해 힘을 발휘한다면, 시바 신은 새로운 창조를 위해 우주를 파멸로 몰고 간다. 하지만 브라마 신은 비인격적인데다 상당히 추상적인 캐릭터를 가지고 있기 때문에 민중들의 신앙을 얻지 못하고 중세 이후부터는 급격하게 세

력을 잃어버리고 말았다. 따라서 그후부터 오늘에 이르기까지 힌두교는 시바 신과 비슈누 신을 중심으로 발전해 왔다고 할 수 있다.

힌두교의 양대 세력, 비슈누 신과 시바 신

비슈누는 원래 태양신의 신격을 가진 신이다. 이 신은 자애로움이 흘러넘치는 신이어서 사람들의 존경을 받았으며, 인류를 구하기 위해 수차례에 걸쳐 천계에서 인간 세계로 내려와 악마를 퇴치하기도 하고 사람들을 도와주기 위한 갖가지 활약을 펼치기도 한다. 비슈누 신은 인간 세계에 머물 때면 '화신(化身=아바타라Avatara : 세상의 특정한 죄악을 물리치기 위해 신이 인간이나 동물의 형상으로 나타나는 것—옮긴이)'의 모습으로 나타난다.

시바 신은 폭풍우를 신격화한 공포의 신 루드라가 그 기원이다. 그는 히말라야 산맥의 카일라스 산에 사는 고행승으로, 사람들에게 은혜를 베풀면서도 파괴를 상징하는 이중성을 가진 존재다. 후세가 되면서 그의 파괴적인 성격은 점차 그의 아내들(두르가, 칼리)에게로 전이된다. 그의 아내들은 여러 장면에서 변신한 모습으로 출현해 악마처럼 무서운 성격을 드러내며 적대자들을 물리친다.

힌두교에는 많은 종파가 존재하는데, 비슈누 신을 주신으로 모시는 비슈누파의 교

리에서 시바 신은 비슈누 신의 한 측면으로 이해되며, 시바파에서는 그 역으로 둘의 관계가 설정되어 있다. 따라서 앞서 언급한 삼신일체설은 이들 두 종파가 모두 받아들일 수 있는 하나의 절충안인 셈이다. 물론 종파를 하나의 조직화된 종단이라고 할 수는 없지만, 힌두교라는 대단히 포용적인 종교 속에 분명하게 존재하고 있는 다소 다른 경향의 믿음의 형태라고 하겠다.

비슈누 신
Vishnu

- 별　명 : 나라야나(Narayana=우주의 물에 사는 자), 악유타(Acyuta=죽지 않는 자), 차투르브자(Caturbhja=네 가지 무기를 가진 자) 등
- 신　격 : 3대 신의 하나. 세계를 유지하는 신
- 소유물 : 원반(차크라), 곤봉(가다), 법라(산카=소라), 연꽃(파드마)
- 불교명 : 비뉴천(毘紐天)

비슈누 신의 가계도

비슈누―락슈미(배우자)
└──── (탈것) ──────가루다

용의 침대에서 명상하는 우주 창조의 신

비슈누 신은 아리아인들이 인도 대륙에 침입했을 때 머리 위로 강렬하게 내리쬐는 햇빛의 이미지화를 통해 탄생한 수많은 브라만교[1]의 태양신 중 하나다. 그리고 힌두교에서는 브라마 신, 시바 신과 함께 최고신이기도 하다.

---

1) 브라만교 : 바라문교(婆羅門敎)라고도 한다. 베다교에서 발전한 고대 인도의 종교. 브라만교라는 이름은 사제계급인 브라만의 지배적 위치와 최고신 브라마에 대한 중요성의 부여에서 비롯되었다. 브라만교는 정통 힌두교와는 구별되는데, 힌두교는 시바, 비슈누 같은 개별적인 신과 그에 대한 박티(bhakti=신애)에 더욱 중요성을 부여하면서 브라만교를 계승했다.

5세기에 세워진 석주(石柱)에는 비슈누 신에게 바치는 다음과 같은 기도문이 적혀 있다.

네 개의 팔이 있으시며, 모든 바닷물을 침대로 삼으시고, 세계의 존속과 생기와 멸망의 원인으로 금시조(가루다=비슈누 신의 탈것)를 표지(標識)로 삼으신 신께 영광 있으라. 비슈누 신 만세!

비슈누 신을 최고신으로 모시는 종파(비슈누파)에 따르면, 우주의 모든 것이 혼돈에 빠져 있을 때 그는 아난타[2]라는 천 개의 머리를 가진 용 위에서 잠

---

2) 아난타 용 : 아난타(Ananta)는 '영원' '무한'이라는 의미를 가지고 있다. 브라마 신의 명령으로 대지를 떠받치고 있는 비슈누의 침대인데, 회화에서는 일곱 개 내지 아홉 개의 머리를 가진 코브라로 묘사된다.

들어 있었다고 한다. 그런데 그의 배꼽에서 한 송이 연꽃이 피어올라 그곳에서 브라마 신이 태어났으며, 그의 이마에서는 시바 신이 탄생했다는 것이다. 즉, 비슈누 신 자신을 제외한 힌두교의 나머지 두 최고신을 낳은 존재가 바로 비슈누 신이다.

비슈누 신의 이마에는 V자 모양의 마크가 있으며, 연꽃처럼 우아한 눈과 네 개의 팔을 가진 모습으로 묘사된다. 그가 손에 들고 있는 것 중에서 가장 중요한 물건은 예리한 칼날이 붙어 있는 원반이다. 이 원반은 부메랑처럼 공중에 던지면 적을 벤 후에 되돌아오는 것으로, 실제로 고대 인도에서 사용되었던 무기다.

곤봉 역시 실용적인 무기로, 그가 가진 권력을 상징한다. 법라(法螺=소라)는 정식 이름이 판차잔야(Pancajanya)이며, 원래 해저에 살던 악마였다. 그러나 크리슈나(비슈누의 화신)와의 싸움에서 패배하는 바람에 그 뼈가 소라가 되고 말았다. 비슈누 신이 이 법라를 불면 악마들은 겁에 질리고, 신들은 용기가 솟아오른다고 한다.

비슈누 신의 법라는 보통 소라와는 달리 왼쪽으로 구부러져 있다. 비록 극소수지만 이런 형태의 소라가 실제로 있다고 한다. 귀중하다는 것은 뭔가 영력이 깃들여 있거나 다른 것보다 힘이 강하다는 것을 의미한다. 그리고 연꽃은 재생과 창조의 상징으로 힌두교와 불교 신자 모두에게 신성한 식물로 받아들여지고 있다.

비슈누 신이 사는 곳은 세계의 중심인 메루 산(Meru=수미산 須彌山) 속에 있는 바이쿤타(Vaikuntha)라는 천국이다. 이곳은 모두 황금과 보석으로 꾸며져 있으며, 연못에는 청색과 적색, 백색 연꽃이 피어 있다. 비슈누 신과 그의 아내인 락슈미는 흰 연꽃 가운데에 앉아 빛을 뿜어낸다고 한다.

세계를 구한 비슈누 신의 화신

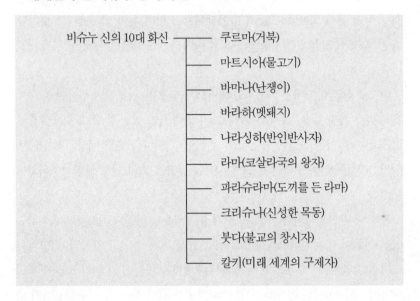

비슈누 신의 10대 화신 ——— 쿠르마(거북)

—— 마트시아(물고기)

—— 바마나(난쟁이)

—— 바라하(멧돼지)

—— 나라싱하(반인반사자)

—— 라마(코살라국의 왕자)

—— 파라슈라마(도끼를 든 라마)

—— 크리슈나(신성한 목동)

—— 붓다(불교의 창시자)

—— 칼키(미래 세계의 구제자)

비슈누라는 이름은 '이 세상에 널리 퍼지다' '널리 두루 꽉 차다'라는 의미를 가지고 있다. 그는 온화하고 자애로운 신성(神性)을 가지고 있으며, 결코 싸움에서 지지 않는 불멸의 존재다.

그의 가장 큰 특징은 세계를 구제하기 위해 몇 번이나 변신해서 지상에 출현했다는 것이다. 이것을 힌두교에서는 "세계의 정의와 도덕(다르마Dharma)이 쇠퇴하고 불의와 부도덕(아다르마)이 횡행하자 비슈누 신이 화신하여 지상에 나타나 그것을 바로잡았다"고 이야기한다. 그리고 그 화신들은 각기 독립적인 신격을 가지고 신화의 세계에서 종횡무진 대활약을 펼친다. 말하자면, 화신으로 변신한 모습이야말로 비슈누 신의 본성이라고 할 수 있는 것이다. 화신의 수에 관해서는 여러 설이 있지만, 여기에서는 가장 유명한 10화신에 대해서 살펴보자.

쿠르마 Kurma

신들에게 불사를 가져다주는 거북이 화신

쿠르마는 '유해(乳海)의 동요(動搖)'라는 힌두교의 유명한 신화 속에 등장하는 화신이다. 어느 때 지상에서 권력을 가지고 있던 신들이 점차 세력을 확장한 마족 아수라(Asura, 제4장 참조)의 위협을 받게 되었다. 대응책을 고민하던 신들은 그들의 주거지인 메루 산(수미산)에 모여 논의한 끝에 비슈누 신에게 도움을 청하기로 했다. 그래서 비슈누 신은 신들의 세력을 유지하기 위한 책략을 세웠다.

비슈누 신은 신들과 마족을 모조리 불러모은 다음, 그들을 향해 "영원한 생명을 보장하는 영약(靈藥)인 암리타(Amrita)를 구하자"고 제안했다. 이 제안은 즉시 실행에 옮겨졌다. 암리타를 얻기 위한 일은 사상 최대 규모의 줄다리기라고 할 수 있을 만한 엄청난 일이었다. 우선 세상에 존재하는 모든 식물과 씨앗을 바다에 던졌다. 그리고 만다라 산³⁾을 막대기로 이용해서 바다를 휘저어 영약을 얻으려고 했다. 휘젓는 막대기에는 밧줄 대신에 바수키 용⁴⁾을 감았다. 용의 양끝을 붙잡은 채로 신들과 마족들은 힘을 다해 끌어당겼다. 이는 우유를 휘저어서 버터와 요구르트를 만드는 인도인들의 일상적인 작업을 흉내낸 것이었다.

마침내 신들과 마족 사이에 전지구적인 규모의 줄다리기가 시작되었다. 비슈누 신도 거대한 거북이(쿠르마)로 변신해서 휘젓는 막대기를 자신의 등으로

---

3) 만다라 산 : Mandala. 힌두교의 세계관에 따르면, 세계는 모두 일곱 개의 대륙으로 나뉘며, 그 중심에 원형의 땅이 있다고 한다. 그리고 그 중심에 있는 메루 산에 신들이 살고 있다. 만다라 산은 메루 산 동쪽에 솟아 있는데, 비슈누 신의 거처로 알려져 있다.

4) 바수키 용 : Vasuki. '파탈라'라는 지하 세계에 산다는 나가(뱀)의 왕.

떠받치는 역할을 맡았다. 휘젓기가 시작되자, 용은 몹시 힘겨워하며 입에서 연기와 화염을 뿜어냈다. 신들 역시 용이 토해낸 열기를 뒤집어써 무척이나 고통스러웠다. 그러자 만다라 산 꼭대기에서 꽃이 떨어져 신들의 용기를 북돋웠다. 휘젓기가 계속되자 바닷속의 많은 생물들은 죽음을 맞았고, 만다라 산의 나무들도 바닷속으로 떨어졌다. 그나마 남은 나무들도 서로 부딪치며 마찰을 일으켜 큰불이 나는 바람에 산에 살고 있던 코끼리와 사자를 비롯한 많은 동물들이 불에 타 죽었다. 그 모습을 본 인드라 신은 급히 비를 내려 불을 껐다.

휘젓기 작업이 절정에 이르자 나무의 수액과 약초의 진액이 바닷물에 녹아들어 바다는 온통 우윳빛이 되었다. 이윽고 비슈누 신이 기다리고 있던 각종 보물들이 쏟아지기 시작했다. 원하면 어떤 것이라도 만들어내는 신성한 소, 술의 여신, 천계의 수목……. 그리고 마지막으로 신의 주치의인 단반타리(Dhanvantari)가 영약 암리타가 들어 있는 항아리를 들고 나타났다. 그 모습을 본 신들과 마족들은 모조리 달려들어 격렬한 쟁탈전을 벌였다. 결국 싸움은 원래 세력이 우세했던 마족들의 승리로 끝나면서 영약은 그들의 수중에 들어가고 말았다. 그러자 비슈누 신은 절세 미녀로 변신해서 마족들을 쫓아갔다. 그는 요염한 자태로 마족들을 사로잡아서 영약의 분배를 자신에게 맡기도록 만들었다. 영약을 다시 손에 넣은 비슈누 신은 재빨리 자신의 진영으로 돌아왔다. 그 결과 신들은 영원한 생명을 얻을 수 있게 되었다. 그래서 신들이 유구한 시간 존재할 수 있는 것도 바로 비슈누 신의 은혜라고 한다.

일식과 월식이 일어나는 이유

비슈누 신의 활약으로 마족들의 손에 들어갔던 영약을 다시 찾아오는 데 성공했지만, 이 '유해의 동요'에는 후일담이 있다. 마족 중에 아주 교활한 라후(Rahu)라는 아수라가 있었다. 그는 '유해의 동요' 때 신으로 변신해서 신들과 함께 암리타를 훔쳐먹었다. 하지만 태양신 수리아와 달의 신 소마가 이 사실을 눈치채고 라후의 정체를 신들에게 알렸다. 화가 난 비슈누 신이 손에 들고 있던 차크라를 라후에게 집어던지자 그의 머리는 몸통에서 떨어져 공중으로 튀어올랐다. 그럼에도 불구하고 이미 불사의 영약인 암리타를 먹은 라후의 머리는 영원의 생명을 가지고 있어 죽지 않았다. 이리하여 자신의 정체를 신들에게 알린 태양신과 달의 신에게 원한을 품게 된 라후는 지금까지도 그들을 상대로 싸우고 있다는 것이다. 즉, 일식과 월식은 라후가 원수인 태양과 달을 집어삼킬 때 일어나는 현상이라고 한다.

마트시아 Matsya

대홍수에서 사람들을 구한 물고기

이 신화는 『구약성서』에 나오는 '노아의 방주'와 비슷한 이야기다. 브라마 신의 아들로 인류의 시조가 된 마누[5]가 강물에 손을 담그고 있는데, 작은 물고기 한 마리가 손안으로 들어왔다. 그래서 그는 물고기를 강으로 내보내려고 했지만 물고기는 "강으로 돌아가면 큰 고기들의 밥이 되고 말 거예요. 그러니 보내지 말고 부디 저를 길러주세요" 하고 애원했다. 마누는 물고기를 측

---

5) 마누 : 인도 신화에 나오는 첫 번째 인간으로, 마누는 '인간'이라는 뜻이다. 푸라나(힌두교의 성전聖典 문학에서 대중적인 신화나 전설, 계보 등을 백과사전식으로 모아놓은 작품을 일컫는 말—옮긴이)의 세계관에 따르면, 브라마의 일생 중 하루는 만반타라(manvantara)라고 하는 14시기로 나뉘고, 한 시기는 각각 3억 672만 년 동안 계속된다. 이 순환이 한 번 지날 때마다 세상은 재창조되고, 새로운 마누가 나타나 다음 인류의 시조가 된다고 한다. 현재 세상은 마누 주기로 보면 일곱 번째 주기에 해당한다.

은하게 여겨 항아리에 담아 길렀다. 작은 물고기는 잠깐 사이에 크게 자라서 연못에 놓아주게 되었다. 그런데 거기서도 자라기를 멈추지 않아 연못이 비좁게 느껴져 이제는 호수에 놓아줄 수밖에 없었다. 호수에서도 계속 성장하자 마누는 이제 바다에 물고기를 놓아주었다. 물고기는 그래도 계속 자랐다. 그 모습을 본 마누는 그제야 물고기가 비슈누 신의 화신이라는 것을 깨달았다. 물고기 모습으로 변신한 비슈누 신은 마누에게 다음과 같이 예언했다.

"앞으로 7일 후에 큰 홍수가 닥쳐 모든 대지는 물 속으로 가라앉고 말 것이니 너는 배를 준비해서 지상에 있는 모든 식물의 씨앗과 7인의 성선(聖仙)[6]을 배에 태우고 기다리도록 하라."

7일 후, 비슈누 신의 예언대로 천지가 물바다로 변했다. 마누가 만반의 준비를 마치고 배에 올라타자 등에 뿔이 돋아난 거대한 물고기 모습의 비슈누 신이 나타났다. 그는 밧줄 대신 큰뱀(바수키 용)을 물고기의 뿔에 연결해서 산꼭대기에 있는 안전한 곳으로 피신할 수 있게 해주었다. 이렇게 해서 비슈누 신은 인류의 시조를 홍수에서 지켜낼 수 있었다.

---

6) 성선 : 본래는 베다의 시인들을 부르는 말이었지만, 서사시 성립 이후로는 수행을 쌓아 어느 정도 경지에 이른 수도승을 지칭하게 되었다. 또한 브라마 신의 마음에서 태어났다는 프라자파티를 가리키기도 한다. 일반적으로 고대에 유명했던 일곱 성인을 가리켜 '7성인' '7성'이라고 한다.

바마나 Vamana

마족을 지하 세계로 보내버린 난쟁이

어느 때 거인 마족의 왕 발리(Bali)는 고행[7]을 통해 천하무적의 힘을 얻어 휘하의 마군(魔軍)들을 이끌고 인드라 신(제2장 참조)이 사는 도시에 쳐들어간 적이 있었다. 그러자 인드라를 비롯한 여러 신들은 공포에 질려 도시를 버리고 도망치기에 바빴다. 이렇게 해서 발리 왕은 삼계(三界=천계 · 공계 · 지하계)의 지배자가 되었다. 이런 사태를 통탄한 신들의 어머니 아디티(Aditi)는 비슈누 신에게 도와달라고 간절하게 기도했다. 그래서 비슈누 신은 아디티의 난쟁이 아들로 태어나 브라만교 승려로 가장하고 마왕 발리의 궁전을 찾아갔다. 아름다운 난쟁이(바마나)가 찾아와 자신을 찬양하는 모습을 본 발리 왕은 크게 기뻐하며 원하는 바가 무엇이든 들어주겠다고 약속했다.

난쟁이는 다음과 같이 말했다.

"세 걸음에 밟을 수 있는 만큼의 땅을 주시지요."

세상의 모든 것을 가진 삼계의 왕 발리가 웃으면서 대답했다.

"아주 작은 소망이로구나. 대륙을 하나 달라고 해도 괜찮을 텐데."

난쟁이는 끝까지 세 걸음만큼의 땅을 달라고 요구했다. 이에 발리 왕 밑에 있던 성자 슈크라는 난쟁이가

---

7) 고행 : 타파스(Tapas). '열(熱)' '힘[力]'이라는 의미도 있다. 종교적인 힘을 얻거나, 신앙 혹은 지식을 구하기 위한 수단이나 수행.

비슈누 신의 화신일지도 모른다며 왕에게 경계하라고 주의를 주었지만, 왕은 조금도 귀담아듣지 않고 난쟁이의 소원을 들어주겠다고 했다. 그러자 갑자기 거인의 모습으로 변신한 비슈누 신은 첫 걸음에 모든 땅을 차지했고, 두 번째 걸음으로는 천계까지 차지하고 말았다. 그리고 더 이상 발을 뗄 곳이 없어 세 번째 걸음은 발리 왕의 머리를 밟아서 그를 지하 세계로 보내버렸다. 이렇게 해서 발리 왕으로부터 되찾은 세계는 다시 인드라 신의 지배를 받게 되었다.

바라하 Varaha

멧돼지로 변신해서 대지를 구한 비슈누

대지가 물 속에 잠겼을 때 마누는 브라마 신에게 대지를 물 속에서 꺼내 달라고 부탁했다. 브라마 신은 아들의 부탁을 들었지만 그 방법을 찾지 못해 자신을 낳아준 비슈누 신에게 기도를 드렸다. 그러자 브라마 신의 콧구멍에서 갑자기 엄지손가락만한 크기의 멧돼지(바라하)가 튀어나오더니 순식간에 산

처럼 거대한 모습으로 변했다. 브라마 신을 비롯한 여러 신들이 놀라서 어쩔 줄 몰라하는 사이에 멧돼지는 크게 포효한 다음 물 속으로 뛰어들어 대지를 뻐드렁니로 물어 밖으로 들어올렸다. 그때 거인 마족 히란약샤(Hiranyaksa=황금 눈을 가진 자)가 곤봉을 들고 멧돼지를 기습했지만, 비슈누 신은 간

단하게 그를 처치해 버렸다. 이렇게 해서 대지는 물 밖으로 다시 모습을 드러
내게 되었다.

나라싱하 Narasimha

반인반사자로 변신한 비슈누

멧돼지의 화신으로 변신했던 비슈누 신을 공격했다가 죽은 거인 마족 히란
약샤에게는 히란야카시푸(Hiranyakasipu=황금 옷을 입은 자)라는 쌍둥이형이
있었다. 그는 동생의 죽음을 슬퍼하며 비슈누 신에게 복수하기로 맹세했다.
그래서 무적(無敵)의 힘을 가질 목적으로 만다라 산 동굴에서 고행에 들어갔
다. 그런데 그의 고행으로 세상은 생각지도 못한 재난을 겪게 되었다. 지상에
화재가 발생해서 엄청난 고통 속에 빠졌던 것이다. 신들은 브라마 신에게 도
움을 요청했다. 브라마 신은 화재를 일으키는 히란야카시푸의 고행을 일단
중지시키기로 하고 그가 원하는 바를 들어주기로 약속했다. 그의 바람은 다
음과 같은 것이었다.

"당신이 창조한 자들에게 내가 죽음을 당하지 않도록 해주시오. 어떤 무기,
어떤 인간, 어떤 동물, 그리고 신들이나 아수라조차도 나를 죽이지 못하게 해
주시오."

브라마 신은 그의 요구를 모두 들어주기로 약속다. 힘을 얻은 히란야카
시푸는 비슈누 신에게 복수하기 위한 활동을 개시했다. 그는 순식간에 삼계
를 정복해서 인드라 신의 궁전을 빼앗고, 신들에게 압력을 가하기 시작했다.
곤란한 처지에 빠진 신들이 믿을 곳이라고는 이제 비슈누 신밖에 없었다. 비
슈누 신은 히란야카시푸를 죽이기로 하고 나름대로 작전을 세웠다.

마왕 히란야카시푸에게는 네 명의 아들이 있었다. 그런데 그 중 하나인 프라라다(Prahlada)는 아버지의 원수인 비슈누 신을 열렬히 신앙하고 있었다. 그래서 아버지는 이 아들을 몹시 미워하며, 두 명의 선생을 붙여 아들을 개종시키려고 했다. 하지만 아들의 마음이 조금도 변하지 않자 더욱 노한 아버지는 마족 아수라(阿修羅)들에게 프라라다를 죽여버리라고 명령했다. 그런데 이상하게도 아수라들이 창으로 프라라다의 급소를 아무리 찔러도 그의 몸을 뚫을 수가 없었다.

아수라들이 프라라다를 죽이지 못했다는 소식을 들은 마왕은 결국 아들을 죽일 자는 자신밖에 없다는 것을 깨달았다. 마왕은 직접 칼을 든 채로 왕좌에서 벌떡 일어나며 분노를 이기지 못하고 기둥을 발로 걷어찼다. 그 순간 뜻밖의 일이 일어났다. 기둥 내부에서 마왕을 깜짝 놀라게 하는 무서운 굉음과 함

께 기둥이 둘로 쪼개지면서 상반신은 사자이고 하반신은 인간의 모습을 한 비슈누 신의 화신 나라싱하가 나타났던 것이다. 마왕은 불타는 복수심으로 칼과 곤봉을 휘둘렀지만, 나라싱하는 가볍게 피한 다음 예리한 갈퀴를 곧추세우고 마왕을 향해 달려들었다. 인간과 신, 동물들에게는 불사신이었던 마왕도 반인반사자인 나라싱하에게만큼은 무력한 존재였다.

신들과 반신(半身, 제5장 참조)들은 비슈누 신의 지혜와 용기를 칭송하였으며, 프라라다 역시 오랫동안 칭찬을 받았다. 비슈누 신은 마왕을 물리친 것에 만족하고, 아버지의 뜻을 거역하면서까지 신앙을 지킨 프라라다의 소원을 들어주기로 했다. 프라라다는 자신이 바라는 바를 다음과 같이 이야기했다.

"바라옵건대, 부디 아버지의 죄를 모두 용서해 주시옵소서……."

비슈누 신은 이렇게 대답했다.

"프라라다여, 너는 진정으로 나를 믿는 신자들의 귀감이로다."

라마 Rama

영웅 왕자로 변신한 비슈누

인도의 서사시 『라마야나』의 주인공 라마는 비슈누 신의 화신이다. 라마는 인도인들이 생각하는 이상적인 인간상으로, 오늘날에도 그의 영웅 전설은 연극이나 무용의 소재가 되어 많은 사람들의 사랑을 받고 있다.

왕위 계승자로 탄생한 라마

신화의 도입부를 살펴보도록 하자.

코살라 왕국(현재 인도 북부 우타르프라데시 주 동북부에 존재했던 왕국. 수도는 아요디아)의 다샤라타 왕에게는 자신의 뒤를 이을 아들이 없었다. 그래서 왕은 성대한 공물을 바치면서 신들에게 기도를 드렸다. 신들은 왕의 기도를 듣고, 네 명의 아들을 낳게 해주겠다고 약속했다. 그런데 그 직후에 신들은 커다란 위기에 직면하게 되었다. 랑카 섬(스리랑카)의 나찰왕(羅刹王)[8]이 고행 끝에 브라마 신의 강대한 힘을 전수받아 신들을 괴롭혔던 것이다. 그래서 신들이 비슈누 신에게 도움을 청하자, 그는 인간의 모습으로 변신해서 나찰왕을 죽이겠다고 약속했다.

다샤라타 왕의 제사가 절정에 다다른 순간 갑자기 불 속에서 비슈누 신이 빛을 발하며 항아리를 들고 나타나 왕에게 이렇게 말했다.

"이 항아리에 들어 있는 신주(神酒)를 너의 아내들에게 마시게 하라."

왕이 신주의 절반을 첫 번째 부인에게 마시게 하자 비슈누 신의 신성을 2분의 1을 가진 라마 왕자가 탄생했다. 그리고 남은 신주의 절반을 두 번째 부인에게 마시게 하자 4분의 1의 신성을 가진 바라타 왕자가 태어났으며, 그 나머지를 세 번째 부인에게 주자 8분의 1의 신성을 가진 락슈마나 왕자와 샤트르그나 왕자가 태어났다.

수행을 통해 뛰어난 용사가 된 라마 형제

왕의 네 아들은 수도에서 교육을 받았는데, 장남 라마는 부왕의 지극한 총애를 받으며 성장했다. 그리고 이복동생인 락슈마나는 어릴 때부터 라마 왕자를 헌신적으로 따랐다. 왕자들이 성인이 되자 브라만교의 고명한 성자인

---

8) 나찰왕 : 나찰(羅刹)은 불교 용어로, 락샤사(=악귀)를 음역한 것이다. 락샤사는 밤중에 활동하고 자유롭게 변신해서 인간들을 습격하는 사악한 존재다. 본문에 등장하는 나찰왕은 원래 이름이 라바나라고 하며, 열 개의 머리와 스무 개의 팔을 가지고 있었다고 한다. 북쪽의 수호신 쿠베라와는 배다른 형제간이기도 하다(제4장 참조).

비슈바미트라(Vishvamitra)가 궁전을 방문해서 왕자들에게 여러 가지 가르침을 베풀었다. 성자는 제자들의 재능이 예사롭지 않다는 것을 알고, 그들이 가진 신성으로 악마를 퇴치하고 싶다며 자신이 데리고 가겠다고 왕에게 말했다. 왕은 그의 제안을 거절했지만, 왕실 승려들의 설득으로 라마와 락슈마나는 브라만교의 승려가 되었다.

라마 형제는 스승의 명대로 숲 속으로 들어가 악귀를 퇴치함으로써 그들이 가진 천부적인 재능을 보여주었다. 이에 크게 기뻐한 스승은 형제에게 많은 무기를 주어서 그들의 힘이 더욱 강해지도록 했다. 무기는 단다 차크라(신성한 원반), 다르마 차크라(정의의 원반), 카라 차크라(운명의 원반), 비슈누 차크라(비슈누 신의 원반), 인드라 차크라(인드라 신의 원반), 금강(金剛) 방망이, 비슈누 신의 삼지창, 슈라 바라(예리한 창), 브라마 시라스(브라마 신의 머리), 아이시카(갈대로 만든 투창), 모다키(흥분한 곤봉), 시카리(끝이 뾰족한 방망이), 다르마

파사(법의 밧줄), 카라 파사(운명의 밧줄), 바루나 신의 밧줄 등이었다.

이런 무기들이 위력을 발휘하려면, 신들을 칭송하는 찬가를 부르며 그 사용법을 열심히 단련해야만 했다. 스승의 가르침에 따라 열심히 수행을 쌓은 라마 형제는 이제 지상에서는 견줄 자가 없을 만큼 뛰어난 용사로 성장하게 되었다.

불행의 전주곡

학문과 무예를 두루 겸비한 라마는 동생 락슈마나와 함께 비데하 왕국(현재 인도 비하르 주 북부에 존재했던 나라)의 궁전을 방문했다. 그는 그곳에서 자신이 비슈누 신의 화신이라는 사실을 증명이라도 하듯 뛰어난 능력을 발휘했다.

비데하 왕국 자나카 왕의 궁전에는 어느 누구도 쏠 수 없는 불가사의한 활이 있었다. 그래서 자나카 왕은 그 활을 쏠 수 있는 자에게 자신의 딸 시타[9]를 시집보내 사위로 삼겠다고 공언했다. 시타에게 연정을 품은 귀공자들은 너나 없이 활쏘기에 도전했지만 아무도 그 활을 구부리지 못했다. 그런데 어디선가 갑자기 나타난 라마는 조금도 힘들이지 않고 활시위를 당겼다. 바로 그 순간 천둥치는 듯한 소리가 나면서 활은 두 조각으로 갈라져버렸다. 자나카 왕은 라마의 신비한 힘에 감탄하며 딸을 그에게 주었다.

라마의 아버지인 다샤라타 왕은 이 소식을 듣고 두 왕자와 함께 비데하 왕국을 방문했다. 민중들의 열렬한 환호 속에 마침내 라마와 시타의 성대한 결혼식이 거행되었다. 그리고 다른 왕자들도 모두 자나카 왕의 친족 왕녀들과 결혼을 하게 되었다. 이렇게 해서 라마 왕자는 행복이 넘치는 결혼 생활을 시작했지만, 그것은 앞으로 다가올 비극의 서막이었다.

---

9) 시타 : Sita. '밭고랑'이라는 뜻을 가지고 있다. 자나카 왕이 밭을 경작하고 있을 때 나타났기 때문에 왕의 딸로 자라났다.

라마 왕자의 시련

라마 왕자의 행복한 결혼 생활은 오래 가지 못했다. 라마는 이미 부왕에 의해 왕위 계승자로 정해져 있었지만, 왕의 두 번째 부인이 자신의 아들인 바라타를 왕좌에 앉히기 위해 음모를 꾸몄던 것이다. 이런 사실을 알지 못한 다샤라타 왕은 바라타에게 왕위를 넘겨주고, 라마에게는 14년간 추방 처분을 내렸다.

라마 왕자는 왕위 계승권은 잃었지만 부왕의 추방 명령을 받아들이고 기꺼이 숲 속으로 들어갔다. 그러나 불행은 거기서 그치지 않았다. 부왕은 자신이 계략에 속아 사랑하는 왕자를 추방했다는 사실을 알고 몹시 괴로워하며 죽음을 맞았으며, 라마 자신도 사랑하는 아내 시타를 랑카 섬의 나찰왕에게 빼앗기는 불행을 겪게 되었던 것이다.

이런 이야기들을 중심으로 『라마야나』는 전개된다.

파라슈라마 Parasurama

무사계급의 적, 도끼를 든 라마

대서사시 『마하바라타』에 따르면, 크샤트리아(무사계급. 칼럼 '카스트 제도' 참조)가 세계를 무력으로 다스리던 시대에 비슈누 신은 신들과 브라만 계급, 그리고 인류를 해방시키기 위해 인간의 모습으로 이 세상에 태어났다고 한다.

비슈누 신은 브리다족의 성자 자마다그니(Jamadagni)의 아들 파라슈라마('도끼를 든 라마'라는 의미)로 태어나 성장하면서 도끼의 명인이 되었다. 어느 날 자마다그니는 숲에 갔다가 카르타비리야[6]라는 용맹한 왕을 만났다. 그는

왕을 식사에 초대해서 사바라(Sabara)라는 이름의 성스러운 암소에게 접대하도록 했다. 이 암소는 원하는 것이면 무엇이든 들어주는 마법의 힘을 가지고 있었기 때문에 왕은 그것을 가지고 싶어했다. 하지만 자마다그니는 왕의 바람을 들어주지 않았다. 그러자 왕은 무력으로 암소를 빼앗아서 자신의 궁전으로 데리고 갔다.

외출했다가 집에 돌아온 파라슈라마는 사태의 전말을 전해 듣고 몹시 격노하여 무적의 도끼를 휘두르며 궁전으로 달려갔다. 왕은 병사들에게 명령을 내려 엄중히 경계를 서도록 했지만 파라슈라마는 조금도 개의치 않고 눈앞에 보이는 것을 향해 닥치는 대로 도끼를 휘둘렀다. 마지막에는 카르타비리야

10) 카르타비리야 : Kartavirya. 신의 화신이 된 브라만교의 승려 닷타트레야에게 1천 개의 팔과 불굴의 용기를 부여받은 무장.

카스트 제도

카스트(caste)는 원래 '가문'이나 '혈통'을 뜻하는 포르투갈어로, 인도에서는 종교적 가치관에 바탕을 둔 사회 집단을 지칭한다. 인도인은 크게 네 그룹으로 나눌 수 있는데, 소속된 집단마다 독자적인 종교적 사명과 직업, 식습관, 혼인 등의 형태를 가지고 있다. 『마누 법전』에 따르면 각 카스트는 다음과 같은 의무와 기능을 가지고 있다고 한다.

① 브라만 계급(사제)
종교 지도자로서 사람들에게 구도의 길을 제시하는 의무를 가지고 있다. 그때문에 경전 학습과 교육, 자신 또는 타인을 위한 제사를 주관한다.

② 크샤트리아(무사)
육체적인 힘을 가지고 싸움을 결정하는 존재. 따라서 민중의 보호가 주된 의무이며, 군사 관계와 보시(사제에 대한), 제사 등을 행한다. 욕망에 대해 집착하지 않는다.

③ 바이샤 계급(농·축·상업 종사자)
의식주와 인간에게 필요한 것을 공급하는 의무를 가지고 있다. 구체적으로는 가축 보호와 보시, 제사, 교역, 경작에 종사한다.

④ 수드라 계급(노예)
상위 세 계급에 봉사하는 존재다. 육체 노동을 한다.

위의 네 카스트에 속하지 않는 계급도 있는데, 이들을 파리아(불가촉천민不可觸賤民 : 간디는 이들을 하리잔=‘신의 자녀’라고 했다)라고 부른다. 수드라와 파리아의 수는 인도 전체 인구의 90퍼센트에 달한다.

왕이 맞서 싸웠지만 파라슈라마는 도끼로 그의 목을 베어버렸다. 공포에 질린 왕자들이 이리저리 도망치자 그는 성스러운 암소를 끌고 다시 집으로 돌아왔다. 하지만 의기양양하게 돌아온 아들에게 아버지는 왕을 죽인 책임을 물어 속죄를 위한 성지순례를 명한다.

21차례나 크샤트리아를 섬멸한 파라슈라마

속죄 여행을 마치고 집으로 돌아온 파라슈라마는 어느 날 형들과 외출을 했다. 그런데 그 사이에 복수를 노린 왕자들이 집으로 쳐들어와 아버지를 죽이는 사건이 벌어졌다. 외출에서 돌아와 이 사실을 알게 된 파라슈라마는 아버지의 주검 앞에서 크샤트리아를 전멸시키겠다고 맹세했다.

그때부터 파라슈라마는 사정없이 도끼를 휘두르며 왕자들의 목을 모조리 베어버렸다. 그리고 21차례에 걸쳐 철저하게 크샤트리아들을 공격해서 지상에서 그들을 모두 사라지게 만들었다.

그후 파라슈라마는 아버지의 유체를 안치하고 비슈누 신에게 바치는 성대한 희생제를 치렀다. 그러자 자마다그니는 다시 살아나 가장 고귀한 성자가 되었다고 한다.

크리슈나 Krishna

비슈누 신의 가장 중요한 화신

힌두교의 신들 가운데 사람들에게 가장 친근하게 받아들여지는 존재가 바로 크리슈나다. 크샤트리아의 영웅으로 알려진 그는 대서사시 『마하바라타』에서 주인공 아르주나의 참모로 등장한다. 그는 실제로 존재했던 영웅이었다는 설도 있는데, 비록 비슈누 신의 화신이기는 하지만 독립적인 신으로 민중들의 열렬한 숭배를 받고 있다. 여기에서는 그와 관련된 전설을 소개해 보도록 하겠다.

죽음을 피해 달아난 검은 얼굴의 크리슈나

크리슈나는 중부 인도의 종교 도시인 마투라에서 유목민 야다바족(族)의 족장 바수데바의 아들로 태어났다. 그가 태어나기 전의 이야기지만, 마을의 지배자였던 캄사 왕[11]은 "바수데바와 그의 아내 사이에 태어나기로 되어 있는 여덟 번째 자식에게 죽음을 당할 것이다"라는 예언을 들은 적이 있었다. 이 예언이 실현될 것을 두려워한 캄사는 바수데바의 아내를 죽이려고 했지만, 그녀는 "태어나는 자식은 반드시 왕에게 바치겠다"는 약속을 하고 위기를 모면했다. 그래서 캄사는 그들 사이에서 태어나는 자식들을 차례차례 죽였지만 일곱 번째 아이는 여신 니드라[12]의 도움으로 살아나 발라라마(Balarama)라는 이름을 얻을 수 있었다. 사실 그는 아난타 용의 화신이었다. 그리고 여덟 번째 자식은 밤중에 검은 신체를 갖고 태어나 크리슈나(검은 자, 구름처럼 어두운 자)라고 이름 붙여졌다. 바수데바는 그를 낳은 즉시 마을에서 빼내 목동들의 지도자인 난다(Nanda)에게 보냈다. 이렇게 해서 발라라마와 크리슈나 형제는 캄사 왕의 칼날을 피해 난다 밑에서 성장하게 되었다.

일곱 살에 괴력을 발휘한 짓궂은 장난꾸러기

바수데바 부부의 여덟 번째 자식이 사라졌다는 사실을 알게 된 캄사는 수하의 마족들에게 주변 마을의 모든 갓난아이를 죽이라는 명령을 내렸다. 왕의 지시에 따라 푸타나(Putana)라는 마족은 미인으로 변신해서 난다의 집을

---

11) 캄사 왕 : Kamsa. 마투라의 왕 우다라세나의 아내에게는 자식이 없었는데, 어느 날 숲에 나갔다가 일행과 떨어지는 바람에 마족에게 몸을 빼앗긴 적이 있었다. 이렇게 해서 태어난 자식이 캄사였다. 말하자면, 캄사는 인간과 마족 사이에 태어난 혼혈아다.

12) 니드라 : Nidra. 수면(睡眠)을 신격화한 여신. 세계가 종말을 맞을 때 물위에 잠들어 있던 비슈누 신 속에 있다가 브라마 신의 지시로 그의 몸에서 빠져나왔다고 한다. 니드라 신이 빠져나가자 비슈누 신은 잠에서 깨어나 다시 세상을 창조했다.

방문했다. 마침 갓난아이가 있는 것을 본 푸타나는 독이 들어 있는 우유를 먹이려 했지만, 크리슈나는 오히려 무서운 힘을 발휘해 우유는 물론이고 마족의 생명력까지 마셔버렸다. 또 한때는 트리나바르타(Trinavartha)라는 악마가 회오리바람으로 변해 그를 없애려고 했지만, 크리슈나는 이 역시 물리쳤다.

그는 악마의 등에 올라타고 서서히 몸집을 키워 그를 땅으로 곤두박질치게 만들었다. 악마는 크리슈나의 불어난 무게를 감당하지 못했던 것이다.

이처럼 크리슈나의 비범한 재능은 어릴 때부터 유명했다. 그의 놀라운 힘을 보여주는 이런 이야기도 있다. 그가 젖먹이였을 때, 소가 끄는 수레 밑에서 잠을 자다가 우유가 먹고 싶어서 울부짖은 적이 있었다. 그런데도 양어머니가 오지 않자 화가 난 그는 머리 위에 있던 수레를 발로 차서 하늘 높이 날려버렸다고 한다.

그는 짓궂은 장난으로도 유명했는데, 그 정도가 여느 아이들과는 차원이 달랐다. 한번은 양어머니가 아끼는 버터를 먹어치운 데 대한 벌로 큰 절구에 묶어 놓았다. 이때 그는 괴력을 발휘해서 절구를 등에 매단 채로 여기저기를 걸어다녔다. 등뒤에 묶여 있는 절구가 큰 나무 사이에 끼여 움직일 수 없게 되자 나무를 뿌리째 뽑아 주변 사람들을 놀라게 했다고 한다.

크리슈나의 신성은 그뿐만이 아니었다. 양어머니가 그에게 젖을 먹이려고 하자 입을 크게 벌렸는데, 그 속에 뭔가가 들어 있었다. 어머니가 그의 입속을 들여다보니 그곳에는 넓은 하늘이 펼쳐져 있고 태양과 달, 별이 떠 있는 모습이 보였다. 게다가 바다와 대륙은 물론이고 산까지 있었다. 어머니는 너무나 놀라 두려움을 느꼈지만 크리슈나가 바로 비슈누 신의 화신이라는 사실을 깨달았다.

사악한 용을 퇴치해서 용맹을 떨친 크리슈나

장난꾸러기로 유명했던 크리슈나의 어린 시절 못지않게 소년 시절의 이야기도 무척이나 많다. 여기서는 그 중에서 가장 유명한 야무나 강에 살았던 악룡 칼리야(Kaliya)를 퇴치한 이야기를 해보도록 하자.

야무나 강은 칼리야 용이 가진 독 때문에 언제나 강물이 뜨겁게 끓어올랐다. 그래서 증기가 솟아 강 주위의 수목은 말라죽고 새들 역시 독풍(毒風)에 죽어갔다. 강 주변에 사는 소들이 고통스러워하는 모습을 본 크리슈나는 용을 없애기로 작정하고 강물 속으로 뛰어들었다. 용은 미친 듯이 날뛰며 크리슈나를 죽이려고 긴 몸통으로 그를 휘감았다. 그러자 크리슈나의 몸이 점점 커지기 시작했다. 고통스러워진 용은 크리슈나의 몸통을 풀어주고, 이번에는 머리를 꼿꼿이 세우면서 달려들었다. 크리슈나는 훌쩍 뛰어올라 용의 머리 위에 올라탔다. 몸속에 전세계가 들어 있는 크리슈나의 체중은 용 따위가 견딜 수 있는 그런 것이 아니었다. 용은 몹시 괴로워하다가 마침내 입과 코에서 피를 쏟으며 쓰러졌다. 그 순간 용의 아내가 나타나 제발 살려달라고 애원하자 크리슈나는 그들 일족에게 "강을 내버려두고 바다 밑으로 떠나라" 하고 명령했다. 이렇게 해서 야무나 강은 다시 맑아지고 꿀처럼 맛있는 물이 되었다고 한다.

바람둥이 크리슈나

용맹으로 크게 이름을 떨친 크리슈나는 아름다운 용모로도 소를 기르는 소녀들의 마음을 사로잡았다. 보름날 저녁에 크리슈나가 피리를 불면, 여자들은 그와 춤을 추고 싶어 안달하며 자신도 모르게 자리를 박차고 나와 그가 있는 곳으로 달려왔던 것이다. 크리슈나는 그녀들 한 사람 한 사람과 자신의 분신이 춤을 추게 했다.

그렇지만 크리슈나는 변함없는 장난꾸러기로 여자들이 수영을 하는 곳에 몰래 들어가 옷을 숨기는 등 많은 사람들을 곤혹스럽게 만들기도 했다. 이런 크리슈나의 모습은 현재도 회화나 인형의 소재로 널리 다뤄지고 있다.

수많은 여인과 연애를 해서 무려 1만 6천 명의 아내를 둔 크리슈나가 가장 사랑한 사람은 바로 목동의 아내 라다였다. 하지만 라다가 남편에게 들키는 것을 두려워하자 크리슈나는 여신 칼리(제3장 참조)의 모습으로 변신해서 남편의 눈을 속였다고 한다.

숙명의 적, 캄사 왕을 죽이다

캄사 왕은 크리슈나의 명성을 듣고, 그가 자신을 파멸로 이끌 바수데바의 여덟 번째 자식이라는 사실을 알았다. 캄사는 자신이 살기 위해서라도 끈질기게 그의 생명을 노릴 수밖에 없었다. 그래서 수소와 말 형상의 마족 아리슈타(Arishta)와 케신(Kesin)을 자객으로 보냈지만, 크리슈나의 지혜와 신통력에 도리어 당하고 말았다. 이때 크리슈나는 자객 케신을 죽였다는 의미로 케사바(Kesava)라는 다른 이름을 가지기도 했다.

캄사 왕은 한 가지 계략을 생각해 냈다. 그는 자신의 도시에서 시바 신에게 성대하게 제사를 드릴 때 레슬링 대회도 함께 열기로 하고, 크리슈나와 발라라마에게 목동 대표로 출전하도록 요청했다. 이 요청을 받아들이고 마투라를 방문한 크리슈나 형제는 괴력을 가진 거인 선수들과 시합을 하겠다고 자청했다. 관객들은 잘생긴 두 형제와 엄청난 힘을 가진 거인들과의 대결이 도저히 어울리지 않는다며 항의를 하고 일제히 비난을 퍼부었지만, 크리슈나 형제는 예상과는 달리 간단히 거인들을 쓰러뜨렸다.

기회를 엿보던 캄사 왕은 순간적으로 크리슈나 형제에 대한 공격을 개시했다. 병사와 악마들이 일제히 쳐들어왔으나 형제는 그들의 공격을 모조리 물리쳤다. 크리슈나는 눈깜짝할새에 왕좌에 뛰어올라 캄사 왕이 머리채를 휘어잡고 경기장 안으로 내던진 다음 달려가서 발로 밟아 죽여버렸다. 이에 캄사 왕의 여덟 동생들이 일제히 칼을 빼들고 달려들었지만 기다리고 있던 발라라마의 철봉에 맞아 모두 목숨을 잃고 말았다.

이렇게 해서 결국 예언은 실현되었다. 형제는 캄사 왕에게 붙잡혀 있던 왕과 자신들의 부모님을 무사히 구출함으로써 마을에는 오래도록 평화가 지속되었다.

크리슈나의 결혼과 뜻하지 않은 죽음

비다르바 왕국(현재 인도 안드라프라데시 주에 존재했던 왕국)의 비슈마카 왕에게는 다섯 아들과 아름다운 딸이 하나 있었다. 공주 루크미니(Rukmini)는 크리슈나의 명성을 듣고 그야말로 자신의 남편감으로 어울린다고 생각했다. 그리고 크리슈나 역시 공주의 이야기를 듣고 아내로 삼았으면 좋겠다고 생각했다. 하지만 공주의 큰오빠인 루크민(Rukmin)은 크리슈나에게 적의를 품고 있어서 둘의 결혼을 결사적으로 반대했다. 그래서 동생을 체디의 국왕인 시슈팔라와 약혼시켜 버렸다. 결혼식 준비가 바쁘게 진행되는 도중에 루크미니는 크리슈나에게 자신의 처지를 한탄하는 편지를 보냈고, 편지를 받은 크리슈나는 즉시 비다르바 왕국으로 달려가 공주를 데리고 도망쳤다. 바로 결혼식 전날 벌어진 일이었다.

이에 격노한 루크민은 병사들로 하여금 크리슈나의 뒤를 쫓게 했다. 그러나 루크민은 뛰어난 용사 크리슈나의 상대가 되지 못했다. 크리슈나는 루크민을 죽이려 했지만, 그의 형제들의 탄원을 받아들여 수염과 머리카락을 모두 깎아버리는 굴욕적인 형을 내리고 목숨만은 살려주었다.

크리슈나와 발라라마는 그후 몇 차례의 커다란 전쟁을 치렀다. 이윽고 자신의 사명을 다한 발라라마는 원래 모습인 아난다 용으로 돌아가 하늘로 올라가고, 크리슈나는 숲으로 들어가 명상의 나날을 보내게 되었다. 영웅의 죽음은 갑자기, 그것도 어이없게 찾아왔다. 명상에 잠긴 크리슈나를 사슴으로 오인한 사냥꾼이 그의 유일한 약점인 발뒤꿈치를 화살로 맞추었던 것이다. 크리슈나는 원래 비슈누 신의 모습으로 돌아가 하늘로 올라갔다고 한다.

붓다 Buddha

마족을 파멸로 이끈 이단 사상의 지도자

붓다(불교 고유의 용어로 붓다는 '깨달은 자'를 뜻한다—옮긴이)는 불교의 창시 자인 불타(佛陀 : 붓다를 중국어로 음역한 것—옮긴이)를 지칭하는 것이다. 힌두 교 신화 속에서 붓다도 비슈누 신의 화신으로 등장한다. 하지만 여기서는 평 소 우리들이 가지고 있는 붓다의 이미지와는 다소 차이가 있다.

마족 때문에 고통당하는 신들을 도와주기 위해 비슈누 신은 석가족(釋迦 族)[13]의 왕 정반왕(淨飯王=Suddhodana)의 아들 붓다로 탄생했다. 붓다는 마족 들에게 '이단의 교리'[14]를 설파해서 베다 종교(브라만교)를 저버리게 만들었 다. 그 결과 마족은 힘을 잃고 나락으로 떨어지는 존재가 되고 말았다.

여기서 붓다는 힌두교의 가르침을 모독하는 이단의 지도자로 등장한다. 힌두교의 세계관에 따르면, 현재 세계는 말세를 향해 나아가고 있으며, 그것을 더욱 가속화시키는 것이 바로 붓다가 맡은 역할이다. 말세, 즉 종말 사상은 비슈누 신의 10번째 화신인 칼키(=칼킨Kalkin- 옮긴이)의 역할과 연관되어 있다.

칼키 Kalki

세계의 종말에 나타날 새로운 시대의 창조자

힌두교의 세계관에는 '유가(Yuga)'라는 사상이 있다. '이 세계는 주기적으로 생성과 소멸을 반복한다'는 사고방식인 유가는 네 주기로 나뉘어 있다. 여러 설이 있지만, 『마누 법전』에 따르면 다음과 같다. 유가에서 말하는 1신년(神年)은 인간의 시간 단위로는 360년에 해당한다.

1기 : 크리타 유가(4,800신년)

정의와 도덕(법)이 세상을 지배한다. 인간은 병에 걸리지 않으며, 모든 목적을 달성할 수 있다.

2기 : 트레타 유가(3,600신년)

정의와 도덕이 크리타 유가 시대에 비해 4분의 1 정도 부족한 시대.

---

13) 석가족 : 고대 북인도의 한 부족. 기원전 6~5세기 무렵에는 히말라야 산기슭의 인도와 네팔 국경지대에 본거지를 두고 있었다.

14) 이단의 교리 : 불교는 카스트 제도와 희생을 부정하므로 힌두교의 입장에서 보면 당연히 이단으로 보일 수밖에 없다.

3기 : 드바파라 유가(2,400신년)

세상의 정의와 도덕이 점점 사라지고 혼란이 격심하게 되는 시대.

4기 : 칼리 유가(1,200신년)

정의와 도덕이 4분의 1로 줄어든 시대. 생각이 깊지 못한 인간들이 지옥에 서나 어울릴 것 같은 행동을 하고, 성실과 관용, 자비심은 다 사라져버린다. 재산이 온갖 것의 기준이 되며, 욕망이 모든 것을 지배한다. 기아와 재해가 도 처에서 일어나고 사람들은 점점 비극적인 상태에 빠진다.

현재는 이미 앞의 세 시기를 지나고, 칼리 유가기(期) 중에서도 최후에 다가 가고 있다고 한다. 이런 '말법(末法)의 세(世)'에 비슈누 신은 칼키의 화신으로 나타난다. 칼키는 백마 탄 기사의 모습으로 찾아와 세상의 모든 악을 제거한 다. 그리고 사명을 다한 후에는 하늘로 올라가며, 세상은 다시 도덕과 정의가 지배하는 황금시대가 열리게 된다.

　말하자면, 세계를 파멸에서 재생시키는 구세주가 바로 비슈누 신의 화신인 칼키다. 아직 이런 구세주가 출현하지 않았다는 것은 앞으로 세상이 더욱 악해진다는 뜻이다. 따라서 악이 극도로 난무하면 칼키가 나타날 것이다.

락슈미
Lakshmi

- 별　명 : 슈리(Shri), 파드마(Padma=연꽃)
- 신　격 : 행운과 풍요의 여신, 비슈누 신의 배우자
- 소유물 : 연꽃
- 불교명 : 길상천(吉祥天)

'유해의 동요'에서 탄생한 미녀

사람들에게 부와 행운을 가져다주는 미녀 락슈미는 비슈누 신의 아내로 알려져 있는 여신이다. 그녀의 출생에 관한 전설을 살펴보자.

비슈누 신이 불사의 영약을 손에 넣기 위해 신들과 마족 아수라들로 하여금 바다를 휘젓게 했던 '유해(乳海)의 동요(動搖)'에 대해서는 이미 '쿠르마' 항목에서 소개한 바 있는데, 그때 영약 암리타가 나오기 전까지 다른 많은 보물들도 유해에서 쏟아져나왔다.

그런 보물 중에서 맨 처음 나온 것이 원하는 바는 무엇이든 들어주는 신성한 암소 스라비였다. '카마데뉴'라는 별명을 가진 이 소는 성선(聖仙, '마트시아' 항목 참조)들에게 선물로 바쳐졌다. 스라비 다음에는 청순한 달빛을 가진 백마 우차이슈라바스가 나타났다. 이 말[馬]은 신들에게 바쳐진 공물을 먹는 말의 왕이 되었으며, 창공에서 태양을 끄는 역할을 맡았다. 그 다음으로는 어금니가 네 개인 성스러운 코끼리 아이라바타가 나와 인드라 신의 탈것이 되었다. 인도인에게 코끼리는 특별히 친근한 동물로, 후에 여덟 방위를 지키는 신(제2장 참조)들의 탈것이 되었다.

계속해서 나온 것은 카우스투바(Kaustubha)라는 보석으로, 이것은 지금도 비슈누 신의 목에 걸려 있다. 그리고 성스러운 나무인 파리자타(Parijata)도 나왔는데, 인드라 신은 이 아름답고 향기로운 나무를 하늘에 심었다. 그 다음에는 요정 아프사라스(Apsaras, 제5장 참조)와 달의 신 소마(Soma, 제2장 참조)도 모습을 드러냈다.

그리고 마침내 행운의 여신 락슈미가 자애로운 미소를 지으며 연꽃 위에 앉아 있는 모습으로 나타났다. 그녀의 아름다운 모습은 주위를 압도할 만큼 화려하게 빛났다. 천계의 음악가와 현자들은 그녀의 아름다움을 칭송해 마지 않았고, 세상을 떠받치는 성스러운 코끼리는 황금 주전자로 갠지스 강의 성수(聖水)를 그녀에게 부어주었다.

신들과 마족은 저마다 락슈미에게 달려가 구혼했지만 그녀는 조금의 흔들림도 없이 비슈누 신에게 다가가 그의 왼쪽 무릎 위에 앉았다(남성의 왼쪽 무릎은 아내, 오른쪽 무릎은 자식들의 자리다).

연꽃을 든 행운과 번영의 여신

락슈미라는 말은 행운과 번영, 특히 왕가에 은혜를 베푼다는 의미를 가지고 있다. 그녀는 대개의 경우 붉은 연꽃[15] 위에 서 있는 '가자 락슈미' 모습으로 묘사된다. 락슈미를 사이에 두고 양쪽에 서 있는 두 마리의 신성한 코끼리(가자=Gaja)는 그녀의 머리 위에 성수를 부어주는 자세를 취하고 있다. 그리

15) 연꽃 : 연꽃과에 속하는 여러해살이풀. 인도에서는 오랜 옛날부터 다용도로 사용되는 영적(靈的)인 존재였다. 열매와 뿌리는 식용, 잎은 부채나 즉석 컵 등으로 사용되었다. 또 종이가 없던 시절에는 문자를 쓰는 도구로 쓰였다. 종교적인 의미에서는 연꽃의 잎과 물이라는 비유가 유명하다. 연꽃잎은 물을 흡수하지 않는 성질이 있기 때문에 '세상의 더러움에도 결코 오염되지 않는 정신'이라는 의미가 있다. 그리고 꽃봉오리는 대지가 가진 생명력으로 예찬되었다.

고 언제나 함께 등장하는 연꽃은 그녀의 아름다움을 상징한다.

　비슈누 신의 가장 큰 특징이 다른 모습으로 나타나는 '화신'인 것처럼 락슈미도 남편을 따라 모습을 바꾸어서 세상에 등장한다. 비슈누 신이 멧돼지 모습(바라하)으로 변신했을 때 그녀도 연꽃으로 변신해 물 위에 떠 있었기 때문에 파드마(Padma=연꽃)라는 별명을 얻게 되었다. 그리고 비슈누 신이 파라슈라마(도끼를 든 라마)가 되었을 때는 그의 아내 다라니(대지)가 되었고, 크리슈나가 되었을 때는 루크미니, 라마 왕자가 되었을 때는 시타로 변신해서 남편을 따랐다.

락슈미를 위한 빛의 축제

매년 10월부터 11월 사이에 초승달이 뜨는 날 밤, 인도 전역에서는 '디와리(Diwari)'라는 축제가 벌어진다. 이 축제는 '빛의 축제'로 불리는데, 황혼녘부터 사람들은 집과 사원 입구에 불을 밝혀서 락슈미 신을 맞아들인다. 물론 이때 집에 있는 불은 모두 끈다. 지역에 따라서는 과자를 준비해서 문 앞에 놓아두기도 하고, 락슈미를 본떠 만든 작은 발자국을 그려놓기도 한다. 이 행사는 주로 상인과 서민들의 축제지만, 이날 밤만큼은 아무리 가난한 집이라 할지라도 환하게 불을 밝힌다.

남편에 대한 순종심을 가지고 있을 뿐만 아니라 집안에 행운을 불러오는 여성은 아내로서 귀감이 될 만한 존재라고 할 수 있다. 그래서 인도 여성들은 락슈미를 이상적인 여인상으로 여기고 각별히 숭배하는 것이다.

가루다 Garuda

■ 별　명 : 바이나테야(Vainateya=비나타의 아들), 가라트만(Garatman=새의 왕), 락타팍
　　　　사(Raktapaksa=붉은 날개를 가진 것) 등
■ 신　격 : 조류의 왕, 비슈누 신의 탈것
■ 불교명 : 가루라천(迦樓羅天), 금시조(金翅鳥)

신들이 사는 천계를 공격한 새들의 왕

　가루다는 새의 머리와 부리, 붉은 날개와 날카로운 발톱을 가지고 있으며, 몸은 황금색으로 빛나는 인간의 모습을 한 신성한 동물이다. 조류의 왕으로 불리는 가루다는 변신 능력이 있어 몸의 크기를 자유자재로 조절할 수 있다.

　이 신화 속의 새는 동남아시아 일대에서도 신으로 숭배될 정도로 널리 알려져 있다. 인도네시아의 경우에는 국가 휘장 속에 가루다의 문양이 들어 있으며, 항공사의 이름(가루다 항공)도 이 새의 이름에서 유래한 것이다. 가루다를 항공사 이름으로 정한 것은, 이 새가 비슈누 신의 탈것이라는 데서 착안한 것으로 보인다. 가루다가 알을 깨고 세상에 태어날 때 그의 어머니 비나타(Vinate)는 뱀족의 노예였다. 가루다는 어머니가 어떻게 해서 노예가 되었는지 물어보았다. 그러자 그녀는 뱀족의 어머니와 내기를 해서 졌기 때문이라고 대답했다. 그 내기란 다음과 같은 것이었다.

　'유해의 동요' ('쿠르마' 항목 참조) 때 바닷속에서 나온 백마에 대해 가루다의 어머니는 그 말은 온몸이 모두 흰색이라고 주장했지만, 뱀족의 어머니는 꼬리는 검은색이라고 억지를 부렸다. 그래서 둘이 내기를 하자, 교활한 뱀족의 어머니는 1천 마리나 되는 아들들을 모두 불러모아 놓고 이렇게 말했다.

"어떤 말이든 좋으니 검은색 말꼬리를 찾아오너라."

이튿날, 내기의 승부를 가리기 위해 백마가 있는 곳을 찾아가니 뱀족의 어머니 말대로 꼬리만은 검은색이었다. 뜻하지 않게 내기에서 진 가루다의 어머니는 어쩔 수 없이 노예가 되고 말았다.

가루다는 어머니를 해방시키기 위해 뱀족과 흥정을 했다. 뱀족이 어머니를 풀어주는 조건으로 내세운 것은 신들이 가지고 있는 영약 암리타를 빼앗아오라는 것이었다. 가루다는 곧바로 신들이 사는 천계로 날아갔다. 가루다가 쳐들어온다는 사실을 미리 알아챈 신들은 경비를 단단히 하고 선제 공격에

나섰다. 하지만 가루다는 조금도 두려워하지 않고 닥치는 대로 신들을 공격하면서 영약이 보관되어 있는 곳으로 돌진해 들어갔다. 신들은 허겁지겁 방어를 했지만 가루다는 큰 날개를 퍼덕이며 흙먼지를 일으켰다. 그러자 앞을 볼 수 없게 된 신들은 사방을 분간하지 못하고 차례로 쓰러졌다. 무예에 뛰어날 뿐만 아니라 용감하기로는 어느 누구에게도 뒤지지 않는다고 자타가 인정하는 인드라 신은 바람의 신에게 모래먼지를 진정시키라고 다급하게 명령을 내렸지만 가루다의 공격에는 도저히 손을 쓸 수가 없었다.

마침내 영약이 보관되어 있는 곳에 도착한 가루다 앞에 신들이 설치해 놓은 무기들이 나타났다. 제일 앞에 있는 것은 칼날이 붙어 있는 날카로운 원반이었다. 가루다는 몸집을 작게 만들어서 난관을 무사히 돌파했다. 그 다음에 기다리고 있는 것은 두 마리의 구렁이였다. 이 구렁이들은 잠시도 눈을 감지 않고 침입자를 철저하게 감시했다. 이 구렁이의 시선을 받은 자는 순식간에 재가 되어버리는 실로 무서운 존재였다. 가루다는 모래바람을 일으켜서 그들의 눈을 어지럽힌 다음 간단하게 죽여버렸다.

드디어 영약을 손에 넣고 귀로에 오른 가루다는 비슈누 신의 공격을 받게 되었다. 격렬한 싸움이 이어졌지만 둘은 한치도 물러서지 않고 맞섰다. 결국 승부를 가리지 못하자 비슈누는 가루다의 강력한 힘에 경탄을 금치 못하고, 자신의 탈것이 되어달라고 제안했다. 그러자 가루다는 자신이 원하는 바를 들어주면 그렇게 하겠다고 했다.

"나는 항상 당신의 위에 있고 싶소. 그리고 영약이 없어도 불사에 이르게 해 주면 좋겠소이다."

가루다의 제안은 받아들여져 그때 이후로 가루다는 비슈누 신의 탈것이 되었다. 또한 그의 모습은 신들보다 높은 곳, 즉 머리 위에 있는 깃발에 그려지게 되었다.

뱀족의 원수, 인간들의 구세주

가루다는 비슈누 신과 우정을 쌓은 다음 영약을 가지고 창공을 날았다. 그런데 이번에는 조금 전에 쫓아버렸던 인드라 신이 다시 나타났다. 인드라 신은 필살의 무기인 금강 방망이(=번개)로 가루다를 공격했다. 그러나 가루다는 조금도 물러서지 않고 이렇게 말했다.

"천계에서 가장 무서운 무기인 금강 방망이와 그것을 휘두르는 가장 뛰어난 용사인 당신에게 경의를 표한다. 물론 금강 방망이에 맞더라도 나는 다치지 않을 테지만 당신에 대한 존경의 증거로 한 쪽 날개를 버리겠다."

가루다가 한쪽 날갯죽지를 뽑아버리자 인드라 신은 그의 겸손한 태도에 감탄해 마지않았다.

"위대한 새여! 나는 그대와 영원한 우정을 나누고 싶다. 그대가 가진 최고의 힘은 어떤 것인가?"

가루다 역시 인드라 신에게 호감을 느끼고 자신이 가진 능력에 대해 말해 주었다.

"나는 한 쪽 날개만으로도 산과 바다, 숲은 물론이고 우주 전체를 떠받칠 수 있다."

그러자 인드라 신은 가루다에게 한 가지 제안을 했다.

"그대를 영원한 친구로 받아들이겠다. 그런데 그렇게 강한 힘을 가지고 있는데 왜 영약이 필요한가? 누가 그것을 먹게 되면 그자는 신들의 적이 되어서 우리들을 해칠 것이다."

가루다가 대답했다.

"어머니를 위해 영약을 빼앗았지만 누구에게도 주지 않을 작정이다. 내가 이것을 뱀족 앞에 내놓으면 당신이 곧바로 가지고 가다오."

인드라 신은 그렇게 하기로 하고 가루다에게 뭔가 원하는 것이 있으면 말해보라고 했다. 그러자 가루다는 어머니를 노예로 만든 뱀족을 떠올리며 이렇게 대답했다.

"그렇다면 앞으로 뱀이 내 먹이가 되도록 해주었으면 좋겠다."

그때 이후 뱀은 가루다의 먹이감이 되었다. 그래서 가루다는 뱀족의 원수가 되었고, 뱀의 피해로부터 인간들을 지켜주는 '성스러운 새'가 되어 사람들의 숭배를 받기에 이르렀다.

약속을 지키기 위해 뱀족이 있는 곳으로 날아간 가루다는 영약을 쿠샤[16]라는 풀 위에 올려놓고 수많은 뱀들에게 이렇게 말했다.

"여기 영약을 가지고 왔으니, 이제 우리 어머니가 자유의 몸이 되게 해다오. 그리고 너희들은 몸을 청결히 한 다음에 이 약을 먹기 바란다."

가루다가 영약을 놓아두고 날아가자 뱀들은 일제히 목욕을 하러 강가로 몰려갔다. 그 사이에 인드라 신이 나타나 영약을 가지고 달아나버렸다. 목욕을 마치고 돌아온 뱀들은 영약이 사라진 것을 보고 가루다의 계략에 속았다는 것을 알았지만 이미 손을 쓸 수 없는 상황이었다. 그래서 하는 수 없이 영약이 놓여 있던 쿠샤에 조금이라도 남아 있는 물방울을 핥아먹으려고 달려들었다. 그런데 쿠샤를 핥자 그들의 혀는 두 쪽으로 갈라지고 말았다. 풀 끝이 아주 날카로워서 혀가 쪼개진 것이었다. 뱀 혀가 지금과 같은 모습으로 된 데에는 이런 사연이 있었기 때문이다.

오늘날에도 사람들은 가루다의 이름을 세 번 부르고 잠자리에 들면 밤중에 뱀에게 물리지 않는다고 믿고 있다.

---

16) 쿠샤 : 띠풀의 일종. 띠풀은 볏과에 속하며 습지에 자생한다. 옛날 한국에서도 띠풀을 이용하여 지붕을 이거나 돗자리를 짜기도 하였다. 고대 인도에서는 제의용 돗자리나 제물대를 덮는 데 썼으며, 이 풀은 브라만이 취급하였다. 따라서 본문에서 암리타를 쿠샤 위에 두었다는 것은 영약임을 나타내는 것이다.

시바 신 Shiva

- 별　명 : 바이라바(Bhairava=공포의 살육자), 하라(Hara=만물의 파괴자), 파슈파티
  (Pashupati=야수의 왕) 외 다수
- 신　격 : 우주 파괴·창조신
- 소유물 : 삼지창, 곤봉(끝에 해골이 붙어 있다), 뱀 세 마리
- 불교명 : 대자재천(大自在天), 청경(靑頸)

시바 신의 가계도

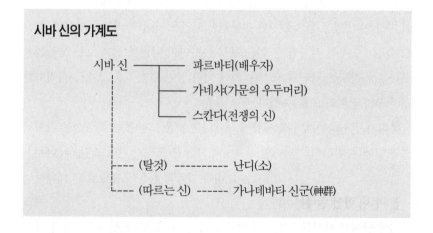

시바 신 ────┬──── 파르바티(배우자)
　　　　　　├──── 가네샤(가문의 우두머리)
　　　　　　└──── 스칸다(전쟁의 신)

├──── (탈것) ────────── 난디(소)
└──── (따르는 신) ────── 가나데바타 신군(神群)

재생을 위해 우주를 파괴하는 공포의 왕

인도 신화 속에서 시바 신은 보통 신들과는 사뭇 다른 독창적인 역할을 맡고 있다. 그는 천계와 인간계, 지하 세계의 왕으로서 살아 있는 모든 생물을 지배하기 때문에 흔히 '삼계(三界)의 왕'으로 불리기도 한다. 시바라는 말은 '상서로운 존재'라는 의미지만, 사람들 앞에는 마치 악마의 자식 같은 무서운

모습으로 나타난다. 『리그베다』에서 그는 폭풍우의 신 루드라(Rudra=포효하는 자)의 별칭으로 등장한다. 루드라는 큰 비바람과 함께 번개를 내리쳐서 논과 밭, 가옥은 물론 인간과 가축들까지도 파멸에 이르게 하는 무서운 존재다.

그 반면에 비바람을 동반한 열대성 저기압이 지나가고 나면 뭐라 말할 수 없는 청량감이 감돈다. 더없이 맑은 하늘 아래로 상쾌한 바람이 불어오며, 물에 잠겼던 대지는 자양분이 풍부한 논과 밭으로 바뀌고, 식물을 새로운 싹을 띄우는…… . 풍요로운 혜택이 다시 찾아오는 징조처럼 흥분되는 감정이 어디에 또 있을까.

이런 이미지를 그대로 신격화한 것이 바로 시바 신이다. 즉, 철저한 파괴와 그에 이어지는 정화된 세상, 바로 이런 양면성이 시바 신을 비슈누 신과 더불어 가장 인기 있는 신으로 만든 원동력이 되었을 것이다. 바꾸어 말하면, 인간으로서는 도저히 저항할 수 없는 무서운 자연의 위력과 함께 모든 생물들을 포근하게 감싸는 극진한 모성을 지닌 이런 상반된 성격을 그대로 신격화한 것이 시바 신이라고 할 수 있다.

파괴가 철저하면 할수록 새롭게 태어나는 것은 그만큼 큰 가능성을 가지고 있는 법이다. 따라서 파괴야말로 재생의 가장 큰 모태가 된다고 할 수 있다.

눈이 세 개 달린 신

시바 신의 주거지는 히말라야 산맥 속에 있는 카일라스 산[17]에 있으며, 청백색의 나체에 호랑이 가죽을 두르고, 머리에는 관처럼 뱀을 휘감고 있는 모습

---

17) 카일라스 산 : Kailas. 히말라야 산맥에서 가장 높고 험준한 부분의 하나. 해발 고도 6,714m. 중국 서장(西藏) 자치구 남서부에 있다. 티베트인들은 강티시(Gang Tise)라고 부르며, 힌두교도와 티베트 불교도(라마교도)들에게 중요한 성지이다. 힌두교도들은 이 산을 힌두교의 3대 신 가운데 하나인 시바 신의 낙원으로 숭배하며, 티베트 불교도들은 이 산을 우주

으로 묘사되는 경우가 많다. 아래로 길게 늘어뜨린 머리는 위에서 묶고, 몸에는 쇠똥의 재를 칠했으며, 삼지창(번개를 상징한다)을 손에 들고 있는 것이 보통이다. 이는 고행승의 모습과 아주 유사하다. 인도의 성지 바라나시는 시바파(시바 신을 주신으로 모시는 종파)의 본거지로, 이곳에 가면 지금도 시바 신의 모습 그대로 수행에 몰입해 있는 많은 수도승들을 볼 수 있다.

시바 신의 가장 큰 특징 중의 하나는 이마에 세 개의 선이 가로로 그어져 있다는 것이다. 이는 비슈누 신의 이마가 V자형으로 되어 있는 것과 비교되는 시바 신의 상징이다. 그리고 이 세 선과 함께 이마 가운데에 또 하나의 눈, 즉 제3의 눈이 있다. 이 눈은 화염을 발사하는 무서운 무기로, 자신에게 저항하는 신을 불태워 죽인 적도 있다. 이 제3의 눈이 생기게 된 배경을 알아보자.

시바 신이 명상에 잠겨 몇 날 며칠을 보내던 어느 날, 아내인 파슈파티가 시바 신 뒤에서 장난삼아 양손으로 눈을 가렸다. 그러자 세상은 곧바로 암흑으로 변해 인간을 비롯한 살아 있는 모든 생물들은 두려움에 떨었다. 그 순간 시바 신의 이마 한가운데가 찢어지면서 새로운 눈이 생겨났다. 그리고 그곳에서 히말라야를 완전히 녹여버릴 것 같은 강렬한 빛이 나왔다고 한다.

링가에서 출현한 시바

링가(Linga)는 남성의 성기를 추상화한 것을 가리키는데, 링가를 시바 신 그 자체로 숭배하는 것이 시바 신 신앙의 큰 특징이다. 보통 링가는 요니(Yoni)라고 부르는 여성의 성기를 추상화한 좌대 위에 올려놓는다. 생식기 숭배는

의 중심인 수메루 산이라고 생각한다. 1951년 중국은 티베트를 점령한 뒤 카일라스 산과 마팜 호를 성지로서 순례할 수 있도록 허락했으며, 1954년에는 인도와 조약을 맺어 성지순례를 보장했다. 그러나 후에 티베트 봉기를 진압한 뒤 이곳에 접근하는 것을 제한했으며, 1962년에는 국경을 폐쇄했다. 인더스 강은 카일라스 산맥 북쪽 기슭에서 발원한다.

아리아인에 의해 전래된 것이 아니라, 인도 토착 신앙의 영향을 강하게 받은 것이다. 링가에 관해서는 다음과 같은 이야기가 있다.

칼파[18] 소멸기(=세상이 소멸할 때)에 비슈누 신이 혼돈의 바다에서 표류하고 있을 때 빛과 함께 브라마 신이 모습을 드러냈다. 브라마 신은 비슈누 신을 발견하자 자기보다 더 앞선 존재가 있다는 사실을 알고 깜짝 놀랐다.

"나는 무수히 우주를 창조하고, 모든 것의 근원인 창조자 브라만이다. 너는 어떤 자냐?"

"나야말로 우주의 중심, 불사불멸의 근원이며 모든 세계의 창조자다. 너야말로 누구냐?"

서로 세계의 창조자라고 주장하는 두 신은 격론을 벌였다. 그러자 갑자기 그들 앞에 큰 섬광과 함께 거대한 링가가 나타났다. 뿌리는 물 속 깊이 잠겨 있고, 꼭대기는 하늘 높이 우뚝 솟아 있었다. 갑작스런 링가의 출현에 두 신은 입씨름을 그치고, 링가의 끝을 먼저 보고 돌아오는 자를 창조자로 인정하기로 약속했다.

브라마 신은 거대한 날개를 가진 백조의 모습으로 변신해

---

18) 칼파 : Kalpa. 브라마 신의 하루(낮) 시간 길이. 브라마 신의 하루가 끝날 때 우주가 소멸한다는 고대 인도의 우주관에서 나온 시간 단위. 칼파는 인간의 시간으로 따지면 43억 2천만 년에 해당한다.

시바 링가는 거대한 것에서부터 손에 올려놓을 수 있는 작은 것까지 그 크기가 다양하다.

서 1천 년 넘게 하늘 높이 날아 올라갔다. 그리고 비슈누 신은 푸른 산처럼 거대한 멧돼지로 변신해서 역시 1천 년 동안 물 속으로 계속 내려갔다. 하지만 하늘 높이 올라가도, 또한 바다 깊이 내려가도 거대한 링가의 양쪽 끝을 확인하는 것은 불가능했다. 두 신은 원래 장소로 되돌아와서 둘의 능력을 뛰어넘는 존재가 있다는 사실을 인정할 수밖에 없었다.

그러자 주변에서 "옴"[19]하는 명징한 소리가 들리면서 링가는 갑자기 큰 화염에 휩싸였다. 그리고 그 속에서 천 개의 팔과 천 개의 다리, 세 개의 눈을 가진 시바 신이 나타났다. 시바 신은 천둥치는 듯한 목소리로 두 신에게 말했다.

"들으시오! 우리들은 원래 한몸이었는데, 브라마는 나의 왼쪽 허리에서 나왔고 비슈누는 오른쪽 허리에서 나왔소. 다시 칼파가 시작되면 브라마는 비슈누의 배꼽에서 나올 것이며, 나는 비슈누가 분노할 때 그의 이마에서 태어날 것이오."

이렇게 말하고 시바 신은 모습을 감추었다. 그뒤부터 사람들은 링가를 숭배하기 시작했다고 한다.

---

19) 옴 : Om. 거룩한 소리. 진언(眞言=만트라) 가운데 가장 위대한 것으로 여겨지는 신성한 음절. 일반적으로 경전을 읽기 전후나 기도, 명상, 찬송의 시작과 끝에 외운다. 우주의 근원인 브라마 신 그 자체이기도 하다.

시바 신을 부르는 다른 이름들

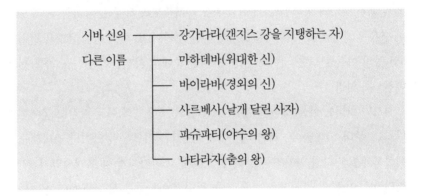

인도의 신 중에서 시바만큼 많은 이름으로 불리는 신도 드물 것이다. 비슈누 신이 화신의 모습으로 지상에 나타나 자신의 존재를 알리는 것처럼 시바 신은 다른 이름(별칭)으로 자신의 성격을 드러낸다. 그런데 그 별칭의 수가 무려 1백 개가 넘는다. 그 중 몇 개만 소개해 보면, 칼라(Kala=죽음을 주관하는 '때'), 부테스바라(Bhutesvara=악마의 왕), 트리로차나(Trilocana=세 개의 눈을 가진 자), 마하타파스(Mahatapas=위대한 고행자), 강가다라(Gangadhara=갠지스 강을 지탱하는 자), 샹카라(Sankara=은혜로운 자), 문다마라(Mundamara=해골을 목에 두른 자) 등이다.

강가다라 Gangadhara/갠지스 강을 지탱하는 자

제사 과정에서 일어난 불상사

『라마야나』에 다음과 같은 이야기가 나온다.

옛날 아요디아[20] 왕국에 덕이 있다고 널리 칭송되는 사가라(Sagara)라는 왕이 있었다. 그는 자신의 뒤를 이을 자식이 없어 고민 끝에 두 명의 아내(케시니와 스마티)와 함께 히말라야 산에 들어가 고행을 했다. 그렇게 1백 년이 지나자 그들의 신심을 인정한 성자 브리그(Bhrigu)가 나타나 은총을 베풀었다.

"위대한 사가라 왕이여! 그대의 소원을 들어주도록 하겠다. 여기 두 왕비 중 한 명은 왕가를 부흥시킬 아들 하나를 낳을 것이며, 또 한 왕비는 용맹을 떨칠 6만 명의 아들을 낳을 것이다. 왕비들은 둘 중에서 자신들이 원하는 바를 선택하도록 하라."

케시니 왕비는 아들 하나를 원했고, 스마티는 6만 명의 아들을 갖고 싶어했다. 그로부터 10개월 후, 케시니는 아사만자라는 아들을 낳았지만 스마티는 이상하게도 커다란 바가지를 낳았다. 그런데 그 바가지가 곧 쪼개지면서 6만 명의 아들이 탄생했다. 세월이 흘러 두 왕비의 아들들은 모두 훌륭한 청년들로 자라났다. 하지만 아사만자 왕자는 뛰어난 재능을 가지고 있었음에도 불구하고 아이들을 강물에 집어던지는 짓궂은 장난을 치거나 선량한 사람들을 고통스럽게 만들었다. 이런 일들로 부왕의 분노를 샀기 때문에 그는 도시에서 추방당하는 신세가 되었다. 이에 반해 6만 명에 이르는 스마티 왕비의 아들들은 모두 수려한 용모를 지닌 청년들로 성장해 부왕의 든든한 후원자가 되었다.

---

20) 아요디아 : Ayodhya. 인도 수도 뉴델리에서 남동쪽으로 220킬로미터 지점에 있는 고대 도시. 코살라 왕국의 수도.

자식들이 성인이 되자 사가라 왕은 말[馬]을 신에게 바치는 제사를 드리기로 했다. 이 제사는 영토의 주권자임을 내외에 선포하는 것으로, 1년 동안 한 마리의 말을 풀어서 영토 내에서 자유롭게 다니게 한 후에 신에게 제물로 바치는 것이었다. 그리고 제사 기간 중에 말이 실종되거나 누군가에게 빼앗기는 일이 발생하면 불길한 징조로 받아들여 대단히 좋지 않게 생각했다. 그래서 말에게는 언제나 무장한 호위병이 따라붙었다. 사가라 왕은 이런 점에 특별히 신경을 써서 손자인 안슈마트[21] 왕자에게 호위를 맡겼다. 그러나 공교롭게 우려하던 일이 벌어져 말이 홀연히 사라지고 말았다. 사태의 심각성을 인식한 사가라 왕은 6만 명의 아들들을 모두 소집한 다음, 반드시 말의 행방을 찾아내라는 엄명을 내렸다.

먼지가 된 6만 명의 왕자

6만의 왕자들은 말의 행방을 찾기 위해 가능한 한 모든 지역을 샅샅이 조사했으나 도저히 알 수가 없었다. 그래서 왕자들은 한 사람당 1요자나(Yojana=약 15킬로미터)씩 땅을 파보기로 했다. 괴력을 지닌 6만 명의 청년들은 번개처럼 날끝이 뾰족한 몽둥이와 예리한 쟁기까지 동원해 필사적으로 땅을 파들어가기 시작했다.

이들의 작업은 지하 세계를 큰 혼란에 빠뜨렸다. 뱀족과 아수라(阿修羅), 나찰(羅刹) 등 땅 속에 사는 마족들과 동물들은 모조리 죽거나 두려움에 떨며 더욱더 밑으로 내려갔다. 그래도 왕자들은 잠시도 쉬지 않고 계속해서 6만 요자나(약 90만 킬로미터)의 지하계까지 파내려갔다.

그들은 마침내 카피라(Kapira) 성자 곁에서 풀을 뜯어먹고 있는 말을 발견했

---

21) 안슈마트 : Ansumat. 추방된 아사만자 왕자의 아들로 사가라 왕의 손자. 활의 명수로 알려져 있다.

다. 이 카피라 성자는 비슈누 신의 화신으로, 왕자들 때문에 고통당한 지하 세계 생물들의 하소연을 듣고 그들을 혼내줄 목적으로 이곳에 와 있었던 것이다. 왕자들은 카피라 성자가 말을 훔쳐간 도둑이라고 오해하여 그를 죽이기 위해 달려들었다. 하지만 카피라 성자는 조금도 물러서지 않고 6만 명의 자객들 앞에서 '훔' 이라고 크게 소리쳤다. 그러자 순식간에 왕자들은 모두 먼지로 변해 버렸다.

천계에서 지상으로 내려온 거룩한 강 갠지스

왕자들로부터 아무런 연락이 없자 걱정이 된 사가라 왕은 안슈마트에게 숙부들인 6만 왕자들의 행방을 추적하라고 명령했다. 사가라 왕은 안슈마트가 6만 왕자에 필적할 만한 지혜와 능력, 위엄을 지니고 있다고 생각했기 때문이다.

안슈마트 왕자는 카피라 성자가 사는 곳을 조사하다가 사라졌던 말을 발견했다. 그는 예의가 바른 용사였기에 카피라 성자는 말을 데리고 돌아가도 좋다는 허락을 하고, 6만의 숙부들은 모두 먼지가 되었다고 일러주었다. 그리고 그들의 혼을 천국으로 보내려면 천계를 흐르는 갠지스 강의 물을 떠서 공양해야 한다고 했다.

세월이 흘러 안슈마트가 왕위를 계승하고, 그의 손자인 바기라타(Bhagiratha) 왕은 할아버지의 숙부들에게 공양을 하기 위해 고행에 들어갔다. 한 달에 한 번밖에 식사를 하지 않고, 팔을 든 채로 고행의 나날을 이어갔다. 그 불굴의 자세에 감동한 브라마 신이 나타나 그에게 갠지스 강을 지상으로 흐를 수 있도록 허락해 주었다. 그런데 천계를 흐르던 강이 지상으로 떨어지자 지상은 커다란 혼란이 일어났다. 예기치 못한 사태로 지상의 생물들이 겪는 고통이 극에 달했던 것이다. 무언가 충격을 완화할 장치가 필요하다고 생각한 바기라타 왕은 시바 신만이 그런 일을 할 수 있다고 확신하고 그에게 기도를 드렸다.

시바 신은 왕의 기도를 듣고, 천계에서 흘러내리는 갠지스 강물을 자신의 머리카락으로 받아서 멈추도록 했다. 시바 신의 머리를 통과하자 힘이 약해진 갠지스 강은 일곱 개의 지류[22]로 갈라져 대지로 흘러들어갔다. 그리고 지상으로 흘러내리는 강물과 함께 그 속에 있던 많은 물고기와 거북도 천계에서 지상으로 내려왔는데, 그 광경은 대단한 장관을 연출했다. 성자들은 시바 신의 몸을 통해 흘러내린 강물을 무엇보다도 청정한 것으로 여기고 찬미해 마지않았다.

이렇게 해서 시바 신은 강가다라라는 이름을 얻게 되었다. 힌두교 신자들에게 갠지스 강의 강물이 신성하며, 모든 죄를 깨끗하게 씻어준다는 믿음이 생겨난 것도 바로 이런 신화에 유래를 둔 것이다.

인도 수도 뉴델리에서 북쪽으로 약 250킬로미터 떨어진 성지 하르드와르는 시바 신이 하늘에서 떨어지는 갠지스 강을 머리로 받은 곳으로, 매년 4~5월 사이 많은 순례자들이 모여든다.

마하데바 Mahadeva/위대한 신

삼계의 마신을 퇴치한 시바 신

신들에게 괴멸당한 거인 마족 타라카 왕에게는 세 명의 아들이 있었다. 그들은 마족 세력의 부활을 위해 결사적으로 수행에 매달렸는데, 이를 보고 만

---

22) 일곱 개의 지류 : 갠지스 강에는 람강가, 가가라, 간다크, 부르히간다크 등 크게 일곱 개의 지류가 있으며, 그 유역에 유명한 성지들이 있다.

족한 브라마 신은 그들에게 원하는 것을 들어주겠다고 했다. 삼형제가 강력하게 원하는 것은 불사(不死)였지만, 브라마 신이 그것만큼은 허락하지 않자 다음 소망을 말했다.

"우리 삼형제가 모두 도시의 왕이 되어 그 세계를 지배하고 싶습니다. 그리고 세 도시를 단 한 발의 화살로 꿰뚫을 만큼 강한 활을 쏠 수 있는 자만이 정복자가 되는 그런 불멸의 도시를 원합니다."

브라마 신은 이 소원을 들어주었다. 그들은 천계에 황금 도시, 공중에 은으로 만든 도시, 지상에 철로 만든 도시를 건설했다. 그런데 순식간에 삼계의 지배자가 된 세 마왕은 폭정을 일삼았다. 신과 사람들이 고통당하는 모습을 본 인드라 신은 마왕들을 쫓아내기 위해 세 도시를 공격했지만 뜻대로 되지 않았다. 인드라 신은 브라마 신에게 어떻게 하면 좋겠느냐고 물었다. 이에 브라마 신은 다음과 같이 말했다.

"세 도시를 화살로 관통시킬 수 있는 능력을 가진 이는 시바 신밖에 없다."

신들이 시바 신에게 마왕들을 퇴치해 달라고 부탁하자, 그는 이렇게 대답했다.

"물론 어떤 악마든 괴멸시켜야 한다. 하지만 내가 가진 힘만으로는 부족하니 모든 신들이 가지고 있는 힘의 절반을 나에게 빌려주지 않겠는가?"

신들은 시바 신의 제안을 받아들였다. 이 일이 있은 뒤부터 시바 신은 마하데바(위대한 신)라는 호칭을 얻게 되었다고 한다.

하여간 세 도시를 공격하기 위한 준비가 착착 진행되어, 신들은 한 대의 강력한 전차와 무엇이든 꿰뚫을 수 있는 강한 활을 만들었다. 그리고 브라마 신은 전차를 몰고, 비슈누 신은 화살의 화신이 되었다. 시바 신이 세 도시를 향해 쳐들어가자, 마왕들은 세 도시를 견고한 하나의 성으로 만든 다음 필사적으로 저항했다. 그러나 시바 신이 있는 힘을 다해 시위를 당기자 화살은 멋지

게 도시를 관통하고 세 마왕을 꿰뚫어버렸다.

바이라바 Bhairava/경외의 신

브라마 신의 머리를 잘라버린 시바

시바 신의 여러 성격 가운데 가장 무서운 면모를 드러내는 것이 바이라바다. 그는 파괴와 살육에 집착해 세상을 온통 공포의 도가니로 몰아넣는다.

언젠가 성자들이 브라마 신에게 "우주의 창조자는 누구인가" 하고 물어본 적이 있었다. 브라마 신은 물론 자신이라고 대답했다. 그런데 여기에 시바 신이 나타나 "나야말로 진정한 우주의 창조자"라고 주장하는 바람에 두 신 사이에 격론이 벌어졌다. 신들이 중재에 나섰지만 둘의 논쟁은 쉽사리 끝나지 않았다. 마침내 흥분한 시바 신은 큰 화염으로 변신해서 자신의 주장을 되풀이했지만, 브라마 신 역시 자신이 우위에 있다는 사실을 조금도 양보하지 않았다. 시바 신은 더욱더 노해 극도의 분노를 전신에 드러냈다. 그 모습이 주위의 신들을 모두 전율시켜 그는 바이라바(Bhairava=공포를 불러일으키는 자)라는 이름을 얻게 되었다. 그러고는 그 자리에서 브라마 신의 목 하나를 서슴없이 잘라버렸다(현재 브라마 신은 네 개의 머리를 가진 것으로 묘사되지만, 이 사건이 있기 전에는 다섯 개였다고 한다).

브라마 신은 어쩔 수 없이 시바 신의 주장을 받아들였지만, 시바 신은 신의 목을 자르는 큰 죄를 저지르고 말았다. 그는 브라마 신에게 속죄의 방법에 대해 물었다.

"네가 잘라버린 내 두개골을 가지고 비슈누 신을 만날 때까지 고행을 계속하라."[23]

시바 신은 브라마 신이 말한 대로 따르기로 하고, 바이라바의 모습 그대로 두개골을 밥그릇삼아 머나먼 여행길을 떠났다. 오랜 고행 끝에 시바 신은 마침내 비슈누 신이 사는 곳에 간신히 당도할 수 있었다. 그래서 안으로 들어가려고 하는데, 이번에는 문지기가 그의 앞을 가로막아 섰다. 또다시 격노한 그는 문지기를 죽이는 죄를 저지르고 안으로 들어갔다. 마침내 비슈누 신을 만나게 된 시바 신은 우선 밥부터 좀 달라고 했다. 그러자 비슈누 신은 그의 이마를 칼로 내리치며 이렇게 나무랐다.

"네 이마에 흐르는 피야말로 네 식사에 어울리는 것이다!"

브라마 신의 책망에 시바 신은 자신의 잘못을 인정하지 않을 수 없었다. 시

---

23) 속죄 : 시바 신의 행동은 다음과 같은 룰(rule)에 기초한 것이다. 브라만교 승려가 고승을 죽인 경우에 그 속죄 방법은, 우선 숲 속에 작은 집을 짓고 천장에 자신이 죽인 자의 머리를 매달아놓는다. 그리고 말이나 당나귀의 가죽을 몸에 두르고 탁발을 위해 두개골과 지팡이(죽인 자의 팔뼈로 만든 것)를 가지고 "고승을 죽인 자에게 밥을 주시오" 하면서 걸어다녀야만 했다. 마을에 들어가는 것은 탁발과 소를 돌봐줄 때만 가능하며, 마을에 들어가도 불가촉천민처럼 취급받았다. 12년 동안 이렇게 하면 자신이 저지른 죄가 씻어진다고 한다.

바 신은 브라마 신의 머리를 자른 것과 문지기를 죽인 두 가지 죄를 어떻게 속죄할 수 있는지 비슈누 신에게 공손하게 물었다.

"성도(聖都) 바라나시에 가면 네가 저지른 큰 죄는 씻어질 것이다."

속죄의 방법을 알게 된 시바 신은 크게 기뻐하며 브라마 신과 문지기의 두개골을 들고 춤을 추면서 바라나시로 향했다. 성도에 도착한 시바 신은 죄 사함을 받고 다시 자신의 거처인 카일라스 산으로 돌아가 수행에 정진할 수 있게 되었다.

사르베샤 Sharbhesha/날개 달린 사자

비슈누 신도 격파한 시바

시바 신의 공격적이고 파괴적인 성격은 주로 마족들을 상대할 때 드러나지만, 가끔은 신들에게 그 무서운 면모를 드러내기도 한다.

비슈누 신이 나라싱하(반인반사자)로 변신해 마적 히란야카시푸를 퇴치한 무용담은 앞서 소개한 바가 있지만, 시바파의 경전에는 그후의 이야기가 기록되어 있다. 나라싱하는 목적을 달성한 후에도 살육의 흥분을 이기지 못하고 계속 난폭하게 행동했다. 그러나 어느 누구도 그를 막을 수가 없었다. 보다 못한 신들은 시바 신에게 도움을 요청했다. 그러자 시바 신은 그 자리에서 여덟 개의 팔과 날개 달린 사자의 모습으로 변신해서 사르베샤라는 또 다른 이름을 얻었다. 샤르베샤는 주위의 신들을 모두 얼어붙게 만들 만큼 무섭게 포효한 다음, 곧바로 나라싱하를 공격하기 위해 나섰다.

시바 신의 강력한 힘 앞에서는 그렇게 난폭하게 굴던 나라싱하(비슈누 신)도 순한 양이 되었다. 나라싱하를 단숨에 때려눕힌 시바 신은 가죽을 벗겨 자

신의 몸에 둘렀다고 한다.

파슈파티 Pashupati/야수의 왕

마족 코끼리를 물리친 시바 신

시바 신에게는 파슈파티(야수의 왕)라는 별명이 있다. 파슈파티는 피가 뚝 뚝 떨어지는 코끼리의 생가죽을 두르고 춤을 추었다는 전설이 있는데, 그 내 용을 살펴보자.

시바 신이 히말라야 산 속에서 수행을 하고 있을 때 아내 파르바티가 뒤에 서 그의 두 눈을 손으로 가려 세상이 온통 암흑 천지가 되어 시바 신의 이마에 제3의 눈이 생겨났다는 이야기는 앞서 소개한 바 있다. 그런데 바로 그때 생 각지도 못했던 사건이 일어났다. 세상이 암흑에 뒤덮여 있을 때 천둥소리처 럼 큰소리가 나며 마족도 하나 태어났던 것이다. 그에게는 '암흑' 이라는 뜻을 가진 안다카(Andhaka)라는 이름이 붙여졌다. 바로 그 무렵 히란약샤(후에 비슈 누 신에게 죽음을 당한 마족의 왕)는 아들을 얻기 위해 고행을 하고 있었는데, 시 바 신은 안다카를 그에게 양자로 주면서 다음과 같은 조건을 붙였다.

"만약 안다카가 세상 사람들에게 증오의 대상이 되거나 브라만(성직자)을 죽이면 내가 직접 나서서 그를 태워 죽일 것이다. 그리고 안다카가 어머니를 찾아서도 안 된다. 내가 말한 것을 결코 잊지 말아라."

하지만 시바 신의 우려는 불행하게도 현실로 나타나고 말았다. 아수라로 성장한 안다카는 세력을 쌓아서 신들과 대적했을 뿐 아니라 심지어 시바 신 의 아내인 파르바티를 연모해서 그녀를 빼앗으려고까지 했다. 그러자 프라라 다('나라싱하' 항목 참조)는 "파르바티는 너의 친어머니다. 그리고 남의 아내를 빼앗으려는 것은 도저히 용서받을 수 없는 큰 죄다"라고 충고했지만 사랑에 눈이 먼 안다카는 친구의 말에 아랑곳하지 않았다. 이리하여 시바 신은 자신의 경고대로 안다카를 죽이기로 하고 마족과의 전쟁을 준비했다.

시바 신은 전쟁을 위해 뱀 세 마리를 만들어 두 마리는 팔에 두르고, 한 마리는 우파비타[24]로 삼았다. 또한 안다카에 대한 분노로 천 개의 머리와 천 개의 눈을 가진 비라바드라(Virabhadra=운명의 불)라는 괴물도 만들어냈다.

곧 전쟁이 벌어진다는 소식에 안다카 편에 선 닐라(Nila='푸른'이라는 뜻을 가진 마족)는 시바 신을 죽이기 위해 코끼리 모습으로 변신해 카일라스 산으로 갔다. 하지만 시바 신을 따르는 난디(Nandi)는 코끼리의 정체를 간파하고 시바 신의 부하인 비라바드라에게 그 사실을 곧바로 알렸다. 비라바드라는 순식간에 코끼리를 죽이고 그 생가죽을 시바 신에게 바쳤다.

시바 신은 핏방울이 떨어지는 코끼리 가죽을 몸에 걸치고 삼지창을 휘두르며 전쟁터로 달려나갔다. 비슈누 신을 비롯한 많은 신들도 응원을 보냈다. 이렇게 해서 신들과 마족군과의 피할 수 없는 전면전이 벌어졌던 것이다. 양측의 치열한 공방전 끝에 결국 시바 신과 안다카 둘만 남게 되었다. 시바 신은 안다카를 향해 필살의 화살을 날렸다. 화살

24) 우파비타 : upavita. 힌두교에서 입문식을 마치면 다시 태어난 사람이라는 증거로 왼쪽 어깨에서 오른쪽 둔부로 내려오도록 걸치는 성스러운 끈을 말한다. 이는 브라만 계급의 의무이자 상징이기도 하다. 성뉴(聖紐=성스러운 끈)라고도 한다.

은 안다카에게 적중되었지만 그는 쉽사리 죽지 않았다. 상처에서 피가 흘러 내려 대지에 스며들자 그곳에서는 놀랍게도 안다카의 분신들이 나타났다. 수천이나 되는 안다카들은 시바 신을 에워싸고 공격했다. 전세가 불리하다는 것을 깨달은 비슈누 신은 안다카의 분신들을 향해 차크라를 날려 그들은 제압했다. 그 사이에 시바 신은 전의를 되찾고 본래의 안다카를 찾아내 손에 들고 있던 삼지창을 힘껏 집어던졌다.

결국 전쟁은 신들의 승리로 돌아가고, 기나긴 마족과의 싸움은 끝이 났다.

나타라자 Nataraja/춤의 왕

신과 성자를 매혹시킨 시바 신의 춤

시바 신이 춤의 명수라는 사실은 널리 알려져 있다. 그래서 그를 흔히 '춤추는 시바(Dancing Siva)'라고 부르기도 한다. 그는 전쟁에 나가거나 영력을 높일 때, 또는 광기에 빠지면 반드시 춤을 춘다.

고대 사회에서 춤은 종교 의식의 중심 요소로 대단히 중시하였다. 당시 사람들은 용맹스러운 동물의 몸짓을 흉내내서 춤을 추면 그 동물의 용맹성이 몸속에 주입된다는 믿음을 가지고 있었다. 따라함으로써 그 대상물과 정신을 함께 나누는 것, 즉 공감이 춤의 목적이었던 것이다. 그러므로 무언가를 기원할 때 신들을 매료시키기 위한 춤은 결코 빠뜨릴 수 없는 중요한 종교적 행위였다. 말하자면, 춤은 고대 사회에서 광란, 도취, 황홀감을 수반하는 재생과 창조를 상징하는 종교 의식이었다. 시바 신이 춤의 왕이 된 것은 그 자신이 그러한 광란 행위를 통해 우주를 파멸시키고, 다시 재생으로 이끄는 역할을 맡았기 때문이다.

시바 신은 108가지의 춤을 추었는데, 어떤 때는 화장터나 무덤에서 귀신들과 함께 춤을 추는가 하면, 또 어느 때는 카일라스 산에서 삼계의 신들을 불러 모아놓고 춤을 추기도 했다고 한다. 춤과 관련된 대표적인 이야기를 하나 소개해 보도록 하자.

한번은 시바 신이 그를 적대시하는 종파의 모임에 참석한 적이 있었다. 그곳에 모인 1만 명의 성자들에게 참된 신앙을 설파하기 위해서였다. 그러나 성

자들은 주문으로 시바 신을 내쫓으려고 했다. 성자들이 열심히 주문을 외웠지만 시바 신에게는 아무런 효력이 없었다. 그래서 성자들은 난폭한 호랑이를 불러 시바 신을 공격하게 했다. 하지만 시바 신은 미소를 지으며 새끼손톱으로 호랑이의 가죽을 벗기더니 몸에 둘렀다. 분노한 성자들은 이번에는 맹독을 가진 구렁이를 내보냈다. 시바 신은 여전히 조금도 놀라지 않고 그 구렁이를 목에 휘감았다. 그러자 성자들은 더욱 화가 나서 온몸이 새까만 작은 악마를 등장시켰다.

작은 악마는 손에 곤봉을 들고 매섭게 공격했지만, 시바 신은 아랑곳하지 않고 혼자서 열심히 춤을 추기 시작했다. 작은 악마가 아무리 공격을 해도 소용이 없자 성자들은 아무 말도 하지 못하고 그저 시바 신이 춤추는 모습만 바라보았다. 얼마 후 성자들은 넋을 잃고 시바 신의 춤에 빠져들었다. 영묘한 리듬은 성자들의 마음에 파동이 되어 울리고, 현란한 몸짓은 모두의 시선을 사로잡았다. 그 순간 갑자기 하늘이 열리면서 신들도 시바 신의 춤을 정신없이 바라보는 모습이 보였다. 그제야 성자들은 시바 신이야말로 진정한 신앙을 전하러 온 자임을 깨닫고 그의 발 밑에 엎드려 진심으로 경배를 드렸다.

파르바티

Parvati

- ■ 별　명 : 많음
- ■ 신　격 : 히말라야의 딸, 시바 신의 배우자
- ■ 소유물 : 연꽃

시바 신의 결혼과 고뇌

슬픈 사랑의 주인공

브라마 신의 아들 중 하나인 다크사[25]에게는 사티(Sati)라는 딸이 있었다. 사티가 결혼 적령기에 접어들자 다크사는 사위를 뽑는 의식을 치르기로 했다. 그런데 정작 사티는 오직 시바 신만이 자신의 남편감이라고 간주했다. 시바신 역시 사티와 같은 생각이어서 그녀와 결혼하고 싶어했다. 그러나 다크사는 시바 신을 몹시 싫어해 사위를 뽑는 행사에 일부러 그를 초대하지 않았다. 아무튼 시바 신은 온몸에 재를 바르고 나체로 산 속을 걸어다니기도 하고, 무덤 주변을 이리저리 배회하기도 하는 등 온갖 기행을 일삼았다. 보통의 아버지라면 그런 남자에게 딸을 시집보내고 싶어하지 않을 것은 당연했다.

드디어 사위를 선발하는 날, 많은 신들은 사티가 자신의 머리 위에 화관을 얹어주기만을 기다렸다. 화관을 얹는다는 것은 남편으로 선택했다는 뜻이다.

---

25) 다크사 : 『마하바라타』에 의하면 브라마 신의 오른손가락에서 태어난 아들로, 양의 머리에 인간의 몸을 하고 있다. 이것은 시바 신이 다크사의 목을 베었더니, 살려달라고 애원하므로 되살려주려 했지만 머리를 찾을 수가 없어서 양의 머리를 붙였기 때문이라고 한다.

사티는 아무에게도 화관을 얹어주지 않고, 오로지 시바 신만을 생각하며 공중으로 화관을 던졌다. 바로 그 순간 어디선가 갑자기 시바 신이 나타나 화관을 자신의 머리 위에 올려놓았다. 그러나 다크사는 시바 신을 사위로 삼을 생각은 추호도 없었다. 그럼에도 불구하고 시바 신과 사티는 결혼식을 올리게 되었다.

시바 신과 다크사의 관계는 이후에도 회복되지 않았다. 어느 날 다크사는 아내와 함께 사위인 시바 신의 집을 방문했다. 시바 신은 극진하게 장인과 장모를 모셨지만, 다크사는 만족하지 않고 그대로 돌아가버렸다. 그후 다크사는 성대한 제의를 열어 많은 신들을 초대했는데, 시바 신은 부르지 않았다. 사티는 아버지에게 항의했지만 다크사는 시바 신에 대한 험담만 늘어놓았다. 그러자 분을 참지 못한 사티는 바로 그 자리에서 자신의 몸에 불을 질러 자살[26] 해 버리고 말았다.

이 소식을 듣고 격노한 시바 신은 곧바로 달려가 다크사가 주관하는 제의를 철저하게 파괴했다. 사랑하는 아내를 잃은 슬픔은 시바 신을 광기로 몰아넣었던 것이다. 그는 사티의 유해를 안은 채 세상을 떠돌았다. 그 모습을 본 비슈누 신은 시바 신의 광기를 치유하기 위해 차크라를 던져 사티의 유해를 잘게 잘라버렸다. 그녀의 유해는 지상으로 산산이 흩어져 그곳은 모두 성지

---

26) 사티 : sati. 또는 수티(suttee). 이 신화에는, 남편이 죽어 화장시킬 때 아내도 함께 화장시키거나, 남편이 죽은 직후 아내 스스로 따라 죽는 인도의 옛 풍습을 반영하고 있다. 이 풍습이 생긴 것은 현세에서뿐 아니라 사후 세계에서도 동반자가 필요하다는 고대의 믿음과 관계가 있을 가능성이 높다. 전통적인 힌두 사회에서 과부들이 겪어야 했던 학대가 이 풍습이 널리 퍼지게 한 원인이 되었을지 모른다. 수티는 자발적으로 행해지기는 어려웠기 때문에 거의 강제적으로 집행되었다. 이러한 풍습을 없애기 위한 조치가 무굴 제국 지도자 휴마윤과 그의 아들 악바르에 의해 추진되었으며, 1829년 영국의 식민지 기간에 완전히 폐지되었다. 그러나 이 풍습은 그후로도 30년 이상 인도의 여러 지방에서 지속되었다.

가 되었다. 비슈누 신의 도움으로 평정심을 되찾은 시바 신은 히말라야로 돌아가 다시 수행에 정진하게 되었다.

파르바티를 시험한 시바 신

남편과 아버지의 반목 때문에 자살을 택한 사티는 신들의 힘에 의해 파르바티(Parvati)로 소생하였다. 그녀는 스스로 고행을 하며 위대한 고행자 시바신을 정성껏 보살폈다. 시바 신은 파르바티와 다시 결혼하기로 마음먹고, 그녀의 신념을 시험해 보기로 했다.

시바 신은 늙은 승려의 모습으로 변신해 파르바티에게 접근하여, 다른 탁발승들처럼 밥을 좀 달라고 부탁했다. 파르바티는 크게 기뻐하며 목욕을 하고 오면 밥을 내오겠다고 말했다. 노승은 그녀의 말에 따라 강으로 뛰어들었다. 하지만 이내 다급하게 외쳤다.

"도와주시오! 악어에게 물렸소!"

재빨리 강가로 달려간 파르바티는 노승을 구하기 위해 손을 뻗었다가 다시 자세를 바로잡았다. 그녀는 남편 시바 신을 제외하고는 그 어떤 남성과도 접촉하지 않겠다고 서약했기 때문이었다. 그 서약을 깨뜨리는 것은 일생에서 가장 큰 치욕이었다. 하지만 바로 그녀의 눈앞에서 노승은 이제 막 악어에게 잡혀먹힐 위기에 처해 있는 것이다.

'어떻게 하면 좋지?'

잠시 주저하는 사이에 노승은 점점 더 물 속으로 가라앉고 있었다. 그 순간 결심을 한 듯, 그녀는 팔을 뻗어 노승을 강에서 구해 냈다. 노승은 파르바티에게 감사의 뜻을 전하고 원래 시바 신의 모습으로 돌아왔다. 이 모습을 본 파르바티는 너무나 기뻤다. 남편이 될 시바 신이 나타난 것도 기뻤지만, 무엇보다 서약을 깨뜨렸다는 오명에서 벗어날 수 있었기 때문이었다.

이렇게 해서 파르바티는 시바 신과 다시 결혼식을 올리게 되었다.

여성미의 상징 – 인도의 비너스

시바 신은 상당히 인기 있는 신이어서 그의 아내로 신화 속에 등장하는 이름만도 무려 수백에 이른다. 고대 인도 사회에서 상류계급의 남성들이 여러 명의 아내를 두는 것은 상식에 속하는 일이었지만, 때로는 한 사람의 아내가 많은 별명을 가진 경우도 있었다. 파르바티는 시바 신의 첫 번째 아내인 사티가 죽었다가 되살아난 것이었지만, 사티보다 훨씬 더 유명한 존재가 되었다.

그 이유는 오랜 세월에 걸쳐 후세의 많은 시인들이 그녀를 칭송했기 때문이다. 그래서 그녀는 가장 아름다운, 세상의 모든 아름다움이 응축된 존재로 사람들의 마음속에 자리잡게 되었다. 말하자면, 파르바티는 인도의 비너스로서 확고한 지위를 얻었던 것이다.

5세기 말에 활동했던 시인 칼리다사는 다음과 같이 파르바티를 예찬했다.

그녀의 자태는 활짝 핀 연꽃처럼 아름다웠으며, 걷는 모습은 백조처럼 우아했다. 균형 잡힌 다리와 제단처럼 잘록한 허리, 도톰하게 솟아나 서로를 밀어올리는 흰 젖가슴, 꽃보다 더 가녀린 두 팔목……

그녀의 미소는 산호 위에 놓인 진주. 뻐꾸기의 노랫소리를 멈추게 할 만큼 아름다운 이슬이 굴러내리는 듯한 목소리, 수사슴에게 얻은 듯 우아한 눈길, 검은 먹을 칠한 듯한 품위 있는 눈썹. 그녀의 삼단 같은 머리카락을 보면 동물들은 자신의 털을 역겹게 생각하게 될 것이다.

시바 신이 가진 힘의 원천

완벽한 여성미의 상징인 파르바티는 많은 별명을 가지고 있다. 몇 가지를 소개해 보면, 우마(우아한 여신), 바이라비(공포의 여신), 안비카(생식의 여신), 가우리(빛나는 여신), 칼리(검은 여신), 두르가(접근하기 어려운 존재) 등이다.

이렇게 이름이 여러 가지인 것은 그만큼 다양한 인격을 가지고 있기 때문이다. 각기 다른 인격은 남편인 시바 신이 가진 강력한 힘의 원천으로 작용한다. 이는 역으로 시바 신이 가지고 있는 다양한 형태의 능력을 인격화시켜 배우자의 모습으로 형상화한 것이며, 좀더 구체적으로 말하면, 힘의 원천=샤크티(성력性力)는 신의 내부에 잠재해 있는 신성한 에너지라고 할 수 있다. 이에 관해서는 여러 설들이 있는데, 극단적인 경우에는 여성과의 성교를 통해 얻는 쾌락과 동일시하기도 한다.

이러한 샤크티 신앙이 인기를 얻게 됨에 따라 그 원천인 시바 신의 배우자들의 지위도 높아지게 되었으며, 개성이 강한 힌두교 속에서도 독자적인 신앙을 형성하게 되었다. 이에 관한 보다 자세한 사항은 제3장을 참조하기 바란다.

가네샤(가문의 지배자)
Ganesha

■ 별　명 : 가나파티(Ganapati=귀족의 수장)
■ 신　격 : 코끼리 머리에 사람의 몸을 지닌 지혜와 번영의 신, 시바 신의 아들
■ 소유물 : 코끼리를 모는 방망이, 염주, 탁발용 바리때 등
■ 불교명 : 대성환희천(大聖歡喜天)

학문과 재물의 신

　가네샤는 인도 전역에서 널리 숭배되는 대중적인 신이다. 인기의 비결은, 가네샤가 인도의 수많은 신들 중에서 드물게 현세의 이익을 가져다주는 서민적인 풍모를 지니고 있기 때문이다.

　그의 우아하면서도 은근한 성격은 사람들이 겪는 각종 어려움을 해결해 줄 뿐만 아니라 부를 가져다주며, 일의 성공을 보장해 준다. 코끼리 머리와 불룩한 배는 웃음을 자아내게 하지만, 그 독특한 캐릭터로서 대중들에게 큰 인기를 얻고 있다. 실제로 거의 대부분의 상점과 은행에서 이 신의 그림이나 조각상을 볼 수 있을 만큼 대중적이다.

　가네샤가 학문의 신이 된 이유는 신화 속에 다음과 같은 이야기가 나오기 때문이다.

　전설적인 현인 비아사는 후세에 유명하게 된 대서사시『마하바라타』를 지은 것으로 알려져 있다. 그는 이 서사시를 쓸 때 자신의 구술을 받아 기록할 만한 자가 없을까 하고 브라마 신에게 상담을 했다. 그러자 브라마 신은 가네샤를 추천해 주었다. 가네샤는 그 요청을 흔쾌히 받아들이고, 비아사가 불러

인도 국민에게 가장 인기가 있는 대서사시 『마하바라타』는 기원전 4백
년경부터 기원 후 2백 년경 사이에 그 얼개가 갖춰진 이야기 형태의 경전
이다. 무려 10만에 이르는 시구로 이루어진 이 서사시는 세계에서 가장
긴 이야기로도 알려져 있다. 이는 그리스의 『일리아드』나 『오디세이』를
합친 것의 7배가 넘는 실로 방대한 양이다. 저자는 비아사라고 알려져 있
지만, 그 말 자체가 '편찬자' '정리자' 라는 의미를 가지고 있기 때문에
확실한 저자는 알 수 없다. 오랜 세월에 걸쳐 많은 사람들에 의해 이야기가
계속되어 오늘날과 같은 형태로 완성된 것으로 학자들은 추정하고 있다.
『마하바라타』라는 제목은 '위대한 바라타족' 이라는 의미다. 바라타
(Bharata)는 인도인들이 자신들의 나라를 지칭하는 말이다('인디아
India' 라는 말은 단지 서양인들이 붙인 영어식 명칭일 뿐이다).
이 서사시의 주된 내용은 실제로 기원전 10세기경에 바라타족 내부에서
벌어진 친족간의 전쟁에 바탕을 두고 있다. 쿠루 왕조의 왕위 계승자인
드르타라슈트라는 맹인이었다. 그래서 그는 왕위를 동생 판두에게 양위
했는데, 판두 역시 수행을 위해 히말라야 산 속으로 들어가는 바람에 왕
위는 원래대로 드르타라슈트라에게 계승되었다. 판두가 죽은 후에 그의

주는 대로 자신이 준비한 석판에 하나하나 적어나갔다. 가네샤의 기록은 대
단히 정확해서 순식간에 세계에서 가장 긴 대서사시인 『마하바라타』가 탄생
하게 되었다.

학문의 신으로서 가네샤에 대한 신앙은 상당히 깊어서 철학이나 수학, 천
문학 등의 책에는 맨 앞에 반드시 "Sriganesayanamah=슈리 가네샤 나마하",
즉 "성스러운 가네샤 신에게 귀의한다"는 문구가 적혀 있을 정도다.

가네샤가 코끼리 머리를 가지게 된 사연
시바 신의 아내인 파르바티에게는 한 가지 불만이 있었다. 남편인 시바 신

다섯 아들은 도시로 돌아와 사촌간인 1백 명의 왕자들과 함께 성장하게 되었다.

하지만 이 다섯 왕자는 1백 명의 왕자들의 핍박을 받게 된다. 왕은 국토를 둘로 나눠 자신의 자식들과 다섯 왕자에게 주었지만, 이 조처에 불만을 품은 1백 왕자들이 다섯 왕자의 영토와 그들의 아내를 모두 빼앗고, 13년간 국외로 추방시켜 버렸던 것이다. 추방 기간이 지나자 다섯 왕자는 약속대로 영토를 반환해 달라고 했지만, 1백 왕자들은 이 요구를 거절했다. 그러자 양측은 인근 왕국들까지 합세한 전면전에 돌입하게 되었다. 18일에 걸친 치열한 전투 끝에 결국 살아남은 사람은 다섯 왕자와 그들 편에 가담한 사촌 크리슈나뿐이었다. 다섯 왕자 중 장남인 유디슈타라는 정식으로 왕위를 계승하고, 형제들과 함께 왕국을 번영으로 이끌었다. 그후 다섯 왕자는 왕위를 버리고 히말라야에 있는 신들의 나라 메루 산으로 향했다. 도중에 형제들은 모두 차례로 쓰러지지만, 유디슈타라만은 정상에 올라 신들의 나라에 들어가는 것으로 대서사시는 끝이 난다.

이 대서사시 속에는 많은 일화와 신화, 전설이 섞여 있어서 마치 힌두교의 백과사전 같은 역할을 하고 있다.

에게는 부하들이 많아서 그를 위해 여러 가지 일들을 해주지만 자신에게는 그런 시종이 하나도 없었기 때문이다. 그녀는 생각 끝에 자신을 충심으로 받드는 시종을 하나 만들기로 했다.

파르바티는 남편이 없는 틈을 타서 비술을 행했다. 그녀는 자신의 몸을 문질러서 나온 때에 향유를 섞어서 인형을 만든 다음, 갠지스 강의 성수(聖水)를 뿌리고 생명을 불어넣었다. 이렇게 해서 인형은 생명을 가진 존재가 되었다. 그녀는 새로운 생명을 보며 미소를 지었다.

"아들아, 내 아들아. 나를 위해 충성을 다해 주렴."

그녀는 곧바로 아들에게 임무를 맡겼다. 파르바티는 자신이 목욕을 하고

있는 동안 아무도 집에 들어오지 못하도록 지키라고 했고, 아들은 어머니의 명에 따라 집 앞에서 충실하게 문지기를 하고 있었다. 그런데 운이 나쁘게도 바로 그때 시바 신이 돌아왔다. 새 아들은 한 번도 보지 못한 아버지를 알아볼 리가 없었다. 시바 신은 낯선 남자가 자신이 집에 들어가는 것을 제지하자 상당히 불쾌했다. 더구나 고압적으로 누구냐고 묻는 바람에 분을 참지 못하고 문지기의 목을 단칼에 베어버렸다.

파르바티는 크게 탄식했다. 애써 만들어놓은 아들이 아버지에게 죽음을 당했다는 사실을 도저히 받아들일 수 없었다. 시바 신은 상심한 아내를 위로하기 위해 아들을 다시 살려주겠다고 굳게 약속했다. 그는 때마침 집 앞을 지나가던 코끼리의 머리를 잘라 아들에게 뒤집어씌웠다. 이렇게 해서 파르바티가 만든 아들은 코끼리 머리를 가지게 되었던 것이다.

달에게 저주를 건 가네샤

항아리처럼 배가 튀어나온 가네샤의 모습은 상당히 우스꽝스러운데다 오른쪽 이마저 부러져 있다. 도대체 왜 이가 부러졌을까? 그 유래는 다음과 같다.

가네샤의 불룩한 배는 엄청나게 많이 먹는다는 증거다. 그가 유별나게 좋아하는 것은 단맛이 나는 과자다. 어느 날, 그는 자신의 생일날 연회에 갔다가 좋아하는 과자를 배불리 먹고 탈것인 쥐[27]를 타고 돌아왔다. 은은한 달빛이 비치는 길을 내달리는 가네샤의 기분은 무척이나 좋았다. 그때 마침 뱀 한 마리가 길을 가로질러 갔다. 이 모습을 본 쥐가 깜짝 놀라 펄쩍 뛰는 바람에 가네샤는 그만 땅에 떨어져 불룩한 배가 터지고 말았다. 그는 허둥대며 사방으로 흩어진 과자들을 다시 주워 모아 뱃속에 집어넣고 자신을 그렇게 만든 뱀을 붙잡아 허리띠 대신 배에 둘렀다.

상황을 수습한 가네샤가 다시 쥐에 올라타려는데, 어디선가 크게 깔깔거리는 소리가 밤하늘을 뒤흔들었다. 머리 위에서 모든 일을 다 보고 있던 달이 웃음을 터뜨린 것이었다. 크게 체면이 상한 가네샤는 자신의 오른쪽 이를 잘라

---

27) 쥐 : 거대한 몸집의 가네샤를 태운 쥐의 모습은 상상만 해도 웃음이 나온다. 이 쥐는 가네샤가 물리친 마족을 변신시킨 것이다.

달을 향해 집어던지며 고함을 질렀다.

"달이여! 앞으로 어느 누구도 네 모습을 볼 수 없을 것이다."

공포의 왕 시바 신의 아들인 가네샤의 저주는 강력했다. 그후 달을 본 자는 좋지 못한 일에 말려들었고, 계속해서 불길한 일이 생겼다. 그래서 어느 누구도 달을 쳐다보지 않게 되었다. 저주에 걸린 달은 점차 쇠잔해져 가더니 아무도 쳐다보지 않는 것을 비관하여 연꽃 속으로 숨어버렸다. 그 결과 밤은 온통 암흑으로 뒤덮이고 말았다. 보다 못한 신들이 간곡하게 가네샤를 설득하자, 그의 저주는 일정 기간 동안에만 힘을 발휘하게 되었다. 달이 차고 기우는 데는 이런 사연이 숨어 있었던 것이다. 그리고 가네샤의 한쪽 이가 없는 것도 바로 그때 그 일 때문이라고 한다.

힌두교의 축제

가네샤 차투르티(Genesha Caturthi)
8~9월에 열리는, 시바 신의 아들인 가네샤 신의 탄생제. 사람들은 코끼리 머리에 사람의 몸을 가진 가네샤의 진흙 인형을 사서 집에 모셔놓고 사흘 동안 예배를 드린 뒤에 이 인형을 강에 흘려보내는 관습이 있다.

스칸다 Scanda

- ■ 별 명 : 카르티케야(Karttikeya=플레이아데스 성단과 관계가 있는 자), 쿠마라(Kumara=
   동자), 사나트쿠마라(Sanatkumara=언제나 젊은 자), 마하세나(Mahasena=위
   대한 전사), 세나파티(Senapati=군대의 지휘자), 사크티다라(Saktidhara=창을
   가진 자)
- ■ 신 격 : 전쟁의 신, 군신(軍神), 시바 신의 아들
- ■ 소유물 : 투창
- ■ 불교명 : 위태천(韋駄天)

여섯 개의 머리를 가진 아이

어느 날 인드라 신은 카일라스 산 근처에서 악마에게 붙잡혀 있던 데바세
나(Devasena)라는 처녀를 구해 준 적이 있었다. 그런데 그녀를 본 브라마 신은
즉석에서 한 가지 예언을 했다.

"이 처녀의 남편이 되는 자는 군대의 지휘자가 되어 아수라들을 공포에 떨
게 만들 것이다."

그 무렵 불의 신 아그니[28]는 칠성(七星=브라만 계급의 시조가 된 일곱 성자)의
아내들을 연모해서 부엌의 화로 속으로 들어가 그녀들의 모습을 훔쳐보며 즐
거워하고 있었다. 아그니 신은 그녀들을 진심으로 사랑했다. 하지만 남의 아
내를 훔치는 것은 큰 죄가 아닐 수 없었으므로 하는 수 없이 산 속으로 들어
갔다.

그런 그의 뒤를 따르는 여인이 있었는데, 어릴 때부터 아그니 신을 마음에

---

28) 아그니 신 : Agni. 불을 주재하는 신이다. 따라서 제사용 불이나 화덕 등 불이 있는 곳에는
반드시 아그니 신이 존재한다.

두고 있던 다크사의 딸 스바하(Svaha)였다. 그녀는 지금이야말로 기회라고 생각하고 칠성의 아내로 변신해 아그니 신에게 접근했다. 아그니 신은 크게 기뻐하며 그녀와 관계를 맺었다. 목적을 달성한 스바하는 아그니 신의 정액을 가지고 돌아와 슈베타 산 속에 있는 황금 동굴 속에 떨어뜨렸다. 다음날에도 그녀는 성자의 아내로 변신해 같은 일을 되풀이했다. 그렇게 6일 동안 계속한 후 7일째 되는 날에는 칠성 중 하나인 바시슈타의 아내로 변신하려 했다. 하지만 바시슈타는 무엇보다 정절을 소중히 여겼기 때문에 스바하는 도무지 변신을 할 수가 없었다.

얼마 동안의 시간이 흐른 후에 슈베타 산 속에 있는 황금 동굴에서 남자아이가 하나 태어났다. 아이는 여섯 번에 걸쳐 떨어진 정액에서 태어났기 때문에 여섯 개의 머리와 12개의 팔을 가지고 있었으며, 신체는 황금색으로 빛났다. 이 아이는 후에 스칸다('떨어졌다'는 뜻)라는 이름의 영웅이 되었다.

신군의 지휘관이 된 스칸다

스칸다는 태어난 지 나흘 만에 완전히 성장해서 크게 소리를 질렀다. 그런데 그 소리를 들은 동물들은 무서워 떨지 않을 수 없었다. 그가 활을 쏘면 산을 꿰뚫었고, 창을 던지면 산이 무너졌다. 그래서 공포에 질린 산들은 대지를 떠나 모두 하늘로 올라갔다. 그러자 대지가 진동하고 여기저기에 균열이 일어났다.

이에 신들은 인드라 신에게 스칸다를 물리쳐 달라고 부탁했다. 인드라 신은 곧바로 달려가 스칸다를 향해 필살의 무기인 금강 방망이(=번개)를 집어던졌다. 방망이는 목표물에 정확하게 맞았지만 순식간에 창을 든 스칸다의 작은 분신들이 계속 생겨났다. 이 모습을 본 천하의 인드라 신도 당황하지 않을 수 없었다. 인드라 신은 이런 강적과 싸워서는 도저히 이길 수 없다는 것을 깨닫고 스칸다에게 휴전을 제의했다. 그러면서 지금껏 자신이 맡고 있던 신군(神軍)의 지휘관 역을 넘겨주었다. 즉위식이 끝난 후 인드라 신은 예전에 자신이 도와주어서 살아난 데바세나와 스칸다를 결혼시켰다.

출생의 비밀을 알게 된 스칸다

스칸다는 태어난 지 불과 6일 만에 군신의 지휘관이 되겠다는 목표를 달성했다. 하지만 몇 가지 문제가 남아 있었다. 여섯 성자의 아내들이 스칸다에게 하소연을 했던 것이다.

"네가 우리들과 아그니 신 사이에 태어난 부정한 자식이라는 소문이 세간에 떠돌고 있어서 남편들은 우리를 버리고 모두 떠나버렸단다. 그러니 이 오해를 풀어주어야 하지 않겠느냐?"

스칸다는 자신의 힘을 이용해 곧바로 그녀들에 대한 악평과 좋지 못한 소문이 떠돌지 않게 만들었다. 그래서 여섯 성자와 그 아내들은 명예를 회복하고 천계로 올라가 별자리가 되었다.

그런데 이번에는 스바하가 자신의 고민을 털어놓았다.

"네 어머니인 나에게도 무언가 좋은 일이 생기도록 해다오. 나는 어릴 때부터 아그니 신을 사모하며 언제나 제사에 쓸 불을 준비했단다. 하지만 아그니 신은 내 마음을 알아주지 않았어. 나는 그와 영원히 함께 살고 싶구나."

스칸다는 그녀의 바람을 들어주기로 했다. 이리하여 그날 이후로 브라만교 승려들이 공물을 불에 집어던질 때 "스칸다"라고 이름을 부르는 관습이 생겼다고 한다. 그녀는 이렇게 해서 영원히 불의 신 아그니와 함께 살아갈 수 있게 되었다.

어느 날, 브라마 신이 스칸다를 찾아와 이렇게 말했다.

"너는 이제 네 친아버지인 시바 신에게로 돌아가거라. 사실 시바 신이 아그니 신에게 들어간 것이고, 그의 아내는 스바하의 몸에 들어가서 전세계의 평화를 위해 너를 낳은 것이다."

스칸다는 자신의 진짜 아버지인 시바 신을 만나 감사의 뜻을 표했다. 아들의 인사를 받은 시바 신은 스칸다가 이끄는 신군과 함께 마족과 전투를 벌이기 위해 나섰다. 마족과의 전쟁에서 스칸다의 대활약으로 신군이 큰 승리를 거두었다는 것은 굳이 말할 필요가 없을 것이다. 참고로 말하면, 스칸다의 탈 것은 공작이라고 한다.

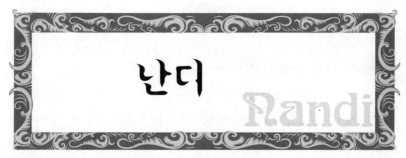

난디
Nandi

■ 신격 : 소원을 들어주는 암소, 시바 신의 탈것

가장 신성한 생물

인도의 소만큼 독특한 위치를 차지하고 있는 생물도 드물 것이다. 농촌 들녘보다 도시의 길거리를 걷다 보면 인도인들이 얼마나 소를 존중하는지 알 수 있다. 소들은 마치 도시의 주인인 양 거리를 활보하며 야채가게의 채소들을 먹어치우기도 하고, 아무 데나 똥오줌을 싸기도 한다. 그리고 때로는 사정없이 사람을 들이받는 난폭자로 돌변한다. 그야말로 아무 거리낌없이 거리를 돌아다니는 것이다. 그럼에도 불구하고 인도인들은 결코 소를 억지로 잡아끌거나 거칠게 다루지 않는다. 예로부터 그런 행동은 불경스러운 것으로 여겨

주위에서 비난을 받아왔기 때문이다.

힌두교 신자들에게 소는 신성한 동물이다. 소가 농경 사회에서 담당했던 중요한 역할 외에도 암소가 생산해 내는 우유는 귀중한 영양 공급원이 되었으며, 그 분뇨는 벽에 발라 건조시킨 다음 땔감으로 사용했다. 종교 의식 중에서도 소가 배출하는 다섯 가지(우유, 요구르트, 치즈, 버터, 크림)는 신성시되었을 뿐만 아니라 대단히 중요한 것이었다. 그리고 임종 직전에 있는 사람의 손에 암소의 꼬리를 쥐어주어서 천국으로 보내는 의식은 인도 전역에서 광범위하게 행해졌다. 암소의 꼬리가 죽은 사람을 천국으로 인도한다고 믿기 때문

힌두교 신자들의 복장

경건한 힌두교 신자들은 복장에도 상당히 신경을 쓴다. 남성의 경우 사원에 참배하러 갈 때나 고승을 만날 때에는 양복 같은 서양식 복장을 해서는 안 되며, 반드시 인도 전통 의상인 도티를 입어야 한다. 이 옷은 목면으로 만든 옷깃이 긴 와이셔츠 같은 상의라고 할 수 있는데, 천의 한쪽 끝을 잡아 엉덩이와 넓적다리 주위에 두른 다음, 정강이 사이로 꺼내서 허리띠에 말아넣어 입는다.

이에 비해, 여성들은 반드시 사리를 입는다. 사리는 약 7미터 정도 되는 옷감을 바느질하지 않고 몸에 걸치는 것이다. 몸에 두르는 방식은 지역이나 계급, 종족 등에 따라 수십 가지가 있다. 당연한 이야기지만, 동물의 가죽으로 만든 옷은 부정(不淨)한 것으로 간주된다. 따라서 구두를 신는 것도 금기로 되어 있다.

외국인이 인도 사원을 방문할 때도 구두를 신거나 가죽옷을 입은 채로는 입장할 수 없다. 여성의 경우 미니 스커트나 반바지, 소매가 없는 복장으로는 사원에 들어가지 못한다. 모두 신을 모독하는 행위로 간주되기 때문이다.

이다.

소를 죽이는 것은 브라만 계급을 죽이는 것과 마찬가지로 커다란 악행으로 여긴다. 그래서 힌두교 신자들은 쇠고기를 먹지 않는다.

이만큼 귀하게 대접받는 생물인 까닭에 소를 타고 다닐 수 있는 신은 가장 위대한 신들로 한정되어 있다. 틀림없이 그런 이유 때문에 난디('행복한 자'라는 뜻)는 시바 신의 탈것이 되었을 것이다. 그리고 난디는 '유해(乳海)의 동요(動搖)'('카르마' 항목 참조) 때 생겨난, 원하면 무엇이든 들어주는 신성한 암소 스라비의 아들이라고 한다.

난디는 언제나 시바 신과 행동을 함께하며, 시바 신을 모시는 사원에는 반드시 그 문 앞에 난디의 상이 있다.

시바 신을 따르는 신들

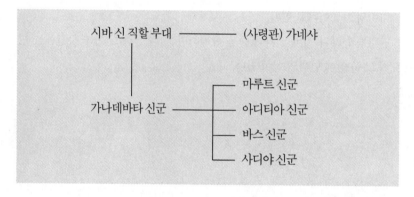

시바 신이 적대자들을 향해 군사적인 행동을 개시할 때 반드시 뒤따르는
것이 가나데바타 신군(神群)이다. 가나데바타라는 말은 '신들의 무리' 라는 뜻
이다. 이들은 일반적인 신들보다는 다소 등급이 낮으며, 언제나 집단적으로
행동하는 특징이 있다. 최고신 시바를 따르는 이들을 소개해 보도록 하자.

● 마루트 신군

마루트(Marutah)는 『리그베다』에 등장하는 폭풍우의 신군이다. 원래 시바 신
은 폭풍우를 신격화한 루드라에서 나왔기 때문에 이들이 시바 신을 따르는
것은 당연하다고 할 수 있다. 마루트 신군은 비바람과 번개, 천둥 등 폭풍우가

휘몰아칠 때 생기는 여러 가지 자연 현상을 신격화한 존재들로서 보통 산 속에 살며, 만일의 사태가 벌어지면 손에 번쩍이는 창(번개)을 들고 전쟁터를 향해 달려나간다. 신의 숫자에 관해서는 여러 설이 있지만, 33신이라는 설이 지배적이다.

● 아디티아 신군

아디티아(Aditya)는 '아디티의 아들' 이라는 뜻이다.『리그베다』에 따르면, 아디티(Aditi)는 '무구(無垢=흠이 없는, 때가 묻지 않은)의 여신' 이라고 한다. 그들은 인간의 생존에 없어서는 안 될 햇빛의 여러 특징을 신격화한 것으로, 모두 12신으로 구성되어 있다.

● 바스 신군

바스(Vas)는 자연 현상을 신격화한 8신의 총칭이다.

물 = 아파스	북극성 = 도르바
달 = 소마	땅 = 다라
바람 = 아니라	불 = 아나라
새벽 = 프라바사	빛 = 프라티사

● 사디야 신군

사디야(Sadhya)는 브라만교 또는 그 이전부터 전승되어 온 고대의 의식이나 예배를 신격화한 신이다. 그 수는 7신 내지 12신이라고 한다.

정 · 부정의 사상 ①

힌두교 신자들은 모든 사물을 정(淨=깨끗한 것)한 것과 부정(不淨=더러운 것)한 것으로 나눈다. 정, 즉 신처럼 맑은 것인가, 아니면 더러워서 부정한 것인가라는 가치 기준에 따라 일상의 삶을 살아간다. 이러한 사고방식은 고온다습한 자연 환경 속에서 병의 공포에서 벗어나기 위한 수단으로 발전한 것이 아닌가 추측해 볼 수 있다.

예를 들면, 인도인들은 다른 사람의 입에 닿았던 것은 절대 먹지 않으며, 식기에 입을 대지도 않는다. 병 속에 든 물을 마실 경우에는 자신의 손에 받아서 마신다. 가난한 사람들에게는 한 개비의 담배도 귀하기 때문에 여러 사람이 돌려가면서 피지만, 직접 입을 대지는 않고 손을 필터처럼 사용한다. 식사를 할 때는 식물의 잎(주로 바나나 잎)으로 만든 접시를 사용하는데, 이는 '쓰고 버린다' 는 발상에서 나온 것이다. 밥을 먹을 때 오른손을 쓰는 것도 부정한 것을 피한다는 의미가 있다(왼손은 부정한 일을 할 때 사용한다). 하지만 인도에서 커리(curry)를 먹을 때 딱딱한 향신료 덩어리와 작은 돌 같은 불순물들이 섞여 있어서 그런 것들을 가려내기 위한 실제적인 이유도 있다.

브라마 신
Brahma

- 별　명 : 피타마하(Pitamaha=할아버지), 스바얌부(Svayambhu=스스로 태어난 자), 로케
  사(Lokesa=세계의 주인), 아트마부(Atmabhu=자기 자신에게서 태어난 자)
- 신　격 : 3대 신의 하나이며 우주 창조 신
- 소유물 : 경전, 바리때, 염주, 물항아리, 제의용 숟가락 등
- 불교명 : 범천(梵天)

브라마 신의 가계도

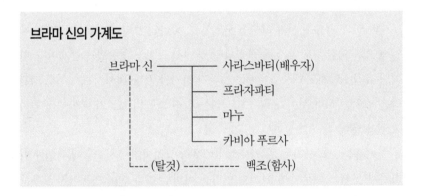

브라마 신 ─┬─ 사라스바티(배우자)
　　　　　├─ 프라자파티
　　　　　├─ 마누
　　　　　└─ 카비아 푸르사
　　└─── (탈것) ────── 백조(함사)

우주의 근본 원리인 '범(梵=브라만)'의 인격신

　우선 브라마라는 명칭에서 알 수 있는 것처럼 우주의 창조자인 브라마 신
은 인도 철학의 가장 핵심적인 개념이라고 할 수 있는 '범(梵=브라만)'[29]을 신

---

29) 브라만 : Brahman. 이 말은 브라만교와 그 발전된 형태인 힌두교에서 가장 핵심적인 개
　념이라고 할 수 있다. 브라만교의 '브라만', 브라만 계급의 '브라만', 브라만 신의 '브라만'
　같은 말은 모두 이 '브라만'에서 나온 것이다. 인도 사상에는 '범아일여(梵我一如)'라는 중요

격화한 것이다. 원래 범이라는 것은 제사를 지낼 때 제관들이 말하는 경전의 단어들이 가지고 있는 신비한 '힘'을 뜻하는 것이었다. 즉, 우주의 모든 것을 창조하기 위한 에너지가 브라만(=범)이었다.

그 신비한 '힘'은 시간의 흐름과 함께 철학적 개념을 갖게 되어 마침내 우주 자체의 기본 개념이 되었다.

브라마 신은 '우주 만물'을 창조한 신으로서 삼계를 비롯하여 세계, 하천, 바다, 식물, 동물, 바위 등 세상의 모든 것을 만들었다. 물론 신들도 브라마 신이 창조하였고, 브라만 계급의 선조인 프라자파티(Prajapati)도 브라마 신이 창조했다. 이처럼 브라마 신에 의해 모든 생명이 창조되었다는 것이 힌두교의 가장 핵심적인 가르침이다.

시바 신과 비슈누 신과 더불어 3대 신 중 하나인 브라마 신은 창조라는 제일 중요한 역할을 맡았기 때문에 세 신 중에서도 가장 칭송받는 존재이다. 하지만 유감스럽게도 대중들에게는 그다지 인기가 없다. 서사시 속에서도 맹활약을 펼치는 시바 신이나 비슈누 신과는 달리 그들의 보조자 역할에 만족하고 있을 뿐이다. 왜 그럴까?

그 이유는 브라마라는 개념 자체가 매우 추상적이어서 사람들에게 쉽게 다가가지 못했기 때문이다. 그리고 인간은 이미 브라마 신이 만들어놓은 우주 속에 존재하므로 인간의 생애라는 짧은 사이클로는 우주의 생성과 사멸에 개입할 여지가 없다는 점도 그 이유라고 할 수 있다. 말하자면, 브라마 신은 비록 우주 만물의 창조자이긴 하지만 인간의 구체적인 삶에서는 희미한 그림자에 불과한 존재인 것이다.

한 개념이 있다. 이것은 우주의 근본 원리인 '범(梵)=브라만'과 개인의 본체를 가리키는 '아(我)=아트만'이 동일한 것이라는 의미다.

물 속에서 빛나는 '황금알'

브라마 신이 우주의 창조자라고 한다면, 우주의 창조자는 도대체 어떻게 생겨났는가 하는 의문이 들 것이다. '닭이 먼저냐, 달걀이 먼저냐' 처럼 정답이 나올 수 없을 것 같은 이 문제는 인도 신화에서만큼은 명쾌하게 해결된다. 닭이나 달걀에 우선하는 황금알이 존재하기 때문이다. 『마누 법전』에는 다음과 같은 이야기가 나온다.

태초에 우주는 인식도 할 수 없고, 이렇다 말할 특징도 없고, 이성으로도 판단할 수 없고, 그 어떤 것이라고 할 수 없는, 마치 깊은 잠 속에 빠진 것 같은 암흑이었다. 그런 가운데 출현한 브라마 신은 스스로 신비의 에너지를 발산해 암흑 속에서 모습을 나타내고 지(地)·수(水)·화(火)·풍(風)·공(空) 다섯 원소의 근원을 만들어냈다. 그것은 감각으로는 도저히 느낄 수 없는 아주 미세한 것으로 오로지 정신에 의해서만 지각할 수 있는 민감한 것이었다. 브라마 신은 자신의 몸으로 생물의 종(種)들을 만들어내기로 하고, 숙고 끝에 우선 물을 만든 다음 그 속에 종자를 놓아두었다. 종자가 빛나는 황금알로 변하자 브라마 신은 그 알 속으로 들어갔다. 거기서 1년이 지난 후, 그는 알을 두 개로 쪼개면서 태어났다. 브라마 신은 이렇게 해서 우주에서 처음으로 실체를 가진 존재가 되었다. 그리고 쪼개진 알의 반쪽으로 하늘을 만들고, 나머지 반쪽으로는 땅을 만들었다. 그 중간에 대기와 동서남북, 물이 영원히 괴어 있는 곳(바다, 강, 샘) 등을 만들었다.

이것이 인도 신화 속에 등장하는 '천지 창조' 설이다.

브라마 신의 머리가 네 개가 된 이유

브라마 신은 네 개의 팔과 네 개의 머리를 가지고, 몸에 흰옷을 걸치고 있는

빨간 피부의 신으로 묘사된다. 그리고 항아리와 염주, 경전, 바리때 등을 가지고 사람들 앞에 나타난다.

브라마 신의 머리는 원래 하나였지만 어떤 이유로 인해 다섯 개가 되었다. 여기서 그 이야기를 소개해 보도록 하자.

언젠가 그는 자신의 배우자로 삼기 위해 아름다운 처녀를 하나 만들었다. 그녀의 이름은 사라스바티. 너무나 아름다운 여성이어서 브라마 신은 자신이 만들었음에도 불구하고 넋을 잃고 그녀를 뚫어지게 바라보았다. 그녀는 브라마 신의 시선에 압도되어 그의 겨드랑이를 돌면서 시선을 피하려 했지만, 브라마 신은 그곳에 새로운 머리를 만들어 사라스바티를 응시했다. 하는 수 없이 그녀는 브라마 신의 뒤로 돌았는데, 그는 또 머리를 만들어 사방을 모두 볼 수 있는 네 개의 머리를 가지게 되었다. 이제 그녀는 공중으로 도망칠 수밖에 없었다. 하지만 브라마 신은 공중을 볼 수 있는 다섯 번째 머리를 만들었다. 사라스바티는 어디에 있든 브라마 신의 시선을 피할 길이 없었다. 이토록 열렬하게 사랑하는 브라마 신을 외면하지 못한 그녀는 마침내 그의 배우자가 되었다.

브라마 신은 이때까지만 해도 다섯 개의 머리를 가지고 있었는데, 후에 누가 우주 만물을 창조했는지를 놓고 시바 신과 입씨름을 벌이다 격노한 시바 신이 머리 하나를 잘라버렸다는 이야기는 앞서 소개한 바 있다('시바 신' 항목 참조). 그 때문에 브라마 신의 머리는 네 개만 남게 되었다. 아름다운 여성을 무척이나 좋아해서 일부러 머리까지 만든 창조주 브라마 신의 이야기는 아주 낭만적인 분위기를 풍긴다.

아수라에게도 힘을 준 브라마 신

신화 속에서 비슈누 신과 시바 신은 맹활약을 펼쳐 대중들에게 열렬하게 숭배되고 있지만, 브라마 신은 그가 맡은 역할 때문에 그다지 인기를 얻지 못하고 있다.

그가 맡은 역할은 대부분 피상적인 것들로, 경전에 따라 제사를 주관하거나 고행을 쌓은 자들에게 은혜를 베푸는 정도에 불과하다. 그런데 문제는 누구나 고행을 쌓으면 선악을 불문하고 은혜를 베푼다는 데 있다. 예를 들면, 신들은 물론이고 마족이라 할지라도 경전에서 정한 대로 고행을 하고, 그 결과

함사

브라마 신의 탈것인 함사(Hamsa)는 아조(鵝鳥)를 지칭하는 것으로, 중앙아
시아 지역의 호수 등지에서 서식하다가 겨울이 되면 인도 전역으로 날아든
다. 그런데 아조라는 말은 원래 '어리석은 자'를 의미하기 때문에 서구의 학
자들은 '백조(白鳥)'라고 의역했다. 아조가 비상하는 모습은 브라만에 도달
하려는 고행승의 높고 굳은 의지를 상징하고, 순백의 이미지는 아주 이상적
인 것으로 간주되므로 최고신 브라마의 탈것이 되었던 것으로 보인다.

로 강력한 힘을 요구하면 브라마 신은 거절하지 않는다는 것이다. 아수라 중
에는 브라마 신으로부터 받은 힘으로 신들을 공격해서 종종 브라마 신의 입
장을 곤란하게 만드는 경우가 적지 않다. 그러면 대부분의 경우 인드라 신이
나 시바 신의 활약으로 피해를 모면하게 되는데, 이런 상황이 벌어지면 브라
마 신은 결국 악의 편에 서는 결과로 나타날 도리밖에 없다.

사라스바티
Sarasvati

- 별　명 : 사비트리(Savitri=베다의 신성한 운율), 가야트리(Gayatri=운율)
- 신　격 : 학문, 지혜, 음악의 여신, 브라마 신의 배우자
- 소유물 : 비나(현악기)
- 불교명 : 변재천(辯才天), 묘음천(妙音天)

브라마 신이 창조한 아름다운 아내

사라스바티는 '물의 소유자' 라는 의미를 가지고 있다. 브라마 신이 물에 떠 있는 황금알에서 탄생했다는 신화를 상기해 보면, 알을 둘러싸고 있던 물의 소유자 사라스바티는 '만물의 어머니' 인 셈이 된다.

『리그베다』에서 사라스바티는 강 이름으로 '최고의 어머니, 강 중에서 최상급자, 최고의 여신' 으로 기록되어 있다. 그녀는 하얀 피부에 우아한 자태를 뽐내며 백조나 공작을 타고 있는 모습으로 묘사되는 경우가 많다.

현재 사라스바티라는 이름의 유래가 된 강은 라자스탄[30] 북쪽 지역이 사막화되면서 사라졌지만 옛날에는 갠지스 강만큼이나 큰 강이었다. 고고학 조사를 통해 현재 야무나 강[31]으로 흘러드는 많은 지류들이 옛날에는 하나의 큰

---

30) 라자스탄 : Rajasthan. 현재 인도 북서부에 있는 라자스탄 주. 건조 기후로 인해 주 면적의 5분의 3이 사막 지대다. 방목과 농경을 하며, 구릉 지대에는 지금도 호랑이나 표범 같은 맹수가 출몰한다.

31) 야무나 강 : Jamuna. 히말라야 산중에서 발원하여, 수도 뉴델리와 타지마할로 유명한 아그라를 거쳐 알라하바드 부근에서 갠지스 강과 합류한다.

하천으로서 흘렀다는 사실이 입증되었다. 그리고 이 지역은 아리아인들이 인도 대륙에 첫발을 내디딘 장소였을 것으로 추정하고 있다. 따라서 당시 이 강은 지금의 갠지스 강보다 더 중시했을 것이다.

강의 여신으로서 사라스바티는 농경에 필요한 물을 공급함으로써 사람들에게 식량을 가져다주었으며, 물이 가진 정화작용이 점차 신성시되면서 강 유역에서 열리는 제사의 보호자로 커다란 역할을 담당하기에 이르렀다.

예전에는 비슈누 신의 아내?

사라스바티와 관련된 재미있는 전설이 지금도 벵골 지역에 전해 내려오고 있다. 그 전승의 내용은 사라스바티가 락슈미, 강가(Ganga=갠지스 강을 신격화한 여신)와 함께 비슈누 신의 아내였다는 것이다. 하지만 세 아내는 서로 사이가 좋지 않아 언제나 불화가 끊이지 않았다. 세 아내의 반목으로 입장이 난처해진 비슈누 신은 사라스바티를 브라마 신에게, 강가를 시바 신에게 보냈다고 한다. 일설에 따르면, 사라스바티는 학문과 웅변의 신이어서 비슈누 신의 그릇된 생각을 바로잡기도 했지만, 잔소리도 심했다고 한다. 그래서 비슈누 신은 이런 사라스바티를 못마땅하게 생각해 브라마 신에게 보내버렸다는 전설도 있다. 물론 이런 전설이 생겨난 배경에는 3대 신 중에서 비슈누 신이 가장 위대하다는 것을 드러내려는 의도가 숨어 있다.

하여간 신화 속의 사라스바티는 브라마 신이 자신의 머리를 다섯 개나 만들어서 지켜볼 만큼 매력적인 존재로 등장한다.

학문과 음악의 신

사라스바티는 자신의 이름과 같은 강에서 열리는 제사 때 가장 중요한 의식으로 치러지는 '신에게 바치는 찬가'의 창조자로 알려져 있다. 즉, '베다의 어머니'라는 경칭으로 불린다('베다'는 말 그대로 '성스러운 찬가나 시'를 뜻한다—옮긴이). 『리그베다』에 기록되어 있는 시는 몇 가지 운율이 있는데, 그 중에서 가장 뛰어난 것이 가야트리 운율이다. 이는 한 행을 세 번씩 반복해서 읽는 것으로, 이 시를 읊는 자는 그 어떤 죄로부터도 해방된다고 할 만큼 중요하고 신성하게 취급된다. 사라스바티를 흔히 가야트리라는 별명으로 부르는 것도 가야트리를 신성시해서 그 자체가 신이 되었기 때문이다. 따라서 그녀의 말은 브라만교의 승려들이 제사 때 내는 말 그 자체이며, 학자들이 사용하는 산스크리트어[32]도 그녀의 작품이라고 한다.

부와 명예, 행복, 음식을 사람들에게 주고, 자손까지 낳게 해주는 그녀의 은혜는 현재도 많은 사람들의 신앙을 모으고 있다. 부인과 어린이의 수호신이며, 학문과 지혜, 웅변, 음악의 신, 게다가 입학 시험 때 행운을 가져다주는 신으로 대중들에게 인기가 높다.

브라마 신과 사라스바티의 자식들

● 알려지지 않은 브라마 신의 자식

브라마 신의 자식은 몇 명이 있지만, 실제로 그와 사라스바티 사이에서 태어난 자식인지는 불분명하다. 왜냐하면 생명이 있는 모든 존재는 우주 만물의 창조주인 브라마 신의 자식이라고 할 수 있기 때문이다. 여기서는 확실하게 그의 자식으로 알려져 있는 몇몇 존재들을 소개해 보도록 하겠다. 그런데이들은 다른 신의 자식들과는 달리 신이 아닌 인간이다.

● 프라자파티

프라자파티(Prajapati)는 '모든 피조물의 주인'이라는 의미다. 이 말은 브라마 신을 지칭하는 경우도 있지만 대개의 경우에는 브라마 신의 마음에서 생겨난 성자 또는 성선들('마트시아' 항목 각주 참조)들로, 이들은 인류의 조상이기도 하다. 그들의 수에 관해서는 7인 설, 8인 설, 10인 설, 16인 설이 있지만, 그 중 대표적인 프라자파티는 다음과 같다.

- 안기라스(Angiras) : 그의 이름에는 '적대적인 주문' '검은 주문'이라는 의미가 있으며, 원래는 오랜 옛날에 행해졌던 '불의 의식'을 주관하는 사제의

---

32) 산스크리트어 : Sanskrit. 범어(梵語)라고 한다. 고대 인도아리아어로, 중기 인도에서 사용되었던 프라크리트(Prakrit=민중어)와 구분되는 학술용 문어(文語). 한국 불교 용어에도 중국식 음역을 통해 들어온 산스크리트어들이 남아 있다. 나무아미타불(南無阿彌陀佛=아미타불에 귀의한다)이 그 대표적인 용어다.

명칭이었다.

– 플라스티야(Plastya) : 모든 락샤사(Raksasa=나찰羅刹. 악귀라는 의미)는 그에게서 태어났다. 그리고 '푸라나' 문헌을 브라마 신으로부터 받아 사람들에게 전해 준 공로가 있다.

– 크라투(Kratu) : 엄지손가락만한 크기로, 발라킬랴(Valakhilya)라고 불리는 태양처럼 빛나는 6만 성자들의 아버지다.

– 다크사(Daksa) : 딸 사티는 시바 신의 아내가 되었지만, 그는 비슈누 신을 믿었다. 시바 신을 무시했기 때문에 그의 공격을 받기도 했다.

– 나라다(Narada) : 비슈누 신의 화신 중 하나인 크리슈나 신화에서는 대단히 중요한 역할을 하는 존재로 등장한다. 그는 시인, 왕의 조언자, 신과 인간의 중개자로 알려져 있다.

● 14명의 마누

마누(Manu)에 대해서는 비슈누 신의 화신 '마트시아' 항목에서 이미 소개한 바 있지만, 여기서 좀더 자세히 알아보도록 하자.

브라마 신의 탄생에서부터 죽음에 이를 때까지의 기간은 마하칼파(대겁大劫)라고 부르는데, 그의 죽음과 함께 우주는 완전히 소멸하게 된다. 브라마 신의 하루는 세계의 탄생과 소멸이 한 주기로 일어나는 시간이다. 따라서 브라마 신의 하루하루는 세상의 탄생과 소멸의 반복이라고 할 수 있다. 이런 것을 칼파(kalpa, 겁劫)라고 부른다. 한 칼파는 14기로 나눠지고, 각 시기마다 마누가 있으므로 모두 14명의 마누가 존재하는 것이다. 이들의 생존 기간, 즉 한 칼파는 만반타라(Manvantara)라고 하며 이는 인간의 시간 개념에서 보면 3억 672만 년에 해당한다. 현재 마누는 일곱 번째이며, 바이바스바타 마누(태양신의 아들)라는 이름이 붙어 있다.

● 카비아 푸르사

어느 때 사라스바티는 아들을 얻고 싶어서 히말라야 산 속에 들어가 고행에 매달렸다. 브라마 신은 고행을 한 자에게 은혜를 베풀어주는 신인데다 그녀의 남편이기도 해서 사라스바티가 원하는 대로 아들을 갖게 해주었다. 이렇게 해서 태어난 아들은 어려서부터 시(운문)를 자유자재로 짓는 등 뛰어난 재능을 발휘했다. 그는 문자(산스크리트어)를 만든 '문학의 어머니(사라스바

티)'의 아들답게 대시인이 되었고, 인간들에게 시 작법을 가르쳐주기도 했다. 그래서 그는 카비아 푸르사(Kavya Pursa : 시를 처음 지은 자)라는 이름을 얻게 되었다.

카비아 푸르사가 청년으로 성장한 어느 날, 어머니 사라스바티는 신들의 논쟁에 심판 자격으로 천상계의 초대를 받았다. 그래서 그는 어머니와 동행하기로 했는데 "초대받지 않은 자는 참석할 수 없다"는 통보를 받았다. 신들의 태도에 몹시 화가 난 그는 홀로 여행을 떠났다. 그러자 그가 사라진 것을 안 친구 스칸다는 식음을 전폐할 정도로 몹시 슬퍼했다. 그래서 스칸다의 어머니, 즉 시바 신의 아내 파르바티는 아들의 슬픔을 알고 카비아 푸르사의 아내를 만들기로 했다. 카비아가 아내를 갖게 되면 멀리 떠나지 않을 것으로 생각했던 것이다.

파르바티가 창조한 소녀 사히티야 비디아(시학詩學이라는 의미)는 남편이 될

정·부정의 사상 ②

인도인들이 식사를 할 때 오른손만 사용하는 이유는 왼손을 부정(不淨)한 것으로 보기 때문이다. 가장 품위 있게 밥을 먹으려면 엄지손가락과 집게손가락, 가운뎃손가락의 첫 마디만을 사용해야 한다. 비록 품위는 있을지 모르지만 보통 사람들은 흉내내기조차 힘든데, 이런 방법으로 걸쭉한 커리를 능숙하게 먹는 사람도 적지 않다. 인도를 여행할 때는 각별한 주의가 필요하다. 자칫 잘못해서 왼손을 사용하거나 왼손으로 음식물을 받아서는 안 된다. 대단히 교양 없는 사람으로 생각하기 때문이다.

힌두교에서는 인간의 좌반신도 모두 부정한 것으로 본다. 그런 영향은 티베트 불교에도 전파되어 도로 중앙에 세워진 불탑을 지날 때는 반드시 왼쪽으로 돌아가야 한다. 즉, 좌반신을 불탑에 보이지 않으려는 것이다. 승려들이 입고 있는 가사가 왼쪽 어깨를 덮고 있는 것도 같은 이치다.

인도의 농촌 지역을 여행한 사람이라면 이해할 수 있겠지만, 화장실에 가보면 휴지 대신 큰 물그릇이 놓여 있다. 일을 본 후에는 왼손을 이용해 물로 뒤처리를 하기 때문이다. 실제로 몇 번 이렇게 해보면 이 방법은 의외로 상당히 청결하다는 것을 알게 된다. 덧붙여 말하면, 이 방법 때문인지는 몰라도 인도에서는 항문 질환 발병률이 다른 나라보다 훨씬 낮다고 한다.

카비아의 뒤를 좇아 여행길을 떠났다. 길을 떠난 카비아 푸르사는 자신이 방문하는 곳마다 다양한 문체로 글을 지어 사람들에게 전파했다. 뒤를 따르는 미래의 아내도 언어와 춤으로 그 영역을 넓혔는데, 이것들은 사람들 사이에서 양식화되어 널리 퍼지게 되었다.

마침내 둘이 만나 결혼에 이르렀다. 그들은 사라스바티 여신과 파르바티 여신에게 축복을 받고, 시인의 혼(魂) 속에 살게 되었다고 한다.

이 이야기는 인도에서 시가 얼마나 중시되었는가를 보여주는 좋은 예라고 할 수 있다. 물론 시는 예술일 뿐만 아니라 제사 때 신성한 신들에게 드리는 찬가의 역할도 한다.

제2장
세계 수호신

세계의 구석구석까지 주시하는 신들

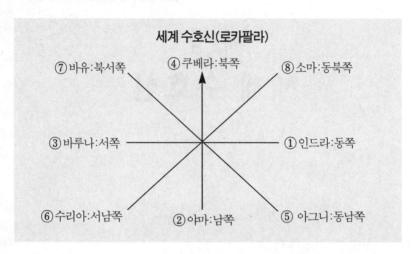

세계 수호신(로카팔라)

⑦ 바유 : 북서쪽 ④ 쿠베라 : 북쪽 ⑧ 소마 : 동북쪽

③ 바루나 : 서쪽 ① 인드라 : 동쪽

⑥ 수리아 : 서남쪽 ② 야마 : 남쪽 ⑤ 아그니 : 동남쪽

  힌두교에는 세계를 수호하는 신들이 존재한다. 앞서 소개한 시바 신이나 비슈누 신처럼 강력한 힘을 가진 신들만 세상의 모든 존재를 수호하는 것이 아니라 몇몇 신들이 각 방위를 분담해서 세계를 호위하고 있다. 그들은 '로카팔라(Lokapala)' 라고 불

리는데, 세계의 중심인 메루 산에서 각 방위를 향해 진을 치고 온 세상 구석구석을 살핀다.

예로부터 세계 수호신은 동서남북에 하나씩 모두 네 신이 있었다. 그 중에서 동쪽을 담당했던 신을 가장 중시하였다. 동쪽은 행복을 불러오는 방위여서 브라만교 시대에는 당시 최고신이었던 인드라가 담당했다. 남쪽은 죽음과 관계가 있다고 생각해서 죽음을 주관하는 야마가 수호하는 방위가 되었다. 그리고 서쪽의 수호는 물의 신인 바루나에게 맡겨졌다. 서쪽 끝에 큰바다가 있다고 생각했기 때문이다. 북쪽의 수호신은 재물의 신인 쿠베라가 맡았다. 북쪽 산악지대에 황금산이 있다고 믿었기 때문이다.

위에서 언급한 동서남북 네 방위 신들은 대서사시 『마하바라타』 등에도 소개되어 있는데, 신들이 각 방위를 지킨다는 발상은 인도인들에게도 널리 받아들여졌다. 그래서 나중에는 더욱 발전된 형태로 여덟 방위의 신이 나타나게 되었다. 즉, 각 방위 사이에 새로운 수호신들이 등장한 것이다. 동남쪽은 아그니, 서남쪽은 수리아, 북서쪽은 바유, 동북쪽은 소마가 수호신의 역할을 맡게 되었다(경전에 따라서는 다소 차이가

있다).

이러한 여덟 방위의 수호신이 세계를 지켜준다는 사고방식은 불교에도 받아들여
졌는데, 특히 밀교(密敎)에서는 '호세팔방천(護世八方天)'이라 부르며 승려들은 순번
대로 신들을 떠올리며 숭배하도록 가르침을 받는다.

오래된 신들의 복권

한 가지 흥미로운 것은 세계 수호신으로서 역할을 부여받은 여덟 신 중에 일곱 신
은 브라만교에서 오래 전부터 숭배되어 온 신들이라는 점이다. 앞에서 설명한 것처럼,
『리그베다』를 비롯한 베다 경전에 바탕을 둔 아리아인들의 신앙은 인도 토착민들과
의 융화 과정을 거쳐 힌두교로 변모해 갔다. 브라만교 시대에 활약했던 신들의 이야
기는 힌두교 시대로 접어들면서 점차 비슈누 신과 시바 신 중심의 신앙으로 발전했
다. 그렇게 되자 브라만교 시대에 존재했던 많은 신들은 아무런 역할도 하지 못하는
신세로 전락하는 결과를 낳았다. 하지만 신화의 창조자들은 그들을 내버려두지 않고
새로운 신화 속으로 복권시켰다. 그것도 신들이 자존심 상해하지 않을 정도의 요직인

세계 수호신 자리를 주었다. 그들이 가진 캐릭터를 사장시키지 않고 신화 속에서 그 지명도를 효과적으로 이용하려는 의도가 있었을 것이다.

이번 장에서는 세계 수호신이라는 중책을 맡은 힌두교 신들을 소개해 보도록 하겠다.

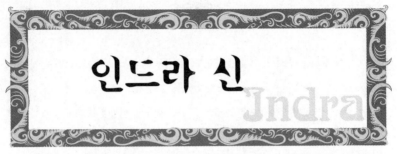

인드라 신 Indra

- ■ 별　명 : 마헨드라(Mahendra=위대한 인드라), 마가반(Maghavan=아낌없이 주는 자), 푸란다라(Purandara=도시의 파괴자), 수라디파(Suradhipa=신들의 주인)
- ■ 신　격 : 동쪽의 수호신, 무용신(武勇神), 영웅신, 군신(軍神)
- ■ 소유물 : 바주라(금강 방망이=번개)
- ■ 불교명 : 제석천(帝釋天)

비극과 투쟁의 영웅신

인드라 신은 기원전 14세기 무렵의 히타이트 문헌 속에도 이름이 등장할 만큼 그 유래는 아주 오랜 옛날로 거슬러올라간다. 이런 사실은 그의 이름이 소아시아[33]와 메소포타미아 지역까지 널리 퍼져 있었다는 것을 증명한다. 『리그베다』에서 그는 가장 중심적인 신으로 강력한 힘을 가지고 있으며, 그 역할의 중요성은 후대에 최고신이 된 시바 신이나 비슈누 신을 압도한다. 인드라 신은 머리카락이나 수염은 물론 온몸이 다갈색으로 뒤덮여 있으며, 폭풍의 신 마루트(대서사시에서는 시바 신을 따르는 신으로 나온다)를 마부삼아 머리가 둘 달린 말이 끄는 전차에 올라타고 공중을 누빈다. 그리고 그는 호걸답게 술의 신 소마[34]를 좋아하며, 무기인 금강 방망이를 휘둘러 신과 인간들의 적을 무자비하게 물리친다.

---

33) 소아시아 : 아나톨리아(Anatolia)라고도 한다. 현재 터키의 아시아 지역을 이루고 있는 반도. 아시아 대륙과 유럽 대륙이 만나는 지점이라는 입지 조건 때문에 문명 초기부터 양쪽 대륙에서 이주해 가거나 정복 전쟁을 하러 가는 수많은 민족들이 지나는 교차로였다. ─옮긴이

"요동치는 대지를 고정시키고, 미쳐 날뛰는 산들을 진정시키며, 하늘을 지탱하는…… 사람들이여, 바로 그런 자가 인드라 신이다!"

하지만 영웅의 이상적인 모습으로 비춰지는 인드라 신에게도 숨기고 싶은 과거가 있다. 인드라는 어머니 프리티비(Prithivi=대지의 여신)의 태내에서 수십 년 동안 머물러 있다가 세상에 태어났다. 그러나 그의 타고난 능력 때문에 많은 신들의 질투를 사는 바람에 태어나자마자 세상의 버림을 받는 신세가 되고 말았다. 신들은 특출한 그의 힘을 알고 신들 세계의 질서를 어지럽히지 않을까 두려웠던 것이다. 그런데다 그의 친아버지인 디아우스(Dyaus=천공신, 제6장 참조)조차도 적대감을 가지는 등 주변의 차가운 시선을 견디지 못한 인드라는 방랑의 길을 떠날 수밖에 없었다. 그리하여 결국에는 자신의 아버지를 죽이는 비운의 신이 되고 만다.

필살의 무기로 악룡을 물리친 인드라

인드라 신이 태어날 무렵, 사람들은 신들을 향해 마족 브리트라(Vritra)를 퇴치해 달라고 기도를 드리고 있었다. 브리트라는 용의 형상을 가진 아수라로, 물줄기를 막아 대지에 가뭄을 일으키는 인간들의 적이었다. 사람들은 그 즈음에도 브리트라가 물길을 막는 바람에 가뭄이 들어 수확을 하지 못해 기아로 고통을 당하고 있었다. 게다가 브리트라는 악마의 우두머리가 되어 신들마저도 공격하기에 이르렀다.

이런 기도를 들은 인드라 신은 곧바로 브라마 신에게 달려가 브리트라를 쓰러뜨릴 수 있는 비책에 대해 물었다.

---

34) 술의 신 소마 : 술 자체가 신으로, 마시는 자에게 초능력을 준다. 그 성분은 알려져 있지 않다. 고대에 제사를 지낼 때 귀중하게 쓰였는데, 그후 인격화하여 소마 신이 되었다. 자세한 것은 제2장 '소마 신' 항목 참조.

　"다디차(Dadhica)라는 성자에게 가서 '삼계의 안녕을 위해 뼈를 달라'고 해라. 그러면 그는 자신의 몸을 버리고 너에게 뼈를 줄 것이다. 그 뼈로 아주 강력한 바주라(금강 방망이)를 만들 수 있다. 브리트라를 쓰러뜨릴 수 있는 무기는 그것밖에 없다."

　인드라 신은 성자 다디차가 사는 곳으로 찾아가, 그의 발 아래에 엎드려 빌었다. 다디차는 웃으며 대답했다.

　"당신의 임무를 잘 알고 있소이다. 당신을 위해 기꺼이 내 몸을 바치도록 하지요."

그렇게 말한 다디차 성자는 곧바로 숨을 거두었다. 인드라 신은 브라마 신이 가르쳐준 대로 그의 뼈를 거두어서 공예와 기술의 신인 트바스트리[35]에게 가지고 갔다. 트바스트리는 기술의 신답게 최고의 실력을 발휘해 다디차의 뼈로 바주라를 만들어냈다.

이렇게 해서 최강의 무기를 가지게 된 인드라 신은 인간들이 신들에게 바친 엄청난 양의 소마주(酒)를 마시고 더욱 강력한 힘을 얻었다. 마침내 그는 자신의 뒤를 따르는 자들과 함께 브리트라와의 전면전에 나섰다. 인드라 신이 브리트라의 성채에 접근하자 전율할 만큼 무서운 포효가 들려왔다. 그 소리에 하늘이 울리고 신들도 공포에 떨었다. 그러나 인드라 신은 조금도 두려워하지 않고 전의를 불태웠다. 견고한 브리트라의 성채를 폭풍우로 공격해서 무너뜨린 인드라 신은 드디어 브리트라와 맞서게 되었다. 브리트라는 자신이 불사신이라고 자랑했지만, 인드라 신은 그의 입이 유일한 약점이라는 것을 간파했다. 그래서 그가 입을 크게 벌리는 순간 그 속으로 필살의 무기인 바주라를 집어던졌다.

드디어 신들과 사람들을 괴롭히던 악룡은 쓰러지고 말았다. 그러자 그때까지 산 속에 막혀 있던 물이 브리트라의 사체를 타고 넘으며 대지로 흘러들었다. 또한 대지에는 큰비가 쏟아져 사람들은 가뭄의 위기에서 벗어날 수 있었다. 이런 공로로 인드라 신은 많은 신들 가운데 우뚝 선 영웅신이 되었으며, 삼계의 주인이라는 칭호도 얻었다.

---

35) 트바스트리 : Tvastri. 『리그베다』에 등장하는 공예와 기술의 신. 그의 이름은 '만든다, 발명한다'는 뜻을 가지고 있다. 그는 바주라뿐만 아니라 신들의 잔도 만들었으며, 태내의 아이들을 발육시키기도 하고 인간과 동물의 형상도 만들었다고 한다. 그리고 다른 신화에 따르면, 그 자신이 악마 브리트라를 만들었기 때문에 인드라 신에 대한 격한 증오심을 가지고 있었다고 한다.

신화학자들은 이 이야기를 다음과 같이 해석하고 있다.

인드라 신은 폭풍우를 신격화한 것이며, 매년 여름이 끝날 무렵에는 바주라(번개)를 일으켜서 지상에 큰비를 내리게 한다는 것이다. 그리고 브리트라가 용이나 큰뱀으로 설정된 것은 이 두 동물이 고대로부터 물을 주관하는 신으로, 인도나 중국에서 널리 알려져 있는 존재이기 때문이다. 말하자면, 인도인들은 사계절이라는 자연의 변화를 하나의 장대한 드라마로 받아들이면서 갖가지 자연의 이미지를 신화와 결합시켰다고 할 수 있다. 물론 브리트라라는 악룡은 한 마리가 아니라 해마다 나타나는 존재다.

바닷물을 모두 들이마신 성자

브리트라는 매년 나타나서 그때마다 인드라 신과 격렬한 싸움을 되풀이했다. 어느 해에는 칼레야[36]라 불리는 거대한 악마들을 끌어들여 인드라 신과 맞서기도 했다. 칼레야들의 용맹은 실로 두렵기 그지없는 것이었다. 이들이 황금 갑옷에 쇠막대기를 들고 인드라군(軍)을 기습하여 거센 공격을 퍼붓자 신들은 계속 후퇴할 수밖에 없었다. 그러자 비슈누 신은 자신의 에너지를 인드라 신에게 불어넣었다. 이에 힘이 강해진 인드라 신이 전쟁터로 달려나가자 그 모습을 본 브리트라는 다시 포효했다. 그의 절규에 가까운 울부짖음은 세상을 뒤흔들었지만 인드라 신은 한 발짝도 물러서지 않고 바주라를 힘껏 던졌다. 바주라에 맞은 브리트라가 즉사한 것을 안 인드라 신은 지체 없이 남은 적들을 향해 쏜살같이 달려갔다. 적의 우두머리가 쓰러지자 신들은 사기가 올라 칼레야를 차례로 쓰러뜨렸다.

---

36) 칼레야 : Kaleya. 제사 때 지피는 불 속에서 생겨난, 황색 눈과 검은 피부를 가진 거인. 크게 찢어진 입 밖으로 어금니가 삐져나와 있다. 일설에는 브리트라의 또 다른 모습이라고도 한다.

하지만 몇몇 칼레야는 간신히 바다 밑으로 도망쳐서 은밀하게 복수를 준비했다. 그리고 그들은 숙고 끝에 '세계는 학술과 공덕(=타파스Tapas)을 쌓은 수행자들에 의해 유지되고 있으므로 세계를 파괴하려면 먼저 그 수행자들을 죽이지 않으면 안 된다' 는 결론을 내렸다.

악의로 가득 찬 이들의 계획은 즉각 실행에 옮겨졌고, 따라서 밤마다 브라만교 승려들이 살해되는 날들이 이어졌다. 그렇게 얼마쯤 지나자 고명한 승려들의 모습이 지상에서 거의 자취를 감추게 되어 세계는 순식간에 활력을 잃고 말았다. 베다 성전의 학습을 담당했던 승려들이 사라지자 제사를 지내는 모습도 볼 수가 없었다. 사람들은 두려움에 떨며 동굴에 숨어들거나 심지어는 자살하는 사람마저 생겨났다. 물론 용감한 전사들은 악마 칼레야를 찾아 각지를 헤맸지만, 바다 밑에 깊숙이 숨어 있는 그들을 발견할 수는 없었다. 마침내 세계 파멸의 징후가 나타나기 시작했다.

이런 사태를 우려한 인드라 신을 비롯한 여러 신들이 비슈누 신에게 세계를 구할 수 있는 방법을 물어보았다. 비슈누 신은 다음과 같이 말했다.

"브라만교 승려들을 죽인 것은 칼레야들의 짓이다. 인드라 신이 브리트라를 물리칠 때 그들은 바다 밑으로 도망쳤는데, 그 복수로 세상을 파멸시키기로 했던 것이다. 하지만 바다 밑에 있는 그들을 죽이기는 어려우니, 우선 바닷물부터 없애야 한다."

비슈누 신의 말에 따라 인드라 신은 바닷물을 마르게 할 수 있는 능력을 지닌 아가스티야[37] 성자를 찾아갔다. 성자는 인드라 신의 이야기를 듣고 바다로

---

37) 아가스티야 : Agastya. 칠성(七聖=브라만 계급의 시조가 된 일곱 성자) 중 하나로, 『라마야나』에서 중요한 성자로 등장한다. 남인도에서는 현재도 그에 대한 믿음이 강하며, 남인도 밤하늘에서 가장 빛나는 아르고 자리의 일등성(라노푸스)이 바로 아가스티야 그 자체라고 한다. 그는 바루나 신의 아들로 알려져 있다.

향했다. 신들과 반신(半神)들은 성자의 기적을 보려고 해안으로 모여들었다. 많은 눈들이 지켜보는 가운데 성자는 선언했다.

"세계의 안녕을 위해 나는 바닷물을 모조리 들이마셔서 마르게 하리라!"

일은 순식간에 벌어졌다. 성자가 단번에 모든 바닷물을 들이마시자 금방 바닥이 드러났다. 그 모습을 본 인드라를 비롯한 신의 군대는 기다렸다는 듯 바닷속으로 진격해 들어갔다. 악마 칼레야 중 몇몇은 다급한 나머지 지하계로 도망치기도 했지만, 거의 대부분 인드라 신이 이끄는 신군(神軍)에게 죽음을 당했다.

이렇게 해서 세계는 다시 질서를 회복하게 되었다. 하지만 바다에 물이 없다는 것도 문제였다. 그래서 인드라 신은 아가스티야에게 다시 바닷물을 채워달라고 부탁했지만, 성자는 이미 소화해 버린 바닷물을 다시 뱉어낼 수는 없었다. 하는 수 없이 신들은 브라마 신에게 도움을 청했다. 브라마 신은 이렇게 대답했다.

"특별한 방법은 없다. 오랜 시간이 지나면 바다는 다시 물로 채워질 것이다."

브라마 신의 말대로 천계의 갠지스 강이 지상으로 흘러내리면서(제1장 '강가다라' 항목 참조) 바다에는 다시 물이 가득 차게 되었다.

코끼리가 날지 못하는 이유

인드라 신이 사는 곳은 메루 산 동쪽에 있는 아마라바티(Amaravati=불멸의 장소)라는 도시다. 이 빛나는 도시에는 1천 개의 문과 1백 개의 궁전이 있으며, 성스러운 수목[38]과 아름다운 꽃들이 흐드러지게 피어 있다. 이곳에는 신들도 많이 살고 있는데, 인간의 경우에는 엄격한 수행을 거친 자나 전투에서 용감하게 싸우다 죽은 자만이 들어갈 수 있었다.

베다 시대에 인드라 신의 탈것은 말[馬]이었지만, 현재는 다른 여덟 방위의 신들처럼 코끼리를, 그것도 거대한 흰색 코끼리 아이라바타(Airavata)를 타고 다닌다. 이 거대한 코끼리는 '유해(乳海)의 동요(動搖)'('쿠르마' 항목 참조) 때 나타난 코끼리의 왕이다. 코끼리는 원래 오랜 옛날에는 날개가 붙어 있어서 창공을 자유롭게 날아다녔는데, 어느 때인가 큰 잘못을 저지르는 바람에 날개를 잃게 되었다고 한다.

성자가 사람들에게 설법을 하고 있을 때 나무 위에 있던 코끼리가 실수로 큰 나무를 떨어뜨리는 일이 있었다. 나뭇가지가 코끼리의 거대한 체구를 지탱하지 못하고 그만 부러졌던 것이다. 생각지도 못한 불상사에 크게 노한 성자는 저주를 내려 모든 코끼리의 날개를 없애고 말았다. 그때 이후로 코끼리들은 지상을 걸어다니는 생물이 되었다고 한다.

---

38) 성스러운 수목 : 인도인들이 신성시하는 수목은 그 수가 매우 많은데, 그 중 두세 개만 소개해 보자. 아스바타(Asvatta)라는 식물은 천상에 뿌리를 두고 있으며, 영원한 생명을 가지고 있다. 아소카(Asoka)는 일명 무우수(無憂樹=근심이 없는 나무)로 탄생이나 결혼과 관계가 있다. 아말라(Amala)는 시바 신, 비슈누 신과 관련이 있으며, 힌두교 신자들이 가장 신성시하는 수목 중 하나다.

재생족과 일생족

카스트 제도의 기원에 대해, 신화에서는 다음과 같이 이야기하고 있다.

"브라마 신이 지상의 인간을 만들어낼 때 브라만은 머리에서 생겨났고, 크샤트리아는 어깨에서 나왔다. 그리고 바이샤는 배, 수드라는 신의 발에서 태어났다."

카스트 제도는 아리아인이 인도 대륙에 침입해서 원주민들을 정복하고 통합해 가는 과정에서 생겨난 것이다. 즉, 정복자가 피정복자를 지배하기 위한 논리적인 근거를 마련하기 위해 만들어낸 것이라고 할 수 있다.

카스트의 하위 계급은 상위 계급에게 복종하고 봉사할 의무를 지니며, 계급 사이의 관습을 엄격하게 지켜야만 한다. 상위 계급 역시 반드시 지키지 않으면 안 되는 종교상의 계율이 있다.

힌두교 신자들은 '정(淨)·부정(不淨)'의 사상을 가지고 있기 때문에 가장 상위 계급인 브라만은 청정을 유지하기 위한 많은 터부(금기 사항)가 있다. 이에 비해, 하위 계급인 수드라와 파리아(불가촉천민)는 거의 터부가 존재하지 않는다. 유별나게 엄격한 터부는 식사와 관계된 것이 많다. 힌두교 신자들은 식사 자체가 대단히 중요한 종교적 행위이기 때문에 하위 카스트인 사람과 함께 식탁에 앉는 것은 물론, 음식물이나 마실 것을 받아먹는 것도 허락되지 않는다.

카스트에 따라 그 의식도 차이가 있다. 상위 세 계급, 즉 브라만·크샤트리아·바이샤는 재생족(再生族=드비자dvija)으로, 이 계급에 속한 남성은 10세 전후에 입문식(우파나야나upanayana=두 번째 탄생)을 거침으로써 비로소 아리아 사회의 일원으로 인정받는다. 수드라의 경우에는 일생족(一生族=에카자ekaja)이라 불리며, 이들은 베다 제사에 참가할 자격이 없다.

카스트 제도는 불공평과 차별로 인해 1950년에 제정된 인도 헌법에서 인정되지 않았지만 지금도 현실 속에서는 강한 영향력을 행사하고 있다. 특히 농촌 지역에서는 여전히 그 기세가 수그러들지 않고 있다. 참고로 말하면, 힌두교 신자 이외의 사람들은 '아웃 카스트'로서 모두 불가촉천민이다.

■ 별 명 : 므르트유(Mrtyu=죽음), 안타카(Antaka=최후의 존재), 피트리파티(Pitripati=조상
　　　　 영혼의 주인), 사마나(Samana=소멸시키는 자)
■ 신 격 : 남쪽의 수호신, 사자(死者)의 왕, 사후 세계의 안내자
■ 소유물 : 방망이, 포승
■ 불교명 : 염마왕(閻魔王)

기쁨으로 충만한 천국으로의 길 안내

『리그베다』에 따르면, 야마 신은 태양신 비바스바트[39]의 아들로 이 세상에
최초로 탄생한 인간이라고 한다. 그리고 최초로 죽은 인간이 되어 '죽음의
길'을 발견했다. 즉, 사자(死者)를 죽음의 세계로 인도하는 역할을 맡았던 것
이다. 물론 당시에도 사후에 인간을 벌하는 심판은 존재했지만, 사후 세계는
그런 벌을 받는 무섭고 두려운 곳이 아니라 오히려 빛나는 이상향으로 생각
되었다.

야마 신에게는 사라메야(Sarameya)라는 두 마리의 개가 언제나 그의 뒤를
따른다. 이 개들은 인드라 신의 심부름꾼 역할을 했던 암캐의 자식들로서, 얼
룩무늬에 네 개의 눈을 가지고 있다. 이들은 인간계를 다니면서 죽을 만한 사
람을 찾아내 야마 신의 세계로 데리고 온다고 한다.

야마 신의 왕국은 천계에서도 가장 높은 곳에 자리잡고 있으며, 사자는 피

---

39) 비바스바트 : Vivasvat. '빛나는 자'를 뜻하며, 『리그베다』에 등장하는 태양신 수리아의
별명. 세계 최초의 제사자이기도 하다.

트리[40]와 함께 즐겁게 살아간다.

　서사시(敍事詩) 시대가 되면서 이 천국에 대한 구체적인 묘사가 이루어졌다. 아마 신의 나라인 '아마푸리'는 둘레가 7천 킬로미터에 이를 만큼 넓다고 한다. 그리고 성벽은 철로 만들어져 있으며, 사방으로 문이 나 있다. 성 내부에는 1백 개의 거리가 있는데, 모두 깃발과 꽃으로 장식되어 있으며, 한쪽 끝에는 관청가도 자리잡고 있다. 우선 눈에 띄는 것은 치트라굽타(Citragupta=법정 서기관)의 집무실이다. 여기에서 하는 일은 생명을 가지고 태어난 인간의 행

---

40) 피트리 : Pitri. 산스크리트어로 '아버지'라는 뜻으로, 죽은 선조들의 영혼을 지칭하는 말. 경전인 베다에서 피트리는 신처럼 영원한 존재로 여겨졌고, 신과는 다른 공양물이긴 했으나 제물을 받았다. 아마 신의 별명 중 하나인 피트리파티는 '피트리의 왕'이라는 뜻이다.

동을 주시하고, 그 수명을 관장하는 것이다. 그 부근에는 지바라만디라(Jivaramandira)라는 병원이 있고, 인접한 곳에 환자들의 병동도 있다. 야마 신의 궁전은 치트라굽타에서 140킬로미터 정도 떨어진 곳에 있는데, 그 둘레는 1,400킬로미터, 높이 350킬로미터로 상상할 수 없을 만큼 크고 넓다. 이 궁전은 공예와 기술의 신인 트바스트리가 직접 건설한 것으로 화려하게 빛나는 황금으로 뒤덮여 있다(일설에는 비슈바카르만[41]이 만들었다고도 한다).

현세에서 선행을 쌓은 사자들은 이 건물 한쪽에 있는 거대한 집회장에서 영원히 안락한 생활을 보장받는다고 한다.

야마 신의 역할 중에서 가장 중요한 것은 사자가 생전에 했던 행위에 따라 상벌을 판단하는 일이다. 새빨간 옷에 방망이와 포승을 들고 인간계로 내려오는 그의 모습은 대단한 공포감을 주었는데, 특히 구릿빛 나는 그의 두 눈은 두려움을 불러일으켰다고 한다. 그는 인간계를 돌아다니다가 적당한 희생자를 발견하면 그 즉시 포승으로 두 손을 묶어서 데려가는 무서운 존재였다.

원래는 모든 인간이 그의 빛나는 왕국으로 안내되어 행복을 누릴 수 있었지만, 전부를 수용하기 힘들어지자 왕국의 문호는 점차 좁아지고 지옥도 새롭게 만들어졌다. 그래서 야마 신이 가지고 있는 '운명의 서(書)'[42]에 의해 사자가 생전에 했던 행위를 심판해서 그 결과에 따라 지옥으로 떨어지는 인간도 생겨나게 되었다. 그리고 야마 신이 관리하는 곳도 지옥으로 한정되면서 빛나는 왕국은 인드라 신의 관할하에 들어갔다.

한국이나 중국, 일본에서 말하는 염라대왕의 이미지는 바로 이 야마 신이

---

41) 비슈바카르만 : Visvakarman. 『리그베다』에 등장하는 신으로, '모든 것의 창조자' 라는 의미를 가지고 있다. 천지 창조의 힘을 신격화한 것이며, 공예나 건축, 장식품의 제작자이다.

42) 운명의 서 : 생존하는 모든 인간의 수명을 기록해 놓은 장부. 도교(道敎) 계통에서 말하는 염마장(閻魔帳, 판타지 라이브러리 『도교의 신들』참조)이다.

이 했던 역할에서 유래된 것이다.

인도의 장례 관습

인도인들은 자신이 죽고 나면 갠지스 강가에서 다비(荼毘=화장)한 다음, 그 재를 강물에 흘려보내 주기를 원한다. 그리고 갠지스 강가 중에서는 성지 바라나시가 특별히 중요한 곳으로 알려져 있다.

장례 대열에는 악대가 따라붙어 다소 떠들썩한데, 유체는 천으로 둘둘 말아서 운반한다. 갠지스 강에 도착하면, 유체를 강물로 깨끗하게 씻은 후에 미리 쌓아놓은 장작더미 위에 올려놓는다. 경제적인 여유가 있는 집에서는 백단(白檀) 같은 향기가 나는 좋은 나무를 사용하지만, 가난한 집에서는 유체를 충분히 태울 만큼 장작을 준비하지 못하는 경우도 있다(이보다 더 가난해서 장작을 살 돈이 없는 사람들은 기계식 화장을 하기도 한다. 바라나시에 있는 두 곳의 화장터 중 한 곳은 기계식 화장터다―옮긴이). 유체에 불을 붙이기 전에는 사자와 가까운 인척이 불을 들고 유체 주변을 다섯 바퀴 돈다. 그 이유는 인체가 지(地)·수(水)·화(火)·풍(風)·공(空) 5원소(제1장 '브라마' 항목 참조)에서 나왔기 때문인데, 하늘에 5원소를 되돌려보낸다는 의미를 가지고 있다. 육체가 사라지면 그 혼은 하늘로 올라가는 것이다. 장례는 사자의 재를 갠지스 강에 흘려보내는 것으로 끝난다. 장작이 부족하면 타다 만 유체를 그대로 강물에 흘려보내는 경우도 적지 않다.

이런 장례 관습은 고대부터 지금까지 계속 이어지고 있는데, 불로 유체를 태우는 것은 가장 청정한 방법이며, 불의 신 아그니의 축복을 받는 것이기도 하다. 육신은 비록 불에 타 없어지지만 하늘로 올라간 혼은 그곳에서 축복받은 육체와 다시 결합해 야마 신의 왕국에서 안락한 생활을 하고 있는 피트리의 영접을 받게 된다.

죽음을 면할 수 있는 방법

야마 신의 포승, 즉 죽음의 신의 방문을 거부할 수 있는 방법은 없는 것일까? 인도에서는 일반적으로 3대 신에게 간절히 호소하면 죽음을 피할 수 있다고 한다. 가장 간단한 방법은 3대 신(비슈누, 시바, 브라마)을 열심히 믿고, 간절하게 그들의 이름을 계속 부르는 것이다.

이와 관련된 인도의 전승 한 가지를 소개해 보자.

시바 링가(시바 신의 상징)를 열렬하게 신봉하는 사나이가 있었다. 그는 자신의 수명이 다할 때에도 링가상(像)에 매달리며 기도했다. 야마 신은 사자(使者)를 보내 수명이 다한 그 남자를 데려오라고 했다. 하지만 그가 간절히 기도하는 모습을 본 사자는 차마 야마 신의 명을 집행할 수가 없었다. 사자가 제역할을 하지 못하자 크게 화가 난 야마 신은 그 남자를 데리고 가기 위해 직접모습을 드러냈다. 그는 이때도 여전히 링가상을 붙잡고 도무지 떨어지지 않았다. 하는 수 없이 야마 신은 남자와 링가상을 함께 묶어서 지옥으로 끌고 가려고 했다. 그런데 바로 그 순간 시바 신이 나타났다. 시바 신은 자신(의 상징)이 받은 치욕에 몹시 화를 내며 야마 신을 죽여버렸다.

죽음의 신인 야마가 죽으면 세계는 어떻게 될까? 생명이 있는 존재는 모두영생하게 될 것이다. 마땅히 죽거나 사라져야 할 것들이 죽지 않아, 지상에는생물들이 넘쳐나서 세계는 대혼란에 빠지고 말았다. 이렇게 되자 신들은 야마 신을 다시 소생시킬 수밖에 없었다.

신의 이름을 부름으로써 죽음에서 벗어날 수 있다는 사고방식은 악용될 소지도 있다. 어떤 악인은 아들의 이름이 나라야나(비슈누 신의 별명)였는데, 임종시에 아들의 이름을 불렀기 때문에 야마 신은 사자(使者)를 되돌아오게 할수밖에 없었다. 그 때문에 악인은 죽지 않았지만, 그후 수명이 다할 때까지 자신이 저지른 악행을 부끄러워하면서 참회의 나날을 보냈다고 한다.

바루나 신 Varuna

■ 별　명 : 아디티푸트라(Aditiputra=아디티의 아들), 암부파(Ambupa=물의 왕), 잘라디파
　　　　　(Jaladhipa=물의 수호자)
■ 신　격 : 서쪽의 수호신, 법의 신, 물을 주재하는 신
■ 소유물 : 나가파새(뱀의 포승)
■ 불교명 : 수천(水天)

사계의 조정자

　이 신 역시 고대 사회에는 중요한 지위에 있었지만, 시대가 흐르면서 역할
이 점차 축소된 경우에 속한다. 애당초 바루나 신은 '푸른 하늘'을 의미하는
천공신으로, 그의 임무는 우주의 질서와 인간의 행동을 감독하는 것이었다.
즉, 그는 사계(四季)의 조정과 시간의 순환, 하천의 흐름, 천계의 법칙 등을 주
재하고, 인간의 행동을 엄격하게 감시하면서 조금이라도 그릇된 짓을 하면
가차없이 벌을 내리는 무서운 존재였다. 모든 인간을 감시하는 일의 특성상
각지에 첩보원을 파견하기도 했다. 그리고 이 신은 조로아스터교[43]의 최고신
인 아후라 마즈다와 동등한 신격을 가진 것으로 알려져 있다.
　바루나 신은 미트라 신[44]과 함께 등장하는 경우가 많다. 이 둘은 왕자(=라자
Raja)로 불리는데, 크샤트리아(무사) 계급의 보호자였다. 그러나 힌두교 시대

---

43) 조로아스터교 : 조로아스터가 이란 동북부에서 창시한 종교. 그 시점은 기원전 2천 년경
　으로 추정되며, 아랍 세력에 의해 이란이 정복될 때(7세기)까지 이란의 국교 역할을 했다. 아
　리아인들의 종교 사상이 이 종교의 교리 형성에 많은 영향을 끼친 것으로 알려져 있다.

가 되면서 전능신의 역할은 3대 신에게 넘어가고, 그는 단지 서쪽의 수호신 정도로 세력이 위축되었다.

언젠가 신들과 마족들 간에 전면전이 벌어진 적이 있었다. 전쟁에서 가까스로 승리를 거둔 신들은 각 신들이 가지고 있는 권력에 대한 재검토에 들어갔다. 전쟁 때의 활약 여부에 따라 위계질서를 새롭게 정하자는 것이었는데, 이는 신들 사이에 새로운 권력 지도가 만들어지는 것을 의미했다. 그와 동시에 마족들에게 자신들의 지배 지역을 명료하게 밝힌다는 의미도 있었다. 그 결과 바루나 신은 서쪽의 지배자가 되었다. 서쪽을 관할한다는 것은 곧 바다를 통치하는 것이기도 했다. 이런 결정이 내려졌을 때 신들은 바루나 신에게 이렇게 말했다.

"너는 바다 한가운데에서 살아가야 할 터이니 반드시 물의 왕이 되어야 한다. 세계에 있는 모든 하천과 그 아버지인 바다도 너를 따를 것이다."

이때부터 바루나 신은 바다의 지배자로서 해저에서 은밀하게 활동하는 악마들의 감시자가 되었다. 그가 가진 포승은 나가파사(Nagapasa=뱀의 포승)라고 불리는 마법의 무기로, 겨냥한 것이면 무엇이든 반드시 사로잡는 힘을 지니고 있었다. 나가파사는 옛날부터 죄를 지은 인간을 붙잡기 위한 용도로 가지고 다니는 것이었지만, 그때부터는 오로지 악마들을 사로잡기 위한 무기로만 쓰였다.

바다의 지배자가 된 이유

사실 바루나 신은 원래부터 물과 깊은 관계가 있었기 때문에 바다의 지배자가 되었던 것이다. 인도의 고대 사상에서 '천계의 법칙', 즉 우주의 질서는

---

44)미트라 신 : Mitra. 『리그베다』에 등장하는 우애의 신. 힌두교 시대가 되면서 중요한 역할을 상실하였다.

물과 관련 있는 것으로 받아들여졌으므로 법의 신이자 물의 신인 바루나가 바다의 통치자가 된 것은 어찌 보면 지극히 당연한 일이었다. 참고로 말하면, 일본 각지에 흩어져 있는 수천궁(水天宮=물의 신을 모시는 신사神祀)에 모셔져 있는 본존은 그 유래가 바루나 신까지 거슬러올라간다고 한다.

바루나 신은 바닷속에 있는 푸슈파기리 산 위에 지어 놓은 궁전에 살며, 바다의 괴물인 마카라(Makara)를 타고 왕국을 시찰한다. 마카라는 바닷속에 살며, 주술력이 뛰어나다는 전설상의 생물이다. 바루나 신을 따르는 자들은 하천과 뱀으로, 경우에 따라서는 1천 마리의 백마가 그를 호위하기도 한다. 그리고 아주 드물게 악마들이 그를 따르는 경우도 있다.

바루나 신은 법의 신이지만 과거에 부도덕한 행위를 한 적이 있다. 그는 미모의 천녀 우르바시(Urvasi)를 보고 한눈에 반해 그만 자기도 모르게 정자를 흘리고 말았다고 한다. 그 정자는 지상에 떨어져 물 항아리 속에 들어갔다. 그러자 그곳에서 아가스티야(Agastya)라는 이름을 가진 한 아이가 태어났는데, 성장해서는 성자가 되었다. 인드라 신 항목에서 소개한 것처럼, 그는 바닷물을 모조리 들이마셔 신들로부터 칭찬을 받은 바로 그 성자이다. 물의 신 바루나의 아들이었기 때문에 바닷물을 모두 마실 수 있었던 것이다.

성스러운 목욕

신성한 존재를 대하기 전에 물로 신체를 깨끗하게 씻는 '목욕'은 고대부터 세계 각지에서 신성한 의식으로 행해져 왔다. 힌두교 신자에게 목욕은 지금도 대단히 중요한 종교 관습 중 하나로 받아들여지고 있다.

그들은 아침에 일어나자마자 가까운 강이나 연못에 가서 아침을 맞는 의식으로 목욕을 한다. 우선 입을 씻고 양손에 물을 조금 담아서 자기 앞에 뿌린 다음, 머리 위에 물을 여덟 번 부어 흘러내리게 한다. 그런 상태로 만트라(진언眞言)를 외우면서 전신을 물 속에 완전히 세 번 집어넣는다. 물 위에 떠 있는 태양에게 절을 하고, 눈을 감고 명상을 하면서 하루를 시작하는 것이다. 이렇게 하고 나면 분명 맑은 기분을 느끼게 될 것이다.

목욕을 하는 데도 가장 이상적인 방법이 있다. 바로 성스러운 갠지스 강에서 목욕을 하는 것이다. 이 강에서 목욕을 하면 본인뿐 아니라 7대조 선조까지도 깨끗해진다고 믿는다. 물론 다른 강에서 하는 목욕도 충분한 효과가 있다. 사원에 참배하러 가서도 목욕은 빠뜨릴 수 없는 중요한 행사다. 거의 대부분의 사원에는 사각형 저수조가 만들어져 있어 신자들에게 목욕탕으로 제공된다.

'인도는 고온다습(高溫多濕)한 열대 기후 지대이기 때문에 이런 관습이 생겼다'는 설도 있다. 하지만 단지 그런 이유 때문에 목욕 습관이 생긴 것은 아니다. 인도 대륙은 냉혹한 추위가 휘몰아치는 북부 히말라야에서부터 최남단의 열대 지방에 이르기까지 다양한 기후대가 존재하는데, 아주 추운 지방에서도 목욕이 일상적인 종교 관습으로 자리잡고 있다. 따라서 고온다습한 기후 때문에 이런 관습이 생겼다고는 볼 수 없다. 인도인들은 목욕으로 아침을 열며, 보통 하루에 다섯 차례 목욕을 한다. 그래서 그들은 '목욕을 하지 않으면 병이 난다'고 믿고 있다.

쿠베라 신
Kubera

■ 별　　명 : 다나파티(Dhanapati=재물신), 약샤라자(Yaksaraja=약사의 왕), 이사사키
　　　　　　(Isasakhi=시바 신의 친구)
■ 신　　격 : 북쪽의 수호신, 재물신
■ 소유물 : 지갑, 곤봉
■ 불교명 : 다문천(多聞天), 비사문천(毘沙門天)

각종 보물을 세상에 가져다주는 난쟁이 신

여덟 방위를 수호하는 신 중에서 쿠베라는 다소 예외적인 존재다. 그는 베다 시대에 존재했던 신들처럼 가지고 있던 역할이 축소되면서 방위의 수호신이 된 경우가 아니기 때문이다. 그는 난쟁이에다 세 개의 다리와 여덟 개의 치아가 있는 다소 추한 몰골로 묘사되는 경우가 많다. 회화에서는 양손에 자루와 작은 상자를 들고 히말라야에서 왕좌에 앉아 있는 모습으로 그려진다.

그는 약사를 비롯한 여러 마족(제4장 참조)들의 왕이다. 원래 그는 신으로 태어난 것이 아니라 약사 출신이었다. 이처럼 선(善)=신, 악(惡)=마족이라는 단순한 구도가 통용되지 않는 무대가 바로 인도 신화인 것이다.

그는 원래 지면의 틈이나 동굴에서 살았던 정령이며, 땅속에 묻혀 있는 금은보석의 소유자였다. 이러한 전승은 북구 신화에 등장하는 난쟁이 드워프(판타지 라이버러리 『판타지의 주인공들』 참조)와 상당히 유사한 면이 있다. 드워프의 경우에는 지하에 매장되어 있는 금속을 가공하는 신비의 대장장이로 알려져 있지만, 쿠베라는 귀금속과 보석을 세상에 가져다주는 존재다.

　신도 아니었던 쿠베라가 어떻게 해서 북쪽의 수호신이 될 수 있었을까? 그
이유에 대해서는 여러 가지 재미있는 설이 있다. 일설에 의하면, 쿠베라는 도
적 출신이라고 한다. 어느 날 밤, 그는 시바 신전에 도둑질을 하러 간 적이 있
었다. 그런데 그 순간 신전의 촛불이 꺼져버렸다. 시바 신을 믿었던 그는 다시
촛불을 붙이기 위해 안간힘을 썼다. 쿠베라의 이런 노력을 본 시바 신은 은총
을 내려 그를 '부(富)의 수호신'으로 임명했다는 것이다. 시바 신과 쿠베라 사
이의 우호적인 관계는 이때부터 시작되었다고 한다.

브라마 신 자손들의 싸움

저주로 임신한 처녀

쿠베라의 출생에 대해, 『라마야나』에 기록되어 있는 내용은 다음과 같다.

　'브라마 신' 항목에서 설명한 것처럼 브라마 신에게는 프라자파티라는 자식들이 있었는데, 그 중 하나인 플라스티야가 쿠베라의 할아버지라고 한다.

언젠가 플라스티야가 고행을 하고 있는데, 젊은 여자들이 놀러왔다가 그의 고행을 방해한 일이 있었다. 여자들이 가까이 다가오지 못하게 하려고 플라스티야는 저주를 내렸다.

"나를 만난 여자들은 아이를 갖게 될 것이다."

그의 저주를 들은 여자들은 무서워하며 플라스티야의 눈에 띄지 않게 해달라고 빌었다. 하지만 트리나빈두(크샤트리야 계급의 성인)라는 성자의 딸은 그 저주를 알아듣지 못하고 플라스티야를 만나고 말았다. 그 결과 그녀는 뜻하지도 않은 아이를 가지게 되었다. 그러자 아버지 트리나빈두는 급히 플라스티야를 만나 자신의 딸을 정식 아내로 맞아달라고 간청했다.

이런 연유로 태어난 아이는 비슈라바스라는 이름을 얻게 되었는데, 장성하자 아버지만큼이나 뛰어난 성자가 되었다. 그리고 그의 아들로 태어난 것이 바로 쿠베라였다. 쿠베라 역시 성자가 되어 아버지와 할아버지처럼 고행에 진력함으로써 증조부인 브라마 신을 기쁘게 만들었다. 그는 이런 배경으로 세계 수호신의 하나가 될 수 있었던 것이다. 그리고 브라마 신은 백조처럼 자유자재로 하늘을 날 수 있는 푸스파카(Puspaka)라는 전차도 선물로 주었다. 일설에 따르면, 푸스파카는 한 도시를 모두 뒤덮을 만큼 거대하며, 하늘을 날아다닐 때는 보석을 마치 비처럼 지상으로 떨어뜨린다고 한다.

랑카 섬의 주인이 된 사연

어느 날 쿠베라는 아버지에게 물었다.

"아버님, 저는 브라마 신으로부터 수호신이 되라는 명을 받았습니다. 푸스파카라는 전차도 하사받았습니다. 하지만 제가 살아야 할 곳은 정해 주시지 않았습니다. 어디에 가서 살면 좋겠습니까?"

아버지 비슈라바스가 대답했다.

"남쪽 바다에 조형의 신인 비슈바카르만이 건설한 아주 아름다운 랑카라는 도시가 있다. 그곳은 나찰들의 도시였는데, 현재 그들은 비슈누 신을 두려워해서 지하 세계에 숨어 있지. 그래서 지금은 아무도 살고 있지 않으니, 거기 가서 살도록 하여라."

여기서 랑카(스리랑카) 섬에 대해 한번 알아보자.

오랜 옛날 브라마 신은 물을 창조한 다음, 그것을 지키기 위해 락샤사(나찰 羅刹)와 약사(야차藥叉=夜叉)라는 두 종류의 생물도 만들었다. 하지만 락샤사 일족의 지배자인 스마린은 고행을 쌓아 브라마 신으로부터 무적의 힘과 장수(長壽)를 그 보답으로 받았다. 그때 이후 강력한 힘을 가진 스마린은 자신의 무력을 자랑하며 신들을 압박해 나갔다. 그리고 스마린은 신들의 공예가인 비슈바카르만에게 의뢰해 랑카 섬에 아름다운 도시를 건설하기도 했다. 랑카 섬에 본거지를 마련한 스마린은 세계를 폭압적으로 다스리기 시작했다. 이에 신들의 고통을 보다 못한 비슈누 신이 스마린과 그의 일족을 공격하자 그들은 모두 지하 세계로 도망쳤다. 이렇게 해서 랑카 섬에는 아무도 살지 않게 되었다. 그런데 스마린은 자신의 딸을 쿠베라의 아버지 비슈라바스에게 시집을 보내는, 이른바 정략결혼을 시켜 나중에 신들을 두려움에 떨게 만든 나찰왕 라바나(Ravana)를 낳게 만들었다. 따라서 쿠베라와 라바나는 배다른 형제인 것이다.

피비린내 나는 이복형제의 싸움

쿠베라에게 자신의 거점인 랑카 섬을 빼앗긴 라바나는 적개심을 불태우며 복수의 칼날을 갈았다. 같은 아버지 밑에서 태어난 자식이었지만 한쪽은 세계의 수호신으로 사람들의 신앙의 대상이 되었고, 또 다른 한쪽은 악마 스마린의 손자로서 지하 세계에서 살아가는 가련한 존재가 되었다. 비록 이복형제간이기는 했지만 둘은 자연스럽게 서로를 라이벌로 인식했다. 라바나는 힘을 기르기 위해 1천 년 동안 계속 고행에 몰두했다. 그런 후에는 스스로 자신의 목을 베고, 불 속에 뛰어들어 희생물이 되었다. 열 개의 머리를 가졌던 라바나는 이런 식으로 아홉 개의 머리를 희생시켰던 것이다. 그러자 예상했던 대로 브라마 신이 나타났다. 그에게는 증조부에 해당하는 신이었다.

라바나는 "모든 것에 죽음을 당하지 않는 영원한 생명을 가진 존재"가 되게 해달라고 빌었지만, 브라마 신은 그의 요구를 들어주지 않고 이렇게 말했다.

"온전한 불사의 능력을 너에게 줄 수는 없다. 하지만 가루다(비슈누 신의 탈 것)와 나가(용 또는 뱀), 약샤(야차), 신들에게는 결코 죽음을 당하지 않도록 해 주마."

거의 불사의 신체를 갖게 된 라바나는 마음놓고 신들을 공격하기 시작했다. 이에 비슈라바스는 아들인 쿠베라에게 랑카 섬을 버리라는 명을 내렸다. 이렇게 해서 섬은 다시 라바나의 수중에 들어가고 말았다.

쿠베라는 카일라스 산 속으로 옮겨갔지만 동생의 행동이 걱정스러워서 충고의 사절을 랑카 섬에 보냈다. 그러나 라바나는 형의 사절을 칼로 찔러 죽이고, 락샤사의 먹이감으로 만들어버렸다. 신들에 대한 라바나의 적개심은 끝이 없었다. 기회가 왔다고 생각한 그는 삼계(三界)를 정복하기 위해 나섰던 것이다. 그리고 그 최초의 공격 목표를 쿠베라 신이 다스리는 도시로 정하고 진군하기 시작했다.

마침내 피로 피를 씻는 격렬한 전쟁이 시작되었다. 라바나가 이끄는 락샤사 군대와 쿠베라 신을 따르는 약샤 군대 사이의 전투가 지루할 정도로 반복되었다. 이러한 전쟁 과정에서 뛰어난 전과를 올린 용사도 등장하였다. 바로 약샤군의 마니바드라[45]였다. 그는 수많은 락샤사를 죽였을 뿐만 아니라 라바나와 맞서 싸우면서 곤봉으로 그의 머리를 내리쳐 왕관이 기울어지게 만든 용맹스러운 군사였다. 그때 이후 그는 파르슈바마우리(관을 한쪽으로 기울게 한 자)라고 불리게 되었다.

하지만 마니바드라의 뛰어난 활약에도 불구하고 전쟁은 라바나의 승리로 끝나고 말았다. 라바나는 숙명의 라이벌인 쿠베라를 쓰러뜨리고, 그의 탈것인 전차 푸스파카마저 빼앗았다.

전쟁에서 진 쿠베라는 다행스럽게 목숨을 건졌지만, 승리자 라바나에게 기다리고 있는 것은 영광이 아니라 비참한 말로였다. 제1장 '라마' 항목에 등장하는 나찰왕이 곧 라바나이다. 그는 라마의 아내인 시타까지 빼앗지만 종국에는 라마에게 죽음을 당하는 운명을 맞게 된다.

---

45) 마니바드라 : Manibadra. 일설에는 쿠베라 신의 형제라고도 한다. 현재도 여행자와 상인들의 수호신으로 널리 공경되고 있다.

아그니 신

- **별　명** : 수누(Sunu=힘의 아들), 푸트라(Putra=힘의 아들), 그라파티(Grhapati=집의 주인)
- **신　격** : 동남쪽의 수호신, 불을 주재하는 신
- **소유물** : 도끼, 곤봉, 풀무, 횃불
- **불교명** : 화천(火天), 화광존(火光尊)

태곳적부터 중요시되었던 신비스러운 존재

아그니라는 명칭은 산스크리트어 '불'을 뜻하는데, 라틴어 이그니스(ignis=불)와 같은 어원을 가지고 있으며, 영어 ignition(점화, 발화)의 어원이다. 고대인들에게 불은 대단히 귀중한 것으로 화산이나 번개 같은 자연 현상을 통해 얻을 수 있는 것이기도 했지만, 인간이 직접 만들 수도 있고 오직 인간만이 제어할 수 있다는 특징이 있었다. 또한 특유의 신비감으로 인해 제사 때 중요한 위치를 점하게 되었다는 것도 충분히 납득할 수 있는 일이다.

구체적으로 인간이 불을 다루는 것을 한번 상상해 보자. 건조한 나뭇가지를 열심히 마찰시키면 가느다란 연기와 함께 빨간 불꽃이 살며시 피어오른다. 말라죽은 나무에서 태어난 불은 금방 놀라운 생명력을 보여준다. 불꽃이 솟아오르는 모습은 하나의 기적처럼 느껴지기도 한다. 불은 주변에 있는 나무들을 전부 먹어치우면서 자신의 몸을 한껏 살찌운다. 그리고 자신에게 다가오는 것도 모조리 삼켜버린다.

아리아인들이 가졌던 불에 대한 신앙을 엿볼 수 있는 것은 집 안에 피웠던 화롯불이다. 그들은 가정 생활의 중심이었던 '아궁이 속의 불'을 신성시하였

고, '악마를 물리치는 힘'으로 인식했다. 불의 이미지는 '역동성' 그 자체라고 할 수 있으며, 모든 것을 태우는 청정한 성질을 가지고 있기도 하다.

　불=아그니는 천지 어디에나 존재한다. 하늘에는 태양, 공중에는 번개, 지상에는 산불과 인간이 피우는 불이 있다. 이처럼 하늘과 땅에 두루 존재하는 불은 세상의 어둠을 물리치는 귀중한 것이다. 그리고 불은 나뭇조각이나 돌을 마찰시키면 생겨나기 때문에 세상 어디에나 있는 나무나 식물, 돌, 바위가 곧 아그니의 탄생지다. 따라서 아그니의 탄생지는 이 세상 모든 곳이라고 할 수 있다.

일곱 개의 혀로 공물을 먹어치우는 불의 신

이미지로서의 불은 인간의 마음 깊은 곳에도 존재한다. 그것은 사상의 불이며, 시상(詩想)으로서의 불이며, 노여움의 불, 영감의 빛, 그리고 소화(消化) 작용으로서의 불이다.

이렇게 위대한 존재는 더욱 강력해져서 우주의 법칙을 깨뜨리는 존재나 악마들을 제압하는 힘을 가지게 되었다. 그리고 인간들의 구체적인 삶 속에서 불은, 사람에게는 은혜를 베풀고, 숭배하는 자의 가정에 번영을 가져다주며, 자손과 가축을 번성하게 해주는 원천이 되었다.

아그니 신이 가끔 번개로 모습을 바꾸는 것은 물과 깊은 관계가 있다는 것을 보여준다. 공중에서 무섭게 내리치는 번개는 구름을 가르며 대지에 은혜로운 비를 내리게 해주는 전조이기 때문이다.

『리그베다』에 등장하는 아그니는 제단에서 타오르는 불꽃과 겹쳐져 있는 모습으로 묘사된다. 그는 황금 턱과 이빨에다 화염 같은 머리 모양으로, 불 속의 공물을 일곱 개의 혀로 먹어치운다. 그가 가장 좋아하는 공물은 불에 잘 타는 버터다.

일설에 따르면, 아그니는 세 개의 다리와 일곱 개의 팔, 검은 머리와 검은 눈을 가진 붉은 인간으로 묘사되는 경우도 있다고 한다. 또 그는 과일로 장식한 암양에 올라타고 있으며, 브라만 출신이라는 것을 보여주는 흰색 끈을 매고 있는 모습으로도 묘사된다. 그리고 입에서는 언제나 화염을 뿜어내는데, 그의 몸에서는 일곱 빛깔의 광선이 퍼져나온다고 한다.

제사 때 아그니가 맡은 역할은 불 속에 던져진 공물들을 신들에게 운반하는 것이다. 즉, 그는 가장 신성한 제관(祭官)으로서 신과 인간의 중계자라고 할 수 있다.

모든 것을 정화하는 불꽃

베다 경전에 따르면, 불의 신에게 공양을 드릴 때는 세 가지 방법으로 불을 피운다고 한다.

첫 번째는 신에게 바치는 공물로서 동쪽을 향해 불을 피우는 방법이고, 두 번째는 죽은 영혼들에게 예배를 드리기 위해 남쪽을 향해 불을 피우는 것이며, 세 번째는 음식과 공물을 태우기 위해 서쪽을 향해 불을 피우는 것이다. 이 세 가지 불은 천계, 지계, 그리고 그 중간인 공계(空界=죽은 자, 즉 사자의 거처이며 바람의 영토)를 상징한다.

불의 신 아그니와 브리그[46] 성자에 관한 전승이 있는데, 여기에 소개해 보도록 하자.

브리그 성자는 어느 날 마족왕의 약혼자를 보고 한눈에 반해 버렸다. 그녀도 브리그가 싫지 않아 둘은 『리그베다』에 나온 의식에 따라 결혼식을 올렸다. 그런 다음 이들은 마왕의 노여움을 두려워해 몰래 숨어살았는데, 약혼자를 빼앗긴 마왕은 눈에 불을 켜고 브리그를 찾기 시작했다. 도저히 둘의 행방을 찾지 못한 마왕은 아그니 신에게 그들이 어디에 살고 있는지 물었다. 그러자 아그니 신은 나중에 벌어질 일은 조금도 생각지 못한 채 정직하게 알려주고 말았다. 마왕은 곧바로 달려가 원래 자신의 약혼녀였던 브리그 성자의 아내를 강제로 끌고 돌아갔다.

아그니 신이 마왕에게 밀고했다는 사실을 알게 된 브리그 성자는 그에게 저주를 퍼부었다.

"아그니여, 앞으로는 그대가 좋아하는 버터는 더 이상 먹지 못할 것이다. 이 제 아무것이나 먹고 살아라!"

---

46) 브리그 : Bhrigu. 브라마 신이 만든 프라자파티(제1장 '프라자파티' 항목 참조) 중 하나. 불과 관련이 있으며, 브리그라는 말도 '화염에서 생겨난 자' 라는 뜻이다.

브리그 성자의 저주에 아그니 신은 항변했다.

"그대는 모르는가, 질문을 받고 일부러 거짓말을 하면 위로 7대 아래로 7대까지 지옥에 떨어진다는 것을. 답변을 거부해도 같은 죄라는 것을……. 나 역시 저주할 수 있는 능력이 있지만 브라만 계급인 그대를 존경하기 때문에 분노를 억누르고 있을 뿐이다. 나는 신들과 선조들의 입이다. 정제된 버터가 신들에게 바쳐질 때 그들은 자신들의 입 역할을 하고 있는 나를 통해 공물을 받아들이는 것이다. 그런데 어떻게 '아무것이나 먹고 살아라' 하고 폭언을 할 수 있단 말인가."

이 말을 들은 브리그 성자는 자신의 저주를 철회하고 대신 축복을 내렸다.

"태양이 빛과 열로서 자연계를 정화하는 것처럼 아그니의 불꽃의 입으로 들어가는 모든 것은 정화가 될지어다!"

아그니 신이 소화 불량을 일으킨 사연

아그니 신과 관련된 전설은 상당히 많은데, 그 중에서 『마하바라타』에 나오는 이야기를 살펴보자.

아주 먼 옛날, 수베타킨(Subetakin)이라는 왕이 1백 년 동안 신들에게 희생물을 바치기로 서약하고 칸다바 숲 속에서 제사를 드리기 시작했다. 이후 브라만 승려들의 필사적인 노력으로 제사는 지속되었는데, 아그니 신은 이 제사로 인해 뜻하지 않은 큰 괴로움을 겪고 있었다. 장기간에 걸쳐 공물을 먹어야 했기 때문에 복통이 일어나 몸이 점점 쇠약해지고 안색도 창백해졌던 것이다. 그대로 가만 있다가는 위험하겠다고 생각한 아그니 신은 브라마 신에게 도움을 청했다.

"칸다바 숲에는 신들을 적대시하는 자들이 살고 있다. 그들의 고기를 먹으면 너의 병이 치유될 것이다."

브라마 신의 충고를 들은 아그니 신은 숲을 전부 불태워버리기로 했다. 하지만 칸다바 숲에는 인드라 신의 친구인 탁샤카(Taksaka)라는 뱀의 일족이 살고 있었다. 인드라 신은 탁샤카를 구하려고 아그니 신이 숲에 불을 지르자 큰비를 내리게 해서 불을 꺼버렸다. 아그니 신은 일곱 번이나 불을 질렀지만 그때마다 인드라 신은 불을 꺼버리는 것이었다. 난감해진 아그니 신은 다시 브라마 신을 찾아가 도움을 청했다. 브라마 신은 이렇게 말했다.

"나라와 나라야나[47]는 지금 지상에 크리슈나와 아르주나[48]로 태어나 있다. 목적을 달성하려면 그들의 힘을 빌려야 한다."

아그니 신은 브라마 신의 조언대로 브라만교 승려의 모습으로 크리슈나와 아르주나를 찾아갔다. 그들은 아그니 신의 이야기를 듣고 돕기로 했지만, 숲의 주인들과 싸울 무기는 갖고 있지 않았다. 그래서 아그니 신은 그들에게 신의 무기를 건네주었다. 이렇게 해서 크리슈나는 필살의 무기인 차크라(원반)를, 아르주나는 찬드라네스라는 명궁과 결코 화살이 떨어지지 않는 화살통, 그리고 원숭이가 그려진 깃발이 붙어 있는 전차와 그것을 끄는 네 마리의 백마를 갖게 되었다.

드디어 아그니 신은 공격을 개시했다. 크리슈나는 아르주나의 전차를 몰고 숲으로 돌진해 들어갔다. 아그니 신이 숲에 불을 지르자 인드라 신은 숲 위 상공에서 짙은 구름을 펼쳐 비를 뿌리며 대항했다. 이 광경을 본 아르주나는 계속해서 활을 쏘았는데, 화살은 마치 우산처럼 숲을 뒤덮어서 불이 타오르는

---

47) 나라, 나라야나 : Nara, Narayana. 이 두 성자는 다르마(dharma=법)와 아힘사(비폭력 또는 타자에게 해를 끼치지 않는 것)의 아들로, 격렬한 고행 끝에 큰 힘을 얻었다.

48) 아르주나 : Arjuna. 『바가바드기타』의 주인공. 그는 판다바족 왕의 다섯 아들 중 셋째아들로, 그가 태어날 때 "쿤티(아르주나의 어머니)여! 너의 아들은 시바 신과 같은 힘을 가지게 될 것이며, 인드라 신처럼 누구에게도 지지 않는 자가 될 것이다"라는 소리가 하늘에서 들려왔다고 한다.

것을 도왔다. 격렬한 공방전 끝에 마침내 인드라 신이 모습을 드러냈다. 그와 함께 인드라 신을 추종하는 쿠베라와 스칸다, 심지어는 악마들도 나타나 아그니 신 쪽과 최후의 승부를 벌이기 시작했다. 다시 치열한 전쟁이 벌어졌지만 브라마 신의 예언대로 크리슈나와 아르주나의 힘을 빌린 아그니 신의 승리로 귀결되었다. 그래서 칸다바 숲은 완전히 불에 타버렸고, 아그니 신의 소화 불량도 해소되었다.

인도의 경전

힌두교 경전은 크게 '천계서(天啓書=스루티Sruti)'와 '구전서(口傳書=스무리티Smuriti)'로 나뉜다. 기독교의 성경이나 이슬람교의 코란처럼 절대적인 권위를 가지고 있지는 않지만 중요한 종교적 지침으로, 그리고 운문의 아름다움 때문에 많은 사람들의 사랑을 받고 있다.

천계서로 알려진 경전은 일반적으로 베다(Veda=지식)라고 하며, 그 대표적인 것이 『리그베다(Rigveda』(지식의 찬가)이다. 물론 이 '지식'은 신들에게 제사드리기 위한 지식이다. 베다는 기원전 1300년부터 기원전 1천 년 사이에 성립된 것으로 추정되는데, 현재 남아 있는 인도-유럽인 계통의 문헌 중에서는 가장 오래된 것에 속한다. 대부분 종교적인 색채가 강하며, 1,017개의 찬가는 모두 신에게 바쳐진 것으로 힌두교의 뿌리라고 할 수 있는 브라만교의 교리를 근간으로 삼고 있다.

베다에는 『리그베다』외에도 『야주르베다(Yajurveda)』『사마베다(Samaveda)』『아타르바베다(Atharvaveda)』 등이 있으며, 각 베다의 해설서에 해당하는 『브라흐마나』나 『우파니샤드』도 만들어졌다. 이러한 베다는 인간과 신이 만든 것이 아니라 고대 성자들의 영감에 의해 계시를 받은 것으로 생각했기 때문에 천계서라 불리게 되었다.

이에 반해 구전서에는 『마하바라타』와 『라마야나』 2대 서사시(같은 제목 칼럼 참조)와 푸라나(고대의 전승), 법전 등이 있다.

푸라나는 2대 서사시의 교의적 요소를 집약한 것으로, 힌두교에 관한 백과사전이라고 할 수 있으며, 현대 인도의 민간신앙과 밀접한 관계가 있다. 오늘날 중요한 푸라나로는 18개의 '대(大)푸라나'가 있는데, 이와 함께 비슷한 내용이 들어 있는 18개의 '소(小)푸라나'도 있다. 푸라나는 대부분 비슈누파와 시바파와 관련된 것이 많으며, 『비슈누 푸라나』와 『바가바타 푸라나』가 널리 알려져 있다.

법전으로 유명한 것은 『마누 법전』이지만, 이 밖에도 많은 법전이 있다. 원래 '법전'의 의미는 법률만이 아니라 신자로서 알아야 할 종교적 개념과 교의, 의식, 속죄의 방법 등이 포함되어 있는 것을 말했었다.

수리아 신
Surya

- **별 명** : 사비트리(Savitri=자극을 주는 자), 아르하파티(Arhapati=해의 주인), 프라바카라 (Prabhakara=빛을 만드는 자), 사하스라키라나(Sahasrakirana=1천 광선을 가진 자), 카르마삭시(Karmasaksi=인간 행위의 감시자)
- **신 격** : 남쪽의 수호신, 태양신
- **소유물** : 연꽃

그리스 신화의 아폴론과 유사한 신격

『리그베다』에는 태양신의 격을 가진 여러 신들이 등장하지만, 그 중에서 가장 구체적인 모습으로 표현되는 것이 바로 수리아 신이다. 하늘에서 강렬히 빛나는 존재인 태양. 햇빛이 그다지 강하지 않았던 북쪽 지역에서 인도 대륙으로 이동해 온 아리아인들에게 가장 깊은 인상을 준 것은 태양이었으리라. 머리 위에서 내리쬐는 햇빛은 대지에 뜨겁게 반사되어 사람들을 현혹시킨다. 인도를 여행해 본 사람이라면 그 뜨거운 햇살을 실감할 수 있었을 것이다.

태양신 수리아는 빛나는 금발과 새빨간 피에 세 개의 눈과 네 개의 다리를 가지고 있는 인간으로 묘사된다. 그의 탈것은 일곱 개의 머리를 가진 말이 끄는 황금 전차다. 동쪽 하늘에 출현한 태양신은 천공신 바루나('푸른 하늘'이라는 의미가 있다)가 준비해 놓은 길을 따라 전차를 끌고 서쪽으로 달려간다. 이 같은 모습은 그리스 신화에 등장하는 태양신 아폴론[49]을 떠올리게 한다. 수리

---

49) 아폴론 : Apollon. 그리스 신화에 등장하는 태양신으로 올림포스의 12신 중 하나. 제우스와 레토의 아들이며, 시와 노래, 음악, 예언, 의술 등 인간의 지적(知的)·문화적 활동의 수호신.

아는 '신성한 기운을 불어넣는 자'로 불린다. 그는 인간들의 통찰력을 자극하고, 물과 바람을 지휘하며, 신들을 비롯한 세상 만물에 명령을 내리는 존재다.

마차에 동승한 신들과 반신(半神)들

수리아 신이 매일 타고 하늘을 달리는 마차의 크기는 상상을 초월할 만큼 크다고 한다. 힌두교 경전 중 하나인 『비슈누 푸라나』[50]에 따르면, 마차의 길이는 9천 요자나(1요자나는 약 15킬로미터), 너비는 4만 5천 요자나에 이른다. 이 마차는 수리아 신 외에도 몇몇 신들과 반신들이 동승해서 매달 교대로 마차를 끈다. 동승하는 것은 아디티아[51], 아프사라스[52], 간다르바[53], 뱀족, 거인족,

동업자　　　동승자　　月명	아디티아	아프사라스	뱀	
차이트라(3~4월)	다트리	크라투슈다라	바수키	
바이사카(4~5월)	아리야만	푼지카스타라	?	
제슈타(5~6월)	미트라	메나카	탁샤카	
아사다(6~7월)	바루나	사하자니야	나가	
슈라바나(7~8월)	인드라	프람로차	에라푸트라	
바드라파타(8~9월)	비바스바트	아누무로차	산카파라	
아슈비니(9~10월)	푸샨	크리타치	다난자야	
카르티카(10~11월)	파리자니야	비슈바치	아이라바타	
마르가시르사(11~12월)	안샤	우르바시	마하파드마	
파우사(12~1월)	바가	프르바츠티	카르코타카	
마가(1~2월)	트바스트리	티로타마	캄바라	
파르그나(2~3월)	비슈누	람바	아슈바타라	

* 위의 표 월명 중의 ( )안은 양력을 나타낸다.

성자, 약샤(야차夜叉) 등이다. 이들은 동족을 대표하는 존재들로서 마차에 동
승하는 것이며, 1개월마다 교대하게 되어 있다. 성자는 수리아 신을 칭찬하
고, 간다르바는 찬가를 부르며, 아프사라스는 춤을 추어서 마차의 신들을 즐
겁게 해준다. 그리고 거인은 호위를 맡았으며, 약샤는 말을 보살펴주고 있다.
신들이 맡은 역할은 더위와 추위는 물론이고 내리는 비의 양이나 바람의 세

---

50) 『비슈누 푸라나』: 2대 서사시만큼이나 중요하게 취급되는 힌두교 경전. 푸라나(Purana)
　　라는 말은 '고대의 전승'이라는 뜻이다. 『비슈누 푸라나』는 비슈누파에서 특히 중요하게 여
　　기는 푸라나다.
51) 아디티아 : Aditya. 성자 카슈야파와 아디티(무구無垢의 여신＝때가 묻지 않은 여신으로,
　　신들의 어머니) 사이에서 태어난 12신.
52) 아프사라스 : Apsaras. 천계의 물의 요정. 반신족(半神族)이며, 아름다운 여성의 모습으로
　　나타난다.
53) 간다르바 : Gandharva. 공중과 물 속에 사는 정령. 반신족이며, 아프사라스의 배우자.

성자	약샤	거인	간다르바
플라스티야	라타브리트	헤미	툼브르
푸라하	라타우자스	프라헤티	나라다
아트리	라타스바나	파우르세야	하라
바시슈타	치트라라타	라타	후후
안기라스	스로타스	사르피	비슈바바스
브리그	아프라나	비야그라	우그라세나
가우마타	스세나	바타	바스루치
바라드바사	세나지트	아파	비슈바바스
카슈야파	타르크슈야	비티유트	치트라세나
크라투	아리슈타네미	즈프르자	우르나유
자마다그니	리타지트	프라후모페타	드리타라슈트라
비슈바미트라	사티야지트	야지뇨페타	스바르차스

기를 조절하는 것이다.

달마다 동승하는 신들이나 반신들의 명단은 위의 표를 참조하기 바란다.

수리아 신의 아내가 도망간 사연

수리아 신은 조형의 신인 비슈바카르만의 딸 산주나(Sanjuna)와 결혼해서 세 명의 아들을 두었다. 그런데 산주나는 남편의 몸에서 나오는 빛과 열을 견딜 수 없어 시녀인 차야(Chaya= '그림자' 라는 뜻)로 하여금 아내의 역할을 대신하게 하고 자신은 숲 속에 숨어버렸다. 그런데 수리아는 아내가 바뀐 것도 전혀 모른 채 또 자식을 셋이나 낳았다. 그러던 어느 날, 차야는 전처의 자식들과 말다툼을 하다가 그들에게 저주의 말을 듣게 되었다. 이 이야기를 들은 수리아는 그제야 아내가 바뀌었다는 사실을 깨닫고 자신을 피해 달아난 산주나를 찾아나섰다. 고행으로 얻은 제3의 눈으로 그녀가 황야에서 암말로 변신해

힌두교의 색

힌두교에서 노란색과 검은색, 빨간색, 흰색은 중요한 의미를 가지고 있다. 특히 노란색은 행운을 불러오는 색으로 대단히 중요시한다. 가정에서 의식을 행할 때는 우콘(인도인들의 주식인 커리에 들어가는 노란색 향료―옮긴이)과 사프란(붓꽃과의 여러해살이풀―옮긴이)의 황금빛 꽃가루를 사용한다. 그리고 결혼식 때 신부가 입는 사리(칼럼 '힌두교 신자들의 복장' 참조)도 노란색이다(빨간색을 입는 경우도 있다). 봄맞이 축제인 홀리 때 노란색과 빨간색을 섞은 물을 뿌리는 것도 행운을 불러온다고 믿기 때문이다.

흰색은 신성한 색이다. 인도 남성의 정장인 도티가 흰색으로만 한정되어 있는 이유도 바로 그 때문이다. 벵골 지방에서는 기혼 여성의 상징으로 흰색과 빨간색 팔찌를 차는 관습이 있다.

검은색은 악령을 막아주는 효과가 있다. 농부는 밭일을 하러 나갈 때 검은 항아리를 들고 가며, 소녀나 갓난아기의 눈 주위를 검게 칠해서 재난이 피해 가도록 한다. 또 검은색에는 사안(邪眼=인간의 병이나 불행에 빠뜨리는 흉악한 시선)을 막는 효과도 있다고 한다.

있는 것을 알고 자신도 수말로 변해 원래의 아내를 찾아갔다. 그리고 또 세 명의 자식을 얻어 집으로 데리고 돌아왔다.

그런데 시집간 딸이 남편과 헤어진 원인을 알게 된 비슈바카르만은 둘의 이별을 안타깝게 생각하고 솜씨를 발휘하기로 했다. 우선 수리아 신의 몸에 있는 발광체의 8분의 1을 떼어내서 빛의 양을 줄였다. 그런 다음 떼어낸 발광체를 재료로 신들을 위해 몇 가지 무기를 만들어냈다. 비슈누 신의 차크라(원반), 시바 신의 삼지창, 군신(軍神) 스칸다의 창은 모두 이때 만들어진 것이라고 한다(이 무기들은 공예와 기술의 신인 트바스트리의 작품이라고도 하는데, 그의 아버지가 비슈바카르만이라는 설도 있다).

■ 별 명 : 아닐라(Anila=바람), 마루트(Marut=바람), 간다바하(Gandhavaha=향기를 운반
하는 자)
■ 신 격 : 북서쪽의 수호신, 바람의 신
■ 소유물 : 깃발
■ 불교명 : 풍천(風天)

풍력으로 랑카 섬을 만든 신

바람의 신 바유는 『리그베다』에 등장하는 자연신 가운데 하나로, 바람을 신격화한 것이다. 그는 사슴 위에서 흰 깃발을 들고 있는 모습으로 묘사되지만, 인드라 신이 타고 다니는 전차를 끄는 마부의 모습으로 그려지는 경우도 적지 않다. 바람을 조작해서 적을 물리치는 능력을 가지고 있으며, 사람들에게는 지위와 명성, 재산을 가져다주는 신이기도 하다. 일설에 따르면, 바유 신은 간다르바족의 왕으로서 메루 산에 산다고 한다.

랑카 섬(스리랑카)은 바유 신의 작품으로 알려져 있다. 전승에 따르면, 바유 신은 매우 격한 성격의 소유자로 언제나 자신의 힘을 과시하고 싶어하는 욕망에 사로잡혀 있었다고 한다. 그가 자신의 힘을 과시하기 위해 선택한 무대는 메루 산이었다. 그는 메루 산 정상을 향해 1년 동안이나 세찬 바람을 퍼붓는 공격을 해댔다. 하지만 아무 소용이 없었다. 신령스러운 새 가루다가 날개를 넓게 펼쳐서 메루 산을 방어했기 때문이었다. 그런데 사정이 생겨 가루다가 잠시 메루 산을 비우게 되자 이 사실을 눈치챈 바유 신은 기회를 놓칠새라

필사적으로 바람을 날려보냈다. 이리하여 메루 산 정상은 바람에 떼밀려서 남쪽 바다로 떨어져 랑카 섬이 되었다고 한다.

반얀나무를 꼼짝 못하게 한 바유 신

아주 먼 옛날, 반얀나무[54] 한 그루가 히말라야 산에 살고 있었다. 이 나무는 대지에 굳게 뿌리를 내리고, 가지도 힘차게 뻗어서 많은 동물들의 좋은 안식

---

54) 반얀나무 : Banyan. 상록 교목으로 높이는 약 30미터 정도이며, 가지에서 또 다른 가지들이 나와 옆으로 퍼지기 때문에 한 그루가 마치 숲을 이루는 것처럼 보이기도 한다.

처가 되어주었다. 나라다 성자는 이런 모습을 보고 반얀나무를 칭찬해 마지
않았다.

"정말 굉장한 나무로다. 폭풍이 몰아쳐도 아무 문제가 없을 것 같구나."

이에 반얀나무는 자신 있게 대답했다.

"당연하지요. 폭풍쯤은 제 하인에 불과하니까요."

그런데 이 이야기가 그만 바람의 신 바유의 귀에 들어가고 말았다. 몹시 화
가 난 바유는 곧바로 반얀나무에게 달려가 이렇게 말했다.

"반얀나무여! 너에게 한 가지 가르쳐주마. 옛날 브라마 신이 세계를 창조할
때 잠시 네 가지 위에서 쉰 적이 있었다. 내가 너에게 가까이 다가갔었는데도
불구하고 네 가지를 흔들지 않았던 것은 바로 그런 이유 때문이었지. 네가 무
서워서 그랬던 것이 결코 아니었어. 하지만 너는 나라다 성자에게 내 악담을
했더군. 명예가 더럽혀진 것은 도저히 참을 수 없는 일이야. 이제 승부를 한번
가려보자!"

교만에 빠진 반얀나무는 바유 신의 능력을 대수롭지 않게 생각하고 흔쾌히
도전에 응했다. 다음날, 바유 신은 세찬 바람으로 반얀나무를 공격했다. 작심
을 하고 달려든 바유 신의 거센 공격을 반얀나무는 도저히 견딜 수가 없었다.
꽃과 열매는 모두 바람에 날려가고, 푸른 나뭇잎이 무성하던 가지도 심하게
흔들리기 시작했다. 결국 반얀나무는 바유 신에게 무릎을 꿇고 말았다.

이 이야기는 인도 신화 속에 등장하는 다른 스토리들과 달리 매우 목가적
이다. 하지만 실제로 반얀나무는 보는 이를 압도할 만큼 엄청나게 크며, 그 모
습 역시 상당히 기이하게 느껴진다. 따라서 이것은 단순히 동화 차원의 이야
기가 아니라 자연계의 폭력성을 어느 정도 반영한 것임을 알 수 있다.

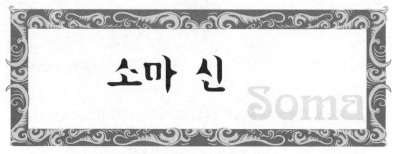

소마 신

■ 별명 : 찬드라(Candra=달), 인두(Indu=소마주의 물방울), 니사카라(Nisakara=밤을 만든
　　　자), 시타마리치(Sitamarici=청량한 빛을 가진 자)
■ 신격 : 동북쪽의 수호신, 신들의 술, 달의 신

신들을 취하게 만든 신비의 술

원래 소마는 특정한 술에 붙여진 이름이었다. 『리그베다』에 따르면, 소마주
의 원료인 소마 풀은 독수리가 천계에서 가지고 온 것으로, 고대의 제사 때 반
드시 필요한 것이었다. 제관이 제사 과정에서 마시는 것은 물론이고 신들에
게 바치는 '특별한 마실 것'이었다.

소마주를 만드는 과정은 다음과 같다. 우선 관목(키가 크지 않은 앵두나 진달
래 같은 목본木本 식물─옮긴이)의 일종인 소마 풀을 돌로 으깨서 눌러 짜면 수
액이 나온다. 이 수액을 양모로 만든 여과기에 통과시켜 불순물을 제거한 다
음, 물과 우유를 섞어서 발효시키면 '황금색의 감로(甘露)'인 소마주가 탄생
한다.

소마주가 술이라고는 하지만 실제로는 마약이나 흥분제 역할을 했을 것으
로 추정된다. 이 소마주를 유별나게 좋아했던 신은 무용신(武勇神) 인드라였
다. 그는 전쟁에 나갈 때면 언제나 많은 양의 소마주를 마셨다. 베다 경전에
따르면, 고대의 수많은 제사 중에서 '소마제(祭)' 의식이 가장 중요시되었
고 한다. 이 제사가 절정에 도달하면 소마주를 불 속에 끼었고, 남은 술은 제
관인 브라만교 승려와 사람들이 함께 나누어 마셨다. 소마주는 사람들에게

심신의 건강과 활력을 주고, 전사(戰士)에게는 용기를 갖게 하며, 또한 예술적인 영감을 불러일으킨다고 한다. 그렇다면 소마주의 원료인 소마는 과연 어떤 풀이었을까? 많은 학자들이 고증에 나섰지만 아직까지도 그 성분을 정확하게 밝혀내지 못하고 있다.

달이 차고 기우는 이유

시대의 흐름과 함께 소마주는 달과 동일시되는 독특한 변천 과정을 거치게 된다. 달이 주기적으로 차고 기우는 현상은 신들이 달이라는 그릇에 채워진 소마주를 교대로 마시기 때문이라고 생각했던 것이다.

달이 차고 기우는 것에 대한 다른 설명도 있다. 소마 신은 다크사(프라자파티의 하나로 시바 신의 장인이기도 하다)의 27명에 이르는 딸들을 아내로 맞아들였다. 많은 아내를 거느린 소마 신은 모두를 평등하게 사랑해야 했지만, 그렇게 할 수는 없었다. 그는 로히니라는 아내에게만 마음을 두고 다른 아내들은 쳐다도 보지 않았다. 그러자 이 아내들은 아버지인 다크사에게 찾아가 자신들의 처지를 한탄했다. 다크사는 딸들을 불행하게 만든 원흉인 소마 신에게 "가슴앓이로 죽을 것이다"라는 저주를 내렸다. 이런 사실을 알게 된 딸들은 다시 아버지를 찾아가 저주를 취소해 달라고 요구했다. 딸들의 청을 받아들인 다크사는 소마 신에게 내렸던 죽음의 저주 대신 주기적인 벌을 주기로 했다. 그것은 한 달에 15일간은 체력이 소모되는 힘든 일을 해야만 하는 것이었다(달은 약 15일을 기준으로 차고 기운다ー옮긴이).

소마 신은 구릿빛 몸을 가지고 있으며 붉은 깃발을 꽂은 3륜 전차를 타고 있는 것으로 묘사된다. 전차를 끄는 것은 한 필의 안티로프(영양)인데, 열 마리의 백마가 끌었다는 이야기도 있다.

남의 아내를 유혹해서 자식을 얻은 소마 신

푸라나에 나오는 신화 속에서 소마 신은 성좌와 브라만, 그리고 식물을 지배하는 신격으로 승진해 있는 모습으로 등장한다. 어느 때 그는 라자수야[55]라는 대규모 제사를 집행한 적이 있었다. 이로 인해 절대 권력을 얻게 된 소마 신은 자만에 빠져 신들의 스승이라고 할 수 있는 브리하스파티[56]의 아내 타라를 유혹했다. 브리하스파티는 사라진 아내의 행방을 필사적으로 수소문했으나 어디에서도 찾을 길이 없었다. 사태가 심각하다고 판단한 브라마 신은 소마 신에게 타라를 돌려보내라고 명령했지만 그는 단호하게 거절했다. 브라마 신은 하는 수 없이 질서를 유지하기 위해 소마 신과 전쟁을 벌이기로 했다. 영웅신 인드라가 이끄는 신의 군대가 전투 태세에 돌입하자 소마 신 역시 마족들을 자기 편으로 끌어들여 전열을 정비했다. 전쟁은 일진일퇴를 거듭하며 지구전 양상으로 전개되었다.

자기 때문에 생각지도 못한 큰 전쟁이 벌어진 것을 알게 된 타라는 고민 끝에 브라마 신에게 도움을 청했다. 브라마 신은 소마 신과 담판을 벌여 타라를 원래 남편인 브리하스파티에게 돌려보내기로 했다. 이렇게 해서 전쟁은 종결되고, 사태는 호전되는 듯 보였다. 그런데 문제는 엉뚱한 데서 발생했다. 집에 돌아온 타라를 브리하스파티가 완강하게 거부했던 것이다. 브리하스파티는 타라가 다른 남자의 아이를 가졌다는 사실을 알아차렸기 때문이었다. 쫓겨난 그녀는 어쩔 수 없이 집 밖에서 아이를 낳는 고초를 겪어야 했다. 비록 이렇게 태어났지만, 타라가 낳은 사내아이는 대단히 총명한데다 용모도 아주 수려했다.

---

55) 라자수야 : Rajasuya. 고대 인도에서 행해졌던 왕의 즉위식. 의식의 핵심은 호랑이가죽으로 가려놓은 왕좌에 앉아 있는 왕에게 물이나 버터, 꿀 등을 뿌리는 것이었다.

56) 브리하스파티 : Brihaspati. '기도의 주인'이라는 의미를 가지고 있는 신들의 제관(祭官)이다. 고대의 법전『브리하스파티 스무리티』의 편자이기도 하다.

힌두교의 4대 성지

힌두교와 불교, 자이나교, 시크교가 탄생한 인도에는 각 종교의 성지가 곳곳에 흩어져 있으며, 작은 성지까지 포함하면 그 수는 셀 수 없을 만큼 많다.

힌두교 신자에게 성지 순례는 대단히 중요한 의미를 지닌다. 일생 일대의 사업으로 성지 순례를 계획하는 사람도 상당수 존재한다.

성지를 방문한 신자들은 현지의 종교적인 분위기 속에 자신의 모든 것을 맡기고, 스스로의 내면을 충실하게 다져서 앞으로 다가올 빛나는 내세를 준비한다. 가장 규모가 크고 영험이 있는 힌두교의 성지는 동서남북에 위치한 4대 성지를 꼽는다.

• **북쪽 성지 드와르카(Dwarka)**

북쪽에 있는 성지라고는 하지만 실제로는 서북부 구자라트 주에 자리잡고 있다. 전설에 따르면, 드와르카는 크리슈나가 건설한 견고한 성채 도시로, 궁전은 물론 네 개의 공원과 성문이 있었던 대단히 아름다운 도시였다고 한다. 그러나 이 도시는 크리슈나가 죽은 후에는 바닷속에 가라앉고 말았다. 현재 수몰된 지역 부근에 같은 이름의 도시가 있으며, 크리슈나를 모시는 드와르카나트 사원에는 전국에서 수많은 순례자들이 찾아온다.

아들을 본 브리하스파티의 태도는 이내 돌변했다. 소마 신 역시 자신의 아들이라며 조금도 양보하려 들지 않았다. 두 신은 서로 자신이 아이의 아버지라고 주장하며 재차 싸움을 벌였다. 그들은 타라에게 아이의 아버지가 누구인지 물었다. 타라는 당혹스러운 질문에 사실대로 답변을 할 수가 없었다. 이런 모습을 본 아들은 어머니에게 화를 냈다.

"어머니, 당신은 부도덕한 여자입니다. 내 아버지가 누구인지 왜 명확하게 밝히지 않는단 말입니까? 나는 어머니가 원망스럽습니다."

그러자 보다 못한 브라마 신이 중재에 나서서 아들을 달랜 후에 타라에게 말했다.

- 서쪽 성지 바라나시(Varanasi)

우타르프라데시 주 동부에 위치하며, '베나레스'로 불리기도 한다. 원래 이름은 카시(Kasi). 도시를 따라 흐르는 갠지스 강 옆으로 6킬로미터에 이르는 가트(종교적 의미를 지닌 목욕장)가 펼쳐져 있다. 이 도시는 연간 1백만 명이 넘는 순례자들이 찾는 성지 중의 성지로 알려져 있으며, 이곳에서 죽음을 맞아 갠지스 강에 뼈를 뿌릴 목적으로 찾아오는 노인 순례자도 많다.

- 동쪽 성지 자간나트(Jagannath)

오리사 주의 벵골만 연안 도시 푸리(Puri)에 있다. 이곳은 비슈누 신 신앙의 중심지이며, 12세기에 건립된 자간나트(우주의 주인) 사원이 있다.

- 남쪽 성지 라메스와람(Rameswaram)

스리랑카를 향해 튀어나온 반도 끝 부분에 위치한 섬. 별명은 팜반(Pamban) 섬. 라마나타스바미 사원은 시바 신의 링가가 모셔져 있는 것으로 유명하다. 남인도의 힌두교 신자들은 바라나시를 순례한 다음, 갠지스 강물을 정성스럽게 담아 와서 이 사원의 링가를 씻는 것으로 순례를 마무리한다.

"부끄러워하지 말고 정직하게 대답하라. 이 아이의 아버지가 브리하스파티인가, 아니면 소마 신인가?"

타라가 대답했다.

"아이의 아버지는 소마 신입니다."

소마 신은 환한 미소를 지으며 아들에게 말했다.

"아들아, 너는 정말 현명하구나."

그러고는 아들을 끌어안았다. 그때부터 이 아들은 브다(=현자)라 불리게 되었으며, 이후 달〔月〕 종족의 시조가 되었다.

제3장
인도의 여신들

오래된 여신들의 부활

앞서 제1장과 제2장에서 소개한 것처럼, 아리아인들과 함께 인도 대륙에 들어온 종교는 다분히 남성신 중심이어서, 가끔 여성신이 등장한다 할지라도 부수적인 역할을 맡는 데 머물러 있었다. 그러나 시대 흐름과 함께『리그베다』의 종교가 쇠퇴하면서부터 이제까지 알려져 있지 않았던 여성신에 대한 믿음이 점차 고개를 들기 시작했다. 이러한 여성신들이 분명한 형태를 갖추고 확고하게 세력을 형성하게 된 것은 7세기 무렵이다.

원래 인도 대륙에는 여신을 믿는 신앙적 전통이 존재했었다. 아리아인들이 들어오기 이전부터 살고 있던 토착민들은 무수히 많은 여신에 대한 강한 믿음을 가지고 있었다. 일반적으로 기마 유목민족이 믿는 신은 남성적인 성향이 강하지만, 농경민들의 신은 대지에 은혜를 가져다주는 생식과 번영의 신, 즉 지모신(地母神)의 성격이 강하다. 인도 대륙이 바로 그 대표적인 경우라고 할 수 있다.

아리아인들이 가지고 들어온 문화와 종교는 토착민의 그것들과 대립 · 융화하면서 발전을 거듭했지만, 베다 시대에 숨죽이고 있던 여신들의 부활은 어쩌면 예고된 반란

이나 다름없었다. 주도적인 종교의 흐름을 거스르지 않으면서도 차근차근 무리하지 않게 권력을 이양받을 준비를 하고 있었기 때문이다. 7세기에 가장 힘이 강했던 신은 시바 신과 비슈누 신이었다. 여신들은 이러한 남성신의 배우자 형태로 대중들 앞에 모습을 드러냈지만 나중에는 남성신으로부터 독립해서 독자적인 세력을 확대해 나갔다.

샤크티 사상의 보급과 발전

여신이 인도 대륙에서 부활할 때 그 배경이 된 사상이 있었다. 바로 샤크티즘(성력 性力 신앙)이다. 샤크티(Sakti, 성력)란 신의 내부에 숨어 있는 신성한 에너지라고 할 수 있다. 신이 가지고 있는 큰 힘을 발휘하기 위해서는 샤크티를 내부에서 끌어내어 야 하는데, 여신(남성신의 배우자)이 그 매개자라고 생각했던 것이다. 이러한 발상으로 인해 모든 남성신에게 배우자가 생겨나게 되었다. 그리고 남성신과 여성신의 합체로 얻어진 신비한 에너지에 대한 신앙은 성적인 흥분과 환희를 종교적인 차원으로까지 승화시켜 종교 예술의 중요한 모티브 구실을 하기에 이르렀다.

이런 사상이 민중들 사이에 퍼지면서 시바 신은 샤크티 신앙의 중심적인 존재가 되었다. 그의 상징인 링가(남근)를 통해 알 수 있듯이, 시바 신은 샤크티에 더욱 종교적인 의미를 부여한 존재가 된 것이다. 따라서 시바 신에게는 다른 신보다 더 많은 아내가 주어졌다. 일설에 수백을 넘는다는 시바 신의 아내들은 사실 시바 신 그 자체를 표현하는 것이기도 하다.

샤크티 신앙의 발전은 힌두교의 새로운 측면을 부각시켰다. 바로 탄트리즘(Tantrism)의 발전이었다. 탄트리즘은 샤크티야말로 인간을 윤회의 사슬에 묶어놓은 원흉이지만, 그것을 완전하게 지배하게 되면 그 사람은 어떤 능력도 가질 수 있다는 주장을 내놓았다. 곧, 최고신과 일체가 되는 것도, 우주의 지배자가 되는 것도, 해탈에 이르는 것도 가능하다는 뜻이었다. 말하자면, '초인(超人) 사상'이라고 할 수 있다. 탄트리즘은 그 방법론도 제시했는데, 첫 번째 방법은 요가(Yoga)를 통해 신체를 제어하는 것이며, 두 번째 방법은 만트라(진언眞言)를 외우면서 여성과 성교하는 것이다. 이러한 탄트리즘 사상은 지금도 그 맥이 이어지고 있으며, 특히 티베트 불교에 강한 영향을 끼쳤다.

이번 제3장에서는 힌두교 속에 등장하는 여신을 소개하는 것과 동시에 토착적인 냄새가 물씬 풍기는 지모신도 살펴보려고 한다. 비슈누 신과 시바 신, 브라마 신의 배우자에 대해서는 이미 앞 장에서 소개한 바 있지만, 가장 중요한 역할을 맡은 시바 신의 배우자들 중에서 샤크티 성격이 강한 여신들부터 소개해 보겠다.

두르가 여신

Druga

- ■ 별　명 : 마히사마르디니(Mahisamardini=마히사를 죽인 여신)
- ■ 신　격 : 시바 신의 배우자, 악마를 퇴치하는 여신
- ■ 소유물 : 삼지창, 원반(차크라), 투창 등

희생을 요구하는 여신

시바 신이 수백에 이르는 아내를 거느리게 된 이유에 대해, 전승에서는 다음과 같이 이야기하고 있다.

시바 신은 첫 번째 아내인 사티가 자살하자 망연자실한 나머지 그녀의 유해를 들고 자신이 방문하는 도시를 파괴하며 세계를 떠돌았다(제1장 '파르바티' 항목 참조). 이를 보다 못한 비슈누 신이 차크라(원반)로 사티의 유해를 조각내자 시바 신은 원래 자신의 모습으로 돌아와 수행에 정진하게 되었다.

사티의 유해가 떨어진 곳은 모두 성지가 되었는데, 잘게 잘라진 유해는 그 자체로 토지의 여신으로 부활하였다. 즉, 각지의 토착 여신들이 시바 신의 배우자 자격을 얻게 된 것이다. 이렇게 해서 새롭게 시바 신의 아내가 된 여신들은 '샤크티' 혹은 '데비(Devi=대여신)' 라고 불리었다.

사티와 파르바티가 여성의 은근한 측면을 이미지화한 여신인 반면, 여성의 무자비하고 공격적인 측면을 부각시킨 것이 두르가 여신이다. 두르가는 '접근하기 어려운 것' 이라는 의미를 가지고 있으며, 원래는 그녀와 적대 관계에 있던 악마의 이름이었다. 그녀는 악마 두르가를 물리친 후에 승리를 기념하기 위해 스스로를 두르가로 불렀던 것이다.

그녀는 언제나 시바 신의 요청으로 나타나서 전쟁을 되풀이하는 아주 무서운 여신이다. 공물도 항상 피가 흐르는 희생물을 요구하는 것으로 알려져 있다.

화염 속에서 탄생한 두르가 여신

두르가 여신의 탄생은 아수라의 왕 마히사(Mahisa=물소)와 깊은 관계가 있다. 세계 정복을 획책했던 마신(魔神) 마히사는 세력을 결집해서 신들을 공격했다. 무방비 상태에 있던 신들은 마히사의 공격을 도저히 감당해 낼 수가 없었다. 이렇게 해서 천계는 결국 마신 마히사의 수중에 들어가고 말았다. 천계에서 쫓겨난 신들은 절망하고 점차 그 빛을 잃어갔다. 하지만 신들의 복권을 꾀한 비슈누 신과 시바 신은 신들을 모두 불러모았다. 신들은 힘을 모아 각자의 입에서 분노의 화염을 토해냈다. 화염은 공중의 한 지점을 향해 날아갔는데, 마침내 그 화염의 중심에서 두르가 여신이 탄생하게 되었다.

그녀는 이미 성장한 상태로 열 개의 팔을 가지고 태어났다. 그러나 아름다운 용모와는 대조적으로 내면에는 신들의 분노로 가득 차 있었다. 그녀는 태어나자마자 신들에게 무기를 빌려 곧바로 마히사를 토벌하러 나섰다. 신들에게 받은 무기는 시바 신의 삼지창, 비슈누 신의 차크라, 아그니 신의 투창, 바유 신의 활, 바루나 신의 포승, 인드라 신의 번개 등이었다. 히마바트 신[57]으로부터는 사자를 탈것으로 제공받았다.

두르가 여신은 무섭게 포효한 다음, 적진을 향해 돌진해 들어갔다. 몸에서 뿜어져나오는 빛은 세상 천지를 뒤덮었고, 마신의 부하들은 온갖 무기를 가진 그녀의 손에 차례차례 죽음을 당했다. 마침내 물소 모습을 한 마신 마히사

---

57) 히마바트 신 : Himavat. '눈(雪)을 가진 자'라는 의미를 가지고 있으며, 히말라야 산을 신격화한 신.

와 두르가 여신은 한판 승부를 가리기 위해 맞섰다. 마히사는 사자와 인간, 코끼리의 모습으로 변신하며 두르가를 공격했다. 둘 사이의 공방이 차츰 격렬해지자 산이 부서지고, 바닷물은 육지로 흘러넘쳤으며, 구름은 산산이 흩어졌다. 마히사는 원래 물소의 모습으로 되돌아와 두르가와 싸우다가 형세가 불리하다고 판단하고 다시 인간의 모습으로 변신하려는 순간 그녀의 강렬한 일격을 받아 즉사하고 말았다.

호랑이에 올라탄 두르가 여신이 물소로 변한 마신을 발로 짓밟고 그의 머리를 베는 그림('마히사마르디니'라고 불린다)은 지금도 인도 각지에서 볼 수 있으며, 많은 인도 가정에서는 이 그림을 장식용으로 걸어두고 있다.

역사상 최대의 전투

두르가 여신의 화려한 전과(戰果)는 이루 헤아릴 수 없을 만큼 많은데, 이름의 유래가 된 마신 두르가를 물리친 이야기를 살펴보도록 하자.

마신 두르가도 마히사와 마찬가지로 신들을 괴롭혔던 사악한 존재였다. 마신은 삼계(三界)를 정복하고 신들을 천국에서 숲으로 내쫓는 한편, 모든 것을 자기 마음대로 처리했다. 강의 흐름을 바꾸기도 하고, 불도 꺼뜨렸으며, 별의 깜빡임도 사라지게 만들었다. 게다가 때아니게 비를 내리게도 하고, 제멋대로 곡물의 생산까지도 조절했다. 이처럼 우주의 혼란이 극에 달하게 되자 신들은 시바 신에게 도움을 청했고, 시바 신은 아내 중 하나인 두르가 여신에게 마신을 물리쳐달라고 부탁했다.

마신을 퇴치하기 위해 우선 그녀는 카라라트리(캄캄한 밤)를 만들어 신들에게 보냈다. 하지만 카라라트리는 마신들에게 그다지 큰 타격을 주지 못했다. 하는 수 없이 여신은 마신들을 물리치기 위해 직접 카일라스 산으로 날아갔다. 그러자 이에 맞서는 마신들도 1억 대의 전차와 1,200마리의 코끼리, 1천만 마리의 말, 무수한 병사 등으로 대규모 군대를 조직하고 여신과 맞설 만반의 준비를 끝내놓고 있었다. 드디어 역사상 최대의 전투가 벌어지는 순간이었다.

　본격적인 전쟁이 벌어지자 그녀는 1천 개의 팔을 만들어 적진을 종횡무진 누비고 다니며 피의 살육전을 전개했다. 마신의 군대 역시 조금도 뒤지지 않고 여신에게 화살을 비오듯 퍼부었다. 이들은 또 대지의 바위와 나무들을 잘게 부순 다음 여신을 향해 집어던졌다. 여신은 1천 개의 팔로 공격을 하면서 9백만이 넘는 병사를 만들어 마신 군대와 대항하게 했다. 마신은 다시 그녀를 향해 산을 던졌지만 산은 일곱 조각이 나고 말았다. 여신은 마신의 가슴을 향해 단 한 발의 화살을 쏘아 명중시켰다. 수억이 넘는 사체가 산을 이루고, 피로써 피를 씻는 전투 끝에 마신 두르가는 여신의 화살을 맞아 절명하고 말았다. 여신은 승리를 기념하여 스스로를 두르가 여신으로 불렀다.

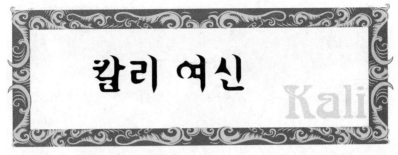

칼리 여신

Kali

■ 별　명 : 찬디(Candi=두려운 여자)
■ 신　격 : 시바 신의 배우자(두르가 여신의 분신)
■ 소유물 : 식칼, 삼지창, 죽은 사람의 목, 두개골로 만든 잔

파괴와 살육의 '피투성이 여신'

두르가 여신이 신들의 분노로 토해낸 화염 속에서 탄생했다는 것은 앞에서 소개한 바 있지만, 여성미로 충만한 그녀가 신의 적대자들과 싸우는 모습은 비록 무섭기는 해도 여신으로서 긍지는 잃어버리지 않을 만큼 우아한 것이었다. 하지만 두르가 여신의 격렬한 분노에서 태어난 칼리는 도저히 여신이라고 생각할 수 없을 만큼 살육자적인 면모를 지니고 있다. '브라티(피투성이) 칼리' 로 불릴 정도로 공포스러운 존재이다.

칼리는 피로 물든 무시무시한 검은 얼굴 때문에 '검은 여신' 으로 불리기도 하는데, 가녀린 신체지만 죽은 사람의 목을 엮어서 만든 목걸이와 적들의 손목을 잘라내서 이은 허리띠를 두른 모습으로 등장한다. 열 개의 팔에는 고기를 써는 식칼을 비롯한 각종 무기와 죽은 사람의 목을 들고 나타난다. 검은 머리카락이 어지럽게 휘날리는 그녀의 모습은 피를 좋아하는 살육 여왕의 이미지와 잘 맞아떨어지지만, 보는 이에게는 공포 그 자체가 아닐 수 없다.

그녀가 등장하게 된 것은 다음과 같은 이유가 있었기 때문이다.

두르가 여신이 물소 모습의 마신 마히사를 물리친 후에 숨바(Sumbha)와 니숨바(Nisumbha)라는 아수라 형제가 동족을 규합해서 서서히 세력을 확장해

나갔다. 그러자 불안을 느낀 신들은 두르가 여신에게 이들을 퇴치해 달라고
부탁했다. 두르가 여신이 이들과의 전쟁에 나서서 처음으로 맞닥뜨린 것은
찬다(Canda)와 문다(Munda)라는 두 아수라 병사였다. 사자에 올라타고 미소
를 짓던 그녀는 이들의 모습을 보고 격노하여 안색이 진한 흑빛으로 변했다.
그러자 갑자기 두르가 여신의 얼굴에서 검은 얼굴의 칼리가 나타났다. 주위
를 전율시킬 만큼 무섭게 생긴 칼리의 생김새는 아수라의 군대마저도 뒷걸음
질치게 만들었다. 칼리는 눈에 핏발을 세우고 머리카락을 휘날리면서 마신들

을 향해 돌진했다. 그녀는 순식간에 두 아수라를 죽여버리고, 피가 뚝뚝 떨어지는 머리를 두르가 여신에게 바쳤다고 한다.

마신의 피를 모조리 마셔버린 칼리 여신

칼리 여신의 출현은 대단히 충격적인 것이었다. 마신의 격퇴자로서 태어난 두르가 여신의 분노에서 생성된 칼리는 진저리가 날 만큼 살육을 좋아하는 여신으로 알려져 있다. 칼리가 등장하는 이야기 중에 가장 무서운 장면은 다음과 같은 것이다.

칼리가 두 아수라 병사를 죽이자 숨바와 니슘바 형제는 마신 라크타비자(Raktabija=피에서 태어난 자)를 전쟁에 투입하였다. 칼리는 라크타비자 정도는 가볍게 물리칠 것으로 생각했지만 상황은 뜻대로 돌아가지 않았다. 칼리가 라크타비자를 칼로 내리쳐서 그의 피가 땅을 적시자 그곳에서 또 한 명의 라크타비자가 태어났다. 이렇게 적을 베면 베는 만큼 그 수가 늘어나는, 천만 뜻밖의 사태가 벌어지는 것이 아닌가. 마침내 전쟁터는 무수한 라크타비자가 칼리를 향해 달려드는 형국이 펼쳐졌다. 하는 수 없이 칼리는 전술을 바꿔 적을 칼로 베지 않고 통째로 삼켜버리는 작전을 폈다. 그리고 라크타비자의 상처에서 흘러나오는 피를 한 방울도 남기지 않고 모조리 마셔버렸다. 그러자 무수히 많았던 라크타비자는 눈에 띌 정도로 줄어들었고, 몸에서 흘러나오는 피를 남김 없이 마시자 마신은 그대로 죽고 말았다.

이리하여 칼리 여신은 수많은 적을 물리치고 빛나는 승리를 거두었다. 피비린내에 취한 칼리의 살육과 파괴에 대한 욕망은 어느 누구도 억누를 수가 없었다. 그녀가 기쁨에 들떠 승리의 춤을 추자 세계는 그 진동으로 건물들이 무너져 파괴될 정도였다. 신들은 자신들의 힘으로 칼리를 도저히 진정시킬 수 없자 남편인 시바 신에게 부탁해 그녀의 발 밑을 떠받치도록 했다. 남편을 발로 짓밟고 있다는 사실을 안 칼리는 제정신으로 돌아와 남편을 향해 붉은 혀를 쑥 내밀었다고 한다.

두르가 여신, 즉 칼리 여신은 특히 벵골 주에서 열렬하게 숭배되고 있으며, 칼리를 모시는 신전에는 날마다 살아 있는 염소를 제물로 바친다고 한다.

힌두교의 축제

두세라(Dussera) 또는 두르가 푸자(Durga puja)
9~10월에 열리는 힌두교의 3대 축제 중 하나. 인도 전역에서 열흘 동안 펼쳐지는데, 이 기간에 문을 닫는 상점도 많다. 특히 벵골 지방에서 성대하게 치러지며, 각지에서 시바 신의 아내인 두르가 여신에게 제사 지내는 모습을 볼 수 있다. 축제 마지막 날에는 두르가 여신의 그림이나 조각상을 강으로 가지고 가서 물에 흘려보내는 관습이 있다. 북인도에서는 라마가 악마 라바나를 죽인 기념일이어서 그의 생애를 인형극으로 만들어 무대에 올리기도 한다. 최근에는 가까운 사람들에게 신발을 선물하는 풍습이 생겨났다.

칠모신 삽타마트리카
Sapta-martrika

■ 신 격 : 전투 여신(두르가 여신의 분신)

두르가 여신의 머리카락에서 나온 일곱 여신

두르가 여신이 슘바와 니슘바라는 아수라 형제와 격렬한 전투를 벌일 때 그녀의 분노한 얼굴에서 칼리 여신이 나왔다는 것은 이미 소개한 바 있다. 그런데 이 전쟁 때 두르가 여신은 칼리 외에도 일곱 여신을 만들었는데, 이들이 바로 칠모신(七母神)[58]이다. 이 여신들은 두르가 여신의 거꾸로 선 머리카락에서 태어났다고 한다. 칠모신은 다음과 같다.

브라마니 Brahmani

브라마 신의 배우자[59]로, 노란색 신체에 얼굴은 4면으로 되어 있다. 탈것은 남편과 마찬가지로 백조(함사)다. 소유물은 신비한 약이 들어 있는 병인데, 그녀는 이것을 마신들에게 뿌려서 그들의 힘을 빼앗는다.

---

58) 칠모신 : 칠모신이 아니라 팔모신이라는 설도 있다. 이때는 여덟 번째 여신으로 마하락슈미 (Mahalakshmi)를 넣는다. 남편이 누구인지는 알려져 있지 않으며, 소유물은 검과 방패, 탈것은 사자라고 한다.

59) 브라마 신의 배우자 : 원래 브라마 신의 배우자는 사라스바티지만, 칠모신 신앙에서는 브

마헤슈바리 Maheshvari

시바 신('마헤슈바라'는 시바 신의 별명이다)의 배우자이며, 다섯 개의 머리와 열 개의 팔을 가진 모습으로 묘사된다. 소를 탈것으로 삼으며, 삼지창을 무기로 마신들을 공포에 몰아넣는다.

카우마리 Kaumari

카우마리는 군신(軍神) 스칸다('쿠마라'라는 별명을 가지고 있다)의 파트너로 알려져 있는 처녀신이다. 스칸다는 여성을 좋아하지 않기 때문에 배우자가 아닌, 단지 파트너이다. 하지만 그녀는 마치 스칸다 신의 아내처럼 행동한다. 스칸다 신과 마찬가지로 공작을 타고 다니며, 투창을 무기로 마신들을 물리친다.

바이슈나비 Vaishnavi

비슈누 신의 배우자로, 푸른색 신체를 가지고 있다. 무기는 차크라(원반)와 법라(소라)이며, 남편과 마찬가지로 가루다를 타고 다닌다.

라마니(브라마의 여성형)가 브라마 신의 아내라고 한다. 다른 신의 배우자도 이처럼 여성형인 경우가 있다.

바라히 Varahi

비슈누 신의 화신 중 하나인 바라하(멧돼지)의 배우자다. 남편과 마찬가지로 검은색 피부에 멧돼지 형상으로 배가 튀어나왔다. 물소를 타고 다니며, 물고기와 포승, 낫을 소유물로 가지고 있다. 무기인 날카로운 어금니로 마신들의 배를 찢어, 그들을 공포의 나락으로 떨어뜨린다.

인드라니 Indrani

인드라 신의 배우자이며, 황금색으로 빛나는 신체를 가지고 있다. 거대한 코끼리에 올라타고 마신들을 물리친다. 소유물은 남편과 마찬가지로 금강 방망이(번개)와 포승, 병, 연꽃이며, 금강 방망이의 강력한 파괴력은 인드라 신이 가진 것을 능가할 정도로 위력적이다.

차문다 Canunda

지금까지 소개한 파괴의 여신들은 대부분 남편의 영향을 강하게 받아서 그 그늘에서 벗어나지 못하지만, 이 차문다 여신은 상당히 독자적인 성격을 가지고 있다. 흔히 그녀는 죽음의 신인 야마(제2장 참조)의 배우자로 알려져 있는데, 때에 따라서는 두르가 여신과 동일시되기도 한다. 그녀는 지나치게 말라서 앙상하게 뼈만 남은 몰골에 이빨이 튀어나오고, 혀는 길게 내밀고 있으며, 머리카락은 거꾸로 서 있는 상당히 독특한 모습으로 묘사된다. 그리고 해골로 만든 목걸이를 길게 늘어뜨리고 있기도 하다.

그녀가 사는 곳은 묘지 같은 부정(不淨)한 장소이며, 머리 위로는 반얀나무(제2장 '바유 신' 항목 참조)가 무성하고, 발로는 사체를 짓밟고 있다. 탈것은 올빼미이며, 소유물은 검과 방패지만, 최대의 무기는 불길한 웃음소리다. 마신들이 마음 깊은 곳까지 얼어붙게 만드는 차문다의 웃음소리를 들으면 투쟁심이 공포심으로 바뀌어버린다고 한다.

사원에 장식되어 있는 차문다 여신의 모습은 호기심을 자극할 만큼 독특하다. 올빼미가 사체를 쪼아먹거나 시체가 이리저리 흩어져 있는 모습 등으로 묘사되어 있는 경우가 대부분이다. 즉, 죽음의 기운과 연관되어 있는 형상이다. 그 중에는 코끼리의 생가죽을 둘러쓰고 있는 모습의 그림도 있다. 이는 시바 신이 거대한 코끼리 모습으로 마신을 물리친 전승에서 유래한 것이다. 그리고 홀쭉한 그녀의 배에 전갈이 새겨져 있는 조각상도 있는데, 이는 사람들에게 갑자기 일어나는 복통을 그녀가 치료해 준다는 믿음을 반영한 것이라고 한다.

차문다는 여신이라는 말이 그다지 어울리지 않는 존재로, 파괴의 여왕인 칼리와 유사한 성격을 지녔다고 볼 수 있다.

이상적인 종교 생활

힌두교 신자들은 종교에 몰두해서 생활하는 것을 지상 최고의 행복으로 여긴다. 특히 브라만 계급으로 살아가는 사람들은 '인생의 네 시기'를 올바르게 사는 것이 가장 이상적인 삶이라고 생각한다. 네 시기는 학생기(brahmachria), 가주기(家住期 grihastha), 임서기(林棲期 vanaprastha), 유행기(遊行期 sannyasin)로 나뉜다.

학생기는 스승의 집에서 기거하며, 베다 경전에 대해 배우는 시기다. 가주기에는 집으로 돌아와서 결혼을 하고 가장으로서 선조의 영혼을 모시며, 자식들을 양육하는 시기다. 임서기는 자식이 성장하고, 자신의 머리에 흰머리가 날 무렵에 집을 떠나 숲 속으로 들어가 명상의 나날을 보낸다(아내를 데리고 갈 수 있다). 그리고 인생의 마지막 시기인 유행기에 들어서면, 성지 순례를 비롯해 각지를 유랑하며 브라만(우주의 근본 원리)을 명상하고 조용히 죽음을 기다린다.

인생을 이렇게 보내는 것이야말로 힌두교 신자, 특히 브라만 계급으로 태어난 사람들에게는 가장 이상적인 것으로 받아들여진다.

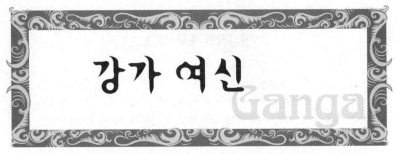

강가 여신

Ganga

■ 별 명 : 바드라소마(Bhadrasoma=신성한 음료), 바기라티(Bhagrathi=바기라타 왕이 지
　　　　 상에 가져다준 것), 하라세카라(Harasekhara=시바 신의 머리카락)
■ 신 격 : 갠지스 강의 신격화
■ 소유물 : 물 항아리

강 자체가 신인 '성스러운 강'

　갠지스는 인도 대륙의 북동부를 흐르는, 총 길이 2,506킬로미터로 인도에
서 가장 큰 강이다. 쿠마온 히말라야 산맥의 강고트리(Gagotri) 빙하에서 발원
한 갠지스 강은 힌두스탄 평원을 거쳐 벵골 주 부근에서 많은 지류를 형성한
다음 벵골만으로 흘러들어간다.

　인도인들에게 갠지스 강이 얼마나 신성한 존재인가는 성지 바라나시를 방
문해 보면 쉽게 알 수 있다. 힌두교 신자라면 누구나 할 것 없이 평생에 한 번
은 이곳을 방문하고 싶어한다. 그들은 갠지스 강물로 육체의 더러움을 씻어
내고 입을 헹궈내면서 성스러운 시구(詩句)인 가야트리를 외우는 것을 최고의
행복으로 여긴다. 갠지스 강물을 통해 몸과 마음을 청정하게 함으로써 신들
을 향한 신앙을 더욱 깊게 하는 것이다. 실제로 생의 마지막 목적지로 생각하
고 이곳을 방문해서 일생을 마감하는 사람도 적지 않다.

　오랜 옛날에 천계를 흐르던 갠지스 강이 시바 신의 힘으로 지상에 내려왔
다는 이야기는 이미 제1장 '시바 신' 항목에서 소개한 바 있다. 이처럼 신성한
강을 신격화한 것이 바로 '강가 여신'이다.

서사시의 대영웅 비수마의 어머니

신화 속에서 강가 여신은 히마바트 신의 딸로 등장하는데, 시바 신의 아내인 파르바티와 자매 사이라고 한다. 어느 때 바수(Vasu)라는 여덟 명의 악마가 성자를 모욕하는 죄를 짓고 인간으로 다시 태어나는 벌을 받은 일이 있었다. 그들은 강가 여신을 찾아가, 자신들이 지상에 태어날 때 어머니가 되어달라고 부탁했다.

강가 여신은 이들의 바람을 들어주는 대신 한 가지 조건을 붙였다. 그것은 강가 여신이 아들을 낳으면, 여덟 바수들이 힘을 모아주겠다는 약속이었다.

강가 여신은 바수들과의 약속을 지키기 위해 지상으로 내려와 남편이 될 만한 남자를 찾았다. 그녀가 처음으로 만난 남자는 프라티파 왕이었다. 그때 프라티파 왕은 갠지스 강에서 목욕을 하고 태양에게 기도를 드리고 있었다. 그런데 물 속에서 갑자기 아름다운 여인이 나타나더니 왕의 오른쪽 무릎에 살며시 앉았다. 깜짝 놀란 왕이 미녀에게 말했다.

"여인이여! 그대는 지금 자신이 한 행동의 의미를 알고 있는가. 왼쪽 무릎은 아내의 자리요, 오른쪽은 내 딸을 위한 자리라는 것을. 그대는 오른쪽 무릎에 앉았기에 아내로 맞을 수는 없지만 내가 아들을 낳으면 아내로 맞아들이게 할 것이오."

시간이 흘러 프라티파 왕은 산타누(Shantanu)라는 아들을 얻었다. 아들이 성장하자 왕이 그에게 말했다.

"만약 아름다운 여인이 너에게 가까이 다가오면 무조건 아내로 삼도록 해라. 이유는 묻지 말거라."

그후 왕은 숲 속으로 들어가 고행을 쌓은 끝에 천계로 올라갔다. 왕위를 계승한 산타누는 산책을 나갔다가 자신을 향해 걸어오는 아름다운 처녀를 보자 한눈에 반하여 즉석에서 청혼을 했다. 그녀(강가 여신)는 자신의 행동에 어떠

한 간섭도 하지 않겠다면 당신의 아내가 되겠다고 했다.

결혼한 후 그녀는 차례로 아이를 낳았다. 하지만 태어난 아이들은 모두 갠지스 강을 통해 천국으로 되돌아갔다. 산타누 왕은 아내의 이러한 행동을 몹시 못마땅하게 생각하고 있었는데, 마침 여덟 번째 아이마저도 갠지스 강에 버리려는 것을 보고는 더 이상 참지 못하고 아내를 호되게 질책했다. 그러자 그녀는 약속을 깨뜨린 남편에게 몹시 화를 내면서 아이와 함께 자취를 감춰버렸다. 이때 어머니와 함께 사라진 아이가 훗날 대서사시 『마하바라타』에 등장해서 대활약을 펼치는 영웅 비수마(Bhisuma)였다고 한다.

인도의 부적

사람들에게는 특정한 금속이나 보석을 몸에 지님으로써 사악한 기운이 가까이 다가오지 못하게 한다는 믿음이 있다. 말하자면, 일종의 부적인 셈이다. 인도에서는 이런 유의 것으로 쇠붙이를 제일로 친다. 고대 사회에서 철이 가장 뛰어난 무기로 사용되었기 때문인지 쇠붙이를 몸에 지니면 악령이 접근하지 못한다는 믿음이 자연스럽게 생겨났다. 그래서 장례식을 주관하는 사람은 반드시 쇠붙이를 지닌다고 한다. 그리고 황금색은 악귀들이 싫어하는 색이라고 믿고 있다.

인도인들은 '구요(九曜)'라는 것을 상당히 중시한다. 이것은 인간의 운과 불운을 주관한다고 알려진 행성을 지칭하는 것으로, 태양과 달, 화성, 수성, 목성, 금성, 토성, 라후(일식과 월식을 일으킨다는 별), 케토(혜성) 등 모두 아홉 개의 별이다.

태양은 루비, 달은 진주, 화성은 산호, 라후는 자수정(紫水晶), 케토는 캐츠아이(cat's-eye=묘안석猫眼石)를 상징하며, 이것들은 행운을 불러온다고 믿고 있다. 예를 들면, 토요일에 사파이어 반지를 끼면 행운이 찾아오며, 화요일까지 사흘 동안은 불행한 일이 생기지 않는다고 한다. 이러한 사고방식은 서양도 마찬가지다.

산호는 내륙에 사는 사람들에게는 귀중품인 동시에 신성한 것이었다. 왜냐하면 성자는 죽은 후에 갠지스 강을 거쳐 남쪽 바다로 나아가는데, 바다의 보물인 산호가 사람들과 성자를 맺어주기 때문이라는 것이다.

동남아시아 지역 불교 사찰의 상징인 '만(卍)'은 힌두교에서 행운의 인장이며, 그 밖에 몇 가지 기하학적인 도형도 힌두교에서는 사귀를 물리치는 부적 역할을 한다.

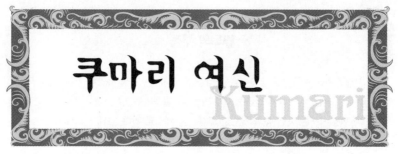

쿠마리 여신
Kumari

■ 신 격 : 영력이 뛰어난 살아 있는 신

예지 능력을 가진 처녀신

쿠마리는 소녀신을 이르는 말이지만, 일반적으로는 소녀의 육체에 신이 내려서 예지 능력을 가지게 된 사람을 지칭한다. 한국의 강신무(降神巫=신내림을 받은 무당)와 비슷한 존재라고 할 수 있는데, 힌두교에서 쿠마리는 신의 배우자이기도 하다. 즉, 신의 힘인 샤크티(신의 에너지)가 소녀의 육체를 빌려서 세상에 모습을 드러낸다는 것이다. 소녀신 신앙은 인도 북서부의 펀자브 지방과 남동부의 타밀 지방에서 찾아볼 수 있으며, 네팔 왕국의 수도인 카트만두에는 지금도 왕실에서 공인하는 쿠마리 신앙을 가진 자들이 적지 않다.

네팔의 처녀신 쿠마리는 카트만두의 중심지인 쿠마리 초크(쿠마라의 집)에 살고 있다. 그녀가 사람들 앞에 얼굴을 드러내는 것은 1년에 오직 세 차례뿐이다. 즉, 봄에 마첸드라 신의 초상을 들고 행진하는 축제인 마첸드라자트라, 늦여름의 가이자트라(소의 축제), 초가을에 데비 여신을 상징하는 젊은 여성을 받들고 행진하는 인드라자트라 때이다. 이런 축제 때 쿠마리는 차를 타고 시내를 순회하며 사람들에게 축복을 내린다고 한다.

축제 기간 중에 쿠마리 초크에 가면 창 밖으로 얼굴을 내밀고 있는 그녀의 모습을 볼 수 있다. 그녀는 빨간 옷을 입고 머리는 단정하게 위로 묶은 모습으로 눈에는 굵은 아이라인을 칠했으며, 이마에는 제3의 눈이 그려져 있다.

쿠마리에게는 왕국의 장래를 예언하는 일과 점을 담당하는 중요한 임무가 주어져 있는데, 주로 왕실 고관들의 의뢰를 받아 점을 친다. 고관들은 점을 치는 동안 그녀가 보여주는 몸짓이나 행위를 통해 여러 가지 예언을 받아들인다. 예를 들면, 그녀가 눈동자를 불안하게 좌우로 움직이면 '머지않아 외국의 침입이 있을 것' 이라는 징조로, 자꾸 뒤로 돌아보면 '내란이 발생' 하는 것으로, 그리고 취한 듯한 표정을 지으면 '전염병이 발생한다' 는 예언으로 해석한다는 것이다. 고관들은 쿠마리를 통해 중대한 예언을 받으면, 그것을 궁전으로 가지고 가서 관련 장관들과 함께 대비책을 강구하게 된다.

쿠마리는 어떻게 선정하나?

쿠마리는 4세에서 8세 사이의 소녀 중에서 선발하며, 초경이 시작되면 그 순간부터 자격을 상실한다. 따라서 '살아 있는 신' 의 재위 기간은 아무리 길어도 대략 10년 미만에 불과하다. 그렇다면 쿠마리는 어떻게 선발하는지 그 기준을 알아보자.

우선 반드시 석가족(Sakya=불교도의 카스트) 출신이어야 한다. 석가족은 카트만두에서 금은세공업에 종사하고 있는 불교도들인데, 이 부족 출신으로 3대 이상 같은 지역에서 거주한 가정에서 자란 소녀에게만 쿠마리가 될 수 있는 자격이 주어진다. 일단 이 조건이 충족되면 그 다음으로는 신체 상태를 심사한다.

쿠마리가 되기 위한 육체적인 조건은 모두 32항목이나 되는데, 다음과 같은 것들이다.

균형 잡힌 다리일 것, 다리 안쪽의 근육이 원을 그릴 것, 어깨가 둥글 것, 손과 발이 가늘고 섬세할 것, 사자 같은 가슴일 것, 법라(소라) 같은 빰일 것, 치아가 희고 치열이 고를 것, 작고 촉촉한 혀를 가지고 있을 것, 푸르거나 검은

눈일 것, 가르마가 오른쪽으로 나 있을 것, 둥근 머리일 것 등이다.

이처럼 까다롭고 세세한 조건에 부합하면, 현재 네팔 왕과 서로 조화를 잘 이룰 수 있는지 여부를 살핀 다음 판정을 내린다. 이상의 모든 과정을 별다른 결격 사유 없이 거친 쿠마리 후보자는 최종 시험을 치르게 된다. 후보자는 먼저 심야에 칠흑같이 어두운 작은 방에 들어간다. 방 가운데에는 피가 뚝뚝 떨어지는 수소의 뿔이 놓여 있고 주위에서는 몸의 모든 털이 쭈뼛 설 것 같은 무서운 소리가 들려온다. 이때 방에 들어온 소녀가 울거나 비명을 지르면 실격이다. 후보자들이 8세 미만의 어린 소녀들이라는 점을 감안하면, 아마 이 최종 시험이 가장 힘든 관문이 될 것이다.

하여간 무사히 모든 시험을 통과한 소녀는 24시간 동안 단식한 후에 공식적인 쿠마리로서 숭배의 대상이 된다. 이제 그녀는 국왕도 함부로 하지 못할 권력을 갖기 때문에 어디서나 정중하게 대접받는다. 그녀는 왕실의 비호 아래 새로운 생활을 시작한다. 네팔어와 영어 개인 교사가 따라붙고, 왕실 의사가 주치의가 되며, 비슷한 또래의 놀이 상대 세 명도 제공받는다. 물론 놀이 상대는 사전에 결코 쿠마리의 뜻을 거스리면 안 된다는 주의를 받는다.

쿠마리는 청정한 존재이기 때문에 그에 따른 터부(금기 사항)도 적지 않다. 마늘이나 부추, 양파는 절대로 입에 대면 안 되며, 다른 사람의 입에 닿은 음식도 먹을 수 없다. 또 신발을 신어서도 안 된다.

그리고 초경이 시작되면 자리에서 물러나 일반 여성으로 돌아간다. 머리 모양이나 복장도 여느 여성들처럼 자신이 원하는 대로 할 수 있다. 이때부터는 매월 일정액의 연금이 주어지며, 결혼 때 특별히 큰돈을 받는 것으로 연금 지급은 끝이 난다.

네팔에는 위에서 소개한 것처럼 복잡한 절차를 거쳐 선발한 국가 공인 쿠마리도 있지만, 사원이나 주민들이 자체적으로 선발한 '지역 쿠마리'도 상당수 존재한다. 카트만두 시내에만도 10여 명의 '살아 있는 신'이 보통 사람들과 더불어 살아가고 있다고 한다.

■ 별　명 : 마탄기 사크티(Matangi-sakti)
■ 신　격 : 천연두의 여신

천연두를 신격화한 여신

　시탈라 여신은 대단히 토착적인 색채가 강하다. 천연두와 깊은 관련이 있는 이 여신은 주로 뱅골과 펀자브 지방에서 널리 숭배되고 있는 것으로 알려져 있다. 시탈라는 '추워서 떨린다'는 의미를 가지고 있는데, 이는 천연두에 걸려 고열이 나는 상태를 표현한 것이다. 즉, 시탈라는 천연두를 신격화한 존재이다. 시탈라 여신의 탈것은 당나귀다.

　천연두는 1796년에 영국의 제너(Edward Jenner, 1749~1823)가 종두법(種痘法)을 개발해서 보급하기 전까지는 많은 사람들을 죽음의 공포에 몰아넣은 무서운 전염병이었다. 전염성이 대단히 강해서 급속도로 확산되었기 때문에 한번 이 병이 퍼지기 시작하면 마을이나 도시 전체가 전멸하는 곳도 적지 않았다. 따라서 시탈라라는 전염병의 신을 만들어낼 만큼 인도인들은 천연두를 무서워했던 것이다.

　뱅골 지방의 농촌 지역에 가면 시탈라 여신을 모시는 사당을 어렵지 않게 찾아볼 수 있다. 사당 내부에 정좌하고 있는 놋쇠 시탈라 상(像)은 대부분 붉은색으로 칠해져 있으며, 손과 발이 없는 대신 세 개의 눈과 손톱만 있는 기묘한 모습이다. 사람들은 천연두의 감염 여부가 모두 이 시탈라 여신의 기분에 달려 있다고 믿고 있기 때문에 결코 이 신을 등한히 모시지 않는다. 정기적인 제삿날은 없으나, 가족 중에 환자가 생기면 가장 나이가 많은 부인이 동(銅)으로 만든 주화를 환자의 이마에 붙이고 지극 정성으로 시탈라 여신의 이름을 부르며 기도를 드린다. 이렇게 해서 병이 낫게 되면 그녀의 사당에서 제사를 드린다. 공물로는 대개 동물을 바친다.

보통 병 치유나 무언가 바라는 바를 위해 기도를 드리는 경우가 많지만, 그녀의 진면목이 드러나는 것은 역시 천연두 환자가 생겼을 때다. 그러면 마을 사람들은 천연두가 퍼지지 않게 해달라며 돈을 모아 성대하게 제사를 드린다. 시탈라 여신은 당나귀를 타고 여러 마을을 돌아다니며 사람들이 두려워하는 천연두를 퇴치해 줌으로써 누구도 넘보지 못하는 확고한 입지를 다질 수 있었던 것이다.

시탈라 여신과 터부

펀자브 지방에서는 어린아이가 천연두에 걸리면 그 집에는 어느 누구도 들어가지 못하게 한다. 만약 실수로 들어가면 입구에 향을 피워서 정화하는 의식을 치른다.

천둥은 병에 걸린 아이에게 터부로 되어 있다. 어린아이의 몸속에 들어가 병을 치료하려는 여신을 방해하기 때문이다. 따라서 천둥이 치면 아이가 그 소리를 듣지 못하게 솥 같은 물건을 두드려 일부러 소음을 낸다. 병으로부터 아이를 지키기 위한 방법 중에는 다음과 같은 것이 있다. 먼저 아이에게 일부러 나쁜 이름을 붙이고 누더기 옷을 입힌다. 그런 다음 병실 입구를 님[60] 나무

---

60) 님 : Nim. 씨앗에서 채취한 기름은 류머티즘 치료제로도 쓰인다. 인도인들은 이 나무의 잎이 사악한 기운을 몰아내는 데 영험이 있다고 믿으며, 특히 나뭇잎을 태울 때 나는 연기는 몸을 맑게 하는 효과가 있다고 한다.

의 잎으로 열심히 부채질한다. 이렇게
하면 병이 다가오지 못한다는 것이다.
그리고 시탈라 여신의 탈것인 당나귀
에게 떡을 주어서 여신의 기분을 좋게
만드는 방법도 있다.

시탈라 여신에게는 여섯 명의 자매
가 있다고 한다.

그들의 이름은 마사니(Masani=묘지
의 여신), 바산티(Basanti=노란색의 여
신), 마하마이(Mahamai=위대한 어머니 신), 폴란디(Polandi=몸을 유연하게 하는 여
신), 람카리야(Lamkariya=급하게 서두는 여신), 아그와니(Agwani=지도하는 여신)
등이다.

■ 신격 : 가정의 수호신

풍요와 다산의 여신

인도 여성들이 열렬하게 믿는 신 중의 하나가 바로 풍요와 다산의 여신인 사스티다. 이 여신을 기쁘게 하면 자식을 낳게 해주는 은혜를 베풀어줄 뿐만 아니라 가정에 풍요도 가져다준다고 한다. 사스티에게 제사를 드릴 때는 그녀를 모시는 사당 앞에 가서 여신의 거룩한 몸인 돌에 실을 묶고 원하는 것을 말한다. 그렇게 해서 원하는 바가 이루어지면 돌에 묶어놓았던 실을 풀고 공물을 바친다. 검은 고양이는 사스티 여신의 사자(使者)로 생각하기 때문에 소중하게 대접한다.

사스티의 모습은 단순한 자연석인 경우도 있지만, 말이나 코끼리, 또는 무릎에 어린아이를 앉힌 여성상도 있다. 이런 여신의 상은 대개 사당에 안치해 두지만, 집 안에 모셔놓는 경우도 있다. 그리고 사스티는 한 여신만 아니라 복수의 여신을 지칭하기도 한다.

벵골 지방에서는 사스티 여신을 위한 축제가 한 해에도 몇 차례씩 열린다. 그 중에 5~6월 사이에 벌어지는 축제를 아란야 사스티(Aranya-Shashti)라고 한다.

먼저 축제 장소로 정해진 땅에 장식 문양을 그린 다음, 그 위에 작은 나무판을 올려놓는다. 판 위에는 흙을 쌓아서 대나무 가지를 세워놓고 그 주위를 바나나나 다른 식물의 잎으로 두른 다음, 다시 우콘(커리에 들어가는 노란색 향료)으로 노랗게 물들인 천을 둘둘 말아서 실로 묶는다. 이것은 곧바로 사스티 여신의 성스러운 신체(神體)를 상징한다. 이때 쌀가루를 뭉쳐서 만든 고양이도 함께 판 위에 올려놓는다. 이렇게 여신의 신체를 만들고 난 후에는 그 앞에 겨자기름과 우콘 가루, 치즈를 공물로 바친다. 여성 중에 연장자가 절을 하고 나면 신체를 묶었던 실을 풀어 어린아이의 오른팔에 다시 묶음으로써 의식은 끝이 난다.

제4장
마족
魔族

신들과 마족의 구별이 불분명한 인도 신화

힌두교의 세계에서 아수라나 락샤사 등은 마족(魔族)의 영역에 속해 있다. 그러나 이들의 뿌리를 살펴보면, 브라만교의 신들과 계통이 다르지만 원래는 신이었다는 것을 알 수 있다. 즉, 신(데바)은 아리아인들이 가지고 들어온 신화상의 영웅이며, 아수라는 아리아인들의 침입 이전부터 존재해 왔던 인더스 문명의 단초를 보여주는 신격이라고 할 수 있는 것이다.

원시 사회에서 사람들은 자연을 거스르지 않고 순응하는 삶을 살았다. 하지만 시간이 흐르면서 사람들에게는 경험이 축적되기 시작했다. 더위나 추위, 장마 같은 자연 현상이 일정한 규칙에 따라 주기적으로 찾아온다는 사실을 깨달았고, 천체 관측을 통해 '역(曆)'이라는 개념을 만들어냄으로써 파종 시기와 수확에 대한 지식을 얻을 수

있게 되었다. 이렇게 되자 자연은 규칙적인 것으로, 인간이 이해할 수 있는 범주 안에 들어오기에 이르렀다. 그러나 돌발적인 폭풍우나 가뭄 같은 재해는 여전히 인간들이 이해하기 힘든 이상(異常) 자연 현상으로 받아들여졌다. 다시 말해, 인간이 세계의 주인공이라는 사실을 차츰 깨닫게 되었지만 이상 자연 현상은 '악(惡)'의 존재로 인식하였다.

『리그베다』나 대서사시 등에서 볼 수 있는 인도인의 종교관에서 쉽게 이해하기 힘든 것 중에 하나는 우주의 주도권이 인간이 아니라 신들에게 주어져 있다는 점이다. 인도인들이 믿는 종교의 밑바탕에는 '우주는 인간을 위해 만들어진 것이 아니다'라는 대전제가 깔려 있는 것이다.

힌두교의 대표적인 신인 시바 신이나 비슈누 신에게서는 청렴결백한 성자의 이미

지를 찾아보기 어렵다. 오히려 사기꾼처럼 흥정도 하고, 사람의 아내를 유혹하는가 하면, 때로는 손을 쓸 수 없을 만큼 난폭한 싸움꾼으로 돌변하기도 한다.

그렇다면 어떻게 해서 이런 존재들이 신으로서 숭배를 받을 수 있었을까? 그 이유는, 이들의 모든 행동이 우주와 자연의 섭리와 부합했기 때문이었다. 인도인의 우주관에 따르면, 세계는 창조와 파괴가 일정한 주기로 반복되는 구조를 가지고 있다. 즉, 시바 신이 세계를 파괴하는 행위도 우주를 계속 존속시키기 위한 하나의 과정에 불과하다. 그러므로 어떤 하나의 행위를 놓고 단순하게 선악을 판단하기가 쉽지 않은 것이다.

신들도 인간과 마찬가지로 고민을 한다. 마족 역시 나름대로 고민 거리를 가지고 있지만, 우주의 질서를 어지럽히고 신들을 추방하는 역할을 맡은 악의 존재다. 그러나 인도의 종교에서 마족은 신과 더불어 우주를 이끌어가는 두 축의 수레바퀴 중 하

나를 맡고 있다. 시대의 흐름과 함께 마족은 좀더 분명하게 악의 상징으로 혐오의 대상이 되었는데, 이는 서민들에게도 마족의 존재를 보다 쉽게 이해시키기 위한 의도에서 비롯된 것이었다. 이른바 '신화의 대중화' 현상이라고 할 수 있다.

제4장에서는 아수라와 락샤사를 비롯한 각종 마족들을 다루게 될 것이다. 그런데 같은 마족이라고 할지라도 어떤 신화에서는 악마로, 또 다른 곳에서는 아수라로 등장하기도 한다. 그리고 락샤사로 나타나는 경우도 있다. 따라서 나름대로의 기준을 가지고 이들을 분류해 보도록 하겠다.

■ 신　격 : 신들의 적대자
■ 불교명 : 아수라(阿修羅), 수라(修羅)

비슈누 신에게 속은 아수라

아수라는 원래 신들과 동등한 지위를 가진 존재였다. 『리그베다』에서는 신을 뜻하는 데바[61]와 상대적인 의미로 환력(幻力)과 주술력을 가진 종족을 아수라라고 불렀다. 신과 마족의 경계선이 명확하지 않았다는 것은 루드라(=시바신)와 바유 신(북서쪽의 수호신으로 고대에는 바람의 신)이 아수라였다는 사실에서도 알 수 있다. 아리아인 계열의 종교라고 할 수 있는 이란의 조로아스터교에서는 신과 아수라의 입장이 뒤바뀌어 아후라(Ahura=아수라)가 최고신[62]의 위치를 차지하고 있다.

그렇다면 신과 아수라는 어떻게 구별할 수 있을까? 이런 의문을 풀 수 있는 열쇠는 '아수라'라는 말 자체에 내포되어 있다. 산스크리트어에서 아수라라는 말의 의미에 대해서는 여러 설이 있지만, 그 중 하나가 '생기, 활력'을 뜻하

---

61) 데바 : Deva. 고대 인도에서는 하늘이나 신 같은 신적인 존재를 모두 데바라는 명칭으로 불렀다. 데바는 산스크리트어로 '빛나다'라는 의미다.

62) 조로아스터교의 최고신 : 조로아스터교의 최고신은 아후라 마즈다(Ahura Mazda)다. '지혜로운 주(主)'라는 의미로, 조로아스터교에서는 모든 존재의 창조자이다. 나중에는 '광명'과 '선(善)'의 신과 동일시된다. 그는 관을 쓰고 날개가 달린 모습으로 묘사된다.

는 '아수(asu)' 혹은 신격을 의미하는 '수라(sura)'에 부정을 뜻하는 '아(a)'가
붙어 아수라가 되었다는 설이다. 그리고 아수라라는 말에는 '마시지 않는다'
는 의미도 있다고 한다. 학자들은 이 설이 어느 정도 설득력이 있는 것으로
본다.

무엇을 '마시지 않는' 것일까? 그것은 바로 불사(不死)의 영약인 암리타
(Amrita)다. 비슈누 신에 의한 창조 신화인 '유해(乳海)의 동요(動搖)' 때 신들과
아수라족들은 서로 불사의 영약인 암리타를 차지하기 위해 치열한 싸움을 벌
였다(제1장 '쿠르마' 항목 참조). 하지만 비슈누 신은 애당초부터 신들에게 영

약을 주기로 작정하고 있었고, 따라서 사실상 이때부터 신과 아수라는 확연하게 구별되었다. 즉, 암리타를 마신 신들은 영원한 생명을 보장받았지만, 그것을 '마시지 않은(못한)' 아수라들은 죽음의 사슬에서 벗어날 수 없는 존재가 되었다. 신과 아수라 사이에는 이처럼 명확한 우열이 존재하는 것이다.

신의 적대자가 된 아수라

신과 아수라 간의 불화는 '유해의 동요' 때부터 시작되었다고 할 수 있다. 물론 암리타를 분배하는 단계에서 이미 신과 아수라는 구별지어졌다. 아수라가 아직은 신이었을 때는 모든 제사에 참석했는데, 신들은 그때 이미 무언(無言)으로 신을 칭송하는 방법을 알고 있었다. 소리를 내지 않고 찬가를 부를 수 있었다는 사실은 자신들의 힘을 더욱 강하게 만들 수 있었다는 뜻이다. 아수라들이 본래 가지고 있던 재능은 신들보다도 더 뛰어난 것이었다. 비슈누 신이 아수라들에게 암리타를 못 마시게 한 것도 만약 그들이 불사의 영약을 마시면, 신들보다 더 우월한 존재가 될 것이라는 사실을 미리 알고 있었기 때문이었다.

인도 신화에서 신들은 언제나 마족들과 전쟁을 벌이며 살아간다. 고행을 통해 힘을 쌓은 아수라들이 삼계(三界)의 주권을 차지하고 있는 신들을 쫓아내면, 신들이 다시 권좌를 탈환하는 권력 투쟁이 되풀이된다. 여기서 한 가지 재미있는 사실을 발견할 수 있는데, 아수라의 강력한 힘이 바로 적대자인 신의 은혜에서 나온다는 점이다. 브라마 신과 비슈누 신, 시바 신에게는 고행을 쌓은 자가 원하면, 그 원하는 바를 들어주어야 할 임무가 있다. 따라서 신이나 인간은 물론, 비록 아수라라 할지라도 고행을 하고 나면 그 바람을 들어주지 않을 수 없는 것이다. 아수라들은 원래 뛰어난 재능을 가진 종족이어서 고행의 방법을 터득하는 것은 아주 간단한 일이었다. 그 결과 신들은 부득이하게 적대자라 할지라도 신들을 압도하는 강력한 힘과 능력을 줄 수밖에 없었다. 신들과 아수라 사이에서 벌어지는 전쟁의 배후에는 대부분 이런 사정이 숨어 있다.

아수라는 힌두교보다 불교 쪽에서 더 확실하게 '악의 존재(阿修羅)'로 인식되고 있다. 아홉 개의 머리에 각 머리마다 1천 개의 눈이 달려 있다거나, 880개의 팔과 여덟 개의 다리를 가지고 입에서는 불을 내뿜는 악마로 묘사된다.

여기서 대표적인 아수라에 대해 살펴보도록 하자.

히란약샤 Hiranyaksa/히란야카시푸 Hiranyakasipu

비슈누 신을 향한 적개심에 불타는 거인 형제

히란약샤는 '황금 눈을 가진 자'라는 의미다. 그는 거인 마족인 다이티야족[63] 출신으로, 프라자파티 중 하나인 성자 카슈야파의 아들이기도 하다.

대지가 물 속에 잠겨 있을 때 비슈누 신은 바라하(멧돼지)로 변신해서 그의 뻐드렁니로 대지를 물 밖으로 끌어올린 일이 있었다(제1장 '바라하' 항목 참조). 그때 비슈누 신을 방해하기 위해 공격했던 아수라가 바로 히란약샤였다.

그가 어처구니없이 비슈누 신에게 죽음을 당하자 그 복수를 다짐한 자가 있었다. 쌍둥이 형인 히란야카시푸(황금 옷을 입은 자)였다. 동생의 복수를 맹세한 그는 고행에 고행을 거듭한 후, 드디어 브라마 신으로부터 강력한 힘을 얻게 되었다. 그 힘은 '1백만 년 동안 삼계를 지배하는 것과 신과 인간, 마족, 동물에게는 죽음을 당하지 않는다'는 거의 불사(不死)에 가까운 생명이었다.

---

63) 다이티야족 : Daitya. 브라마 신의 딸 중 하나인 디티(Diti)로부터 생겨난 마족 아수라 계열의 종족. 아리아인들의 인도 대륙 침입에 격렬하게 맞섰던 원주민족을 상징한다.

이런 힘을 바탕으로 히란야카시푸는 신들을 천계에서 몰아낸 다음, '우주의 왕'을 자처하며 위압적으로 삼계를 다스려나갔다. 하지만 그의 권력은 생각지도 못했던 곳에서부터 흔들리기 시작했다. 동요의 진원지는 그의 아들 중 하나인 프라라다(Prahlada)였다. 그는 아버지의 적인 비슈누 신의 독실한 신자였던 것이다. 아버지는 몇 번이나 아들의 마음을 돌려놓으려 했지만 프라라다는 도무지 말을 듣지 않았다. 하는 수 없이 아버지는 아들을 죽이기로 마음먹었다.

그러자 비슈누 신은 자신의 열렬한 신자인 프라라다가 살해되는 것을 막기 위해 히란야카시푸를 먼저 죽이기 위한 지혜를 짜냈다. 그것은 인간도 동물도 아닌 생물이 되어 히란야카시푸를 죽이는 것이었다. 그래서 비슈누 신은 반은 인간이고 반은 사자인 나라싱하가 되어 그를 여덟 번이나 찢어서 죽여 버렸다.

아들인 프라라다는 비록 자신 때문에 아버지는 죽었지만, 비슈누 신의 축복을 받아 신이 되었다. 숙명적으로 신들의 적대자가 된 아수라 중에도 이처럼 신을 믿는 자가 있었다고 한다.

브리트라 Vritra

인드라 신의 맞수

브리트라는 '장애(障碍)'라는 의미를 가지고 있다. 아수라의 왕이라고 하며, 언제나 인드라 신의 강력한 적대자로 설정되어 있는 존재다. 그는 히란야샤 형제의 아버지인 카슈야파가 만들어낸 아수라다.

카슈야파는 두 아들이 죽자 비탄에 잠긴 아내를 위해 발라[64]라는 아들을 만들어냈지만, 이 아들 역시 인드라 신에게 죽음을 당하고 말았다. 그러자 분노가 극에 달한 카슈야파는 신에게 제사를 지내며 간절하게 기도를 드렸다.

"신이시여! 부디 저에게 인드라 신을 죽일 수 있는 자를 보내주시옵소서."

이 기도는 신들에게 받아들여져 제사를 위해 피워놓은 불 속에서 거대한 생물이 나타났다. 바로 브리트라였다. 노란 눈에 검은 피부를 가진 그가 나타나자 주위의 모든 생물들은 두려움에 떨었다. 그는 몸에 영양의 가죽을 두르고 손에는 칼을 들고 있었으며, 크게 벌어진 입 밖으로는 날카로운 이빨이 튀어나와 있었다. 그는 마치 천둥이 치는 듯한 큰소리로 울부짖었다.

"성자여! 나를 무슨 일로 불렀는가?"

카슈야파는 브리트라의 모습에 크게 만족하며 대답했다.

"너는 인드라 신을 죽이기 위해 태어났느니라."

이렇게 해서 브리트라는 태어날 때부터 인드라 신과 원수 사이가 되었다. 브리트라는 인드라 신 앞에 거대한 용의 모습으로 나타나 매년 격렬한 싸움을 되풀이했다. 이 둘의 치열한 공방에 대해서는 제2장 '인드라 신' 항목을 참조하기 바란다.

---

64) 발라 : Vala. '동굴'이라는 의미를 가지고 있다. 물을 감추는 아수라로서 거인 마족인 다이티야족의 일원이다.

안다카 Andhaka

어머니를 연모한 비극의 주인공

시바 신이 히말라야 산에 들어가 고행을 하고 있을 때 그의 아내가 등뒤에서 두 눈을 가린 일이 있었다. 그러자 갑자기 주위가 캄캄해지며 아수라 하나가 암흑 속에서 태어났다. 그에게는 안다카(=암흑)라는 이름이 붙여졌다.

바로 그 무렵, 아수라 히란약샤는 아들을 얻기 위한 고행에 돌입해 있었다. 이런 사실을 안 시바 신은 안다카를 히란약샤에게 아들로 주면서 다음과 같은 조건을 붙였다.

"만약 안다카가 세상 사람들에게 증오의 대상이 되거나 브라만 계급을 죽이면 내가 직접 나서서 안다카를 불태워 죽일 것이다. 그리고 어머니를 찾아서도 안 된다. 내 말을 결코 잊지 말아라."

히란약샤의 아들로 성장한 안다카는 어느 날 시바 신의 아내인 파르바티를 보고 그만 사랑에 빠지고 말았다. 그는 파르바티가 자신의 어머니라는 사실을 전혀 몰랐던 것이다. 주변의 거듭된 설득에도 불구하고 안다카의 사랑은 점점 불타올랐다.

이 사실을 알게 된 시바 신은 비록 자신의 아들이지만 안다카를 응징할 수밖에 없었다. 안다카는 자신을 벌하려는 시바 신에 맞서 싸웠지만 처음부터 상대가 되지 않았다. 결국 굴복한 안다카는 파르바티가 자신의 어머니라는 사실을 알고 시바 신에게 진심으로 용서를 구했다. 시바 신은 이것을 받아들이고 안다카를 아수라에서 신의 위치로 격상시켜 주었다.[65]

---

65) 제1장 '파슈파티' 항목에서는 안다카가 시바 신의 삼지창을 맞고 죽는 것으로 되어 있으나 여기에서는 신이 되는 것으로 나와 있다. 이는 또 다른 전승인 것으로 보인다─옮긴이.

나라카 Naraka/드비비다 Dvivida

천계의 보물을 훔친 지옥의 왕

히란약샤가 비슈누 신에게 죽음을 당하기 전의 일이다.

어느 날 히란약샤가 바다 위를 걸어가며 방망이로 파도를 내리친 적이 있었다. 히란약샤는 재미삼아 한 짓이었지만, 그 소리에 겁을 집어먹은 물의 신 바루나는 비슈누 신을 찾아가 하소연했다. 이야기를 들은 비슈누 신이 현장에 도착하자 히란약샤는 너무도 급한 나머지 대지를 이빨로 치켜든 채로 부리나케 지하 세계로 도망을 쳤다. 그런데 히란약샤의 이빨이 대지에 닿는 순간 대지의 여신 부미(Bhumi)는 뜻하지 않게 임신을 하고 말았다. 그래서 부미는 어쩔 수 없이 아수라의 자식을 낳게 되었다. 이 자식이 바로 '지옥'이라는 의미를 가지고 있는 나라카다.

그는 히란약샤의 자식답게 뛰어난 능력을 발휘하며 신들과 맞섰다. 그리고 어느 때에는 천계로 쳐들어가 신들의 어머니인 아디티의 귀걸이를 훔쳐나오기도 했다.

이 귀걸이는 모든 불행을 없애주는 마력을 지닌 보물로, 천계에서도 아주 소중한 물건이었다. 보물을 빼앗겨서 곤경에 처한 신들은 비슈누 신에게 이것을 찾아달라고 부탁했다. 그래서 비슈누 신은 크리슈나로 변신해 나라카를 죽인 다음, 보물을 되찾아서 천계에 돌려주었다고 한다.

신들을 조롱한 원숭이 괴물

크리슈나에게 죽음을 당한 나라카의 친구 드비비다는 이 사건을 계기로 신들을 몹시 증오하게 되었다. 거대한 원숭이 형상의 드비비다는 친구의 원수를 갚기 위해 집요하게 신들을 공격했을 뿐만 아니라 갖가지 악행을 저질렀다. 특히 성자들이 수행을 하지 못하게 훼방을 놓거나 사람들의 농삿일을 자주 방해했다.

그러던 어느 날, 드비비다는 밭에서 일하고 있던 발라라마(Balarama=크리슈나의 형)의 호미를 훔친 다음 악랄하게 조롱하기 시작했다. 이에 격노한 발라라마는 방망이로 드비비다를 내리쳐 단번에 죽여버렸다. 상대를 잘못 골랐던 것이다. 발라라마 역시 크리슈나와 마찬가지로 비슈누 신의 화신 중 하나였기 때문이다.

잘란다라 Jalandhara

시바 신이 만들어낸 전투 대왕

시바 신이 살고 있는 카일라스 산에 인드라 신을 비롯한 거의 대부분의 신들이 방문한 적이 있었다. 신들은 춤과 노래로 시바 신을 대단히 즐겁게 해주었다. 그래서 기분이 아주 좋아진 시바 신은 손님들에게 원하는 것이 있으면 들어주겠다고 했다. 그때 인드라 신이 다음과 같이 속마음을 털어놓았다.

"나도 시바 신처럼 강한 힘을 가진 용사가 되고 싶소이다."

전투의 신인 인드라는 우주 전체를 파괴할 수 있는 시바 신의 능력이 부러워서 이렇게 말했던 것이다.

신들이 모두 떠난 후에 시바 신은 명상에 잠겼다. 그리고 인드라 신이 강력한 힘을 얻게 되면 그 힘을 무엇을 위해 쓸 것인지 생각해 보았다. 그때 어둠 속에서 그의 내면에 잠들어 있던 바이라바(몹시 두려운 자)가 나타났다. 즉, 시바 신의 마음속에 잠재해 있던 흉포한 '파괴' 욕구가 모습을 드러냈던 것이다. 시바 신은 스스로에게 명령을 내렸다.

"너는 지금 즉시 갠지스 강으로 가서 갠지스 강과 바다를 하나로 합치도록 해라."

성스러운 강과 바다의 결합은 엄청난 에너지가 되어 한 명의 아수라를 탄생시켰다. 그 순간 세계는 크게 흔들리고, 천둥소리가 울렸다. 이렇게 해서 태어난 잘란다라는 무서우리만큼 강력한 힘을 가지게 되었고, 그의 재능을 칭찬한 브라마 신은 그에게 삼계를 지배할 수 있는 힘을 주었다.

착실하게 세력을 쌓은 잘란다라는 마침내 그 본성을 드러냈다. 주체할 수 없는 파괴욕에 사로잡혀 신들과의 전면전을 선포했던 것이다. 각지에서 신과 잘란다라 사이에 치열한 전투가 벌어지기 시작했다. 신들은 자기 병사들이 죽어 쓰러지면 입 속에 마법의 약초[66]를 넣어서 되살려냈다. 이에 맞서 잘란다라 편에 가담한 병사들은 잘란다라가 브라마 신으로부터 받은 '죽은 자를 소생시키는 힘' 덕분에 몇 번이나 되살아났다.

전투가 점점 더 치열해지자 잘란다라의 욕망도 더욱 커졌다. 그러던 중 잘란다라는 신들의 보급로라고 할 수 있는 마법의 약초가 심겨져 있는 서식지를 발견하고 그곳을 파괴함으로써 전황을 유리하게 이끌 수 있었다. 잘란다라는 인드라 신을 격파하고, 비슈누 신에게도 큰 부상을 입히는 등 한껏 위력을 과시했다. 마침내 빈사에 빠진 비슈누 신을 죽이려는 순간, 파슈파티가 나타나 간청하자 생명까지는 빼앗지 않았다.

전쟁에서 대승을 거둔 잘란다라는 신들을 모두 천계에서 내쫓아버렸다. 갈 곳이 없어진 신들은 사람들이 바치는 제사 공물과 희생도 받지 못하자 브라

---

66) 마법의 약초 : 쿠샤를 말한다. 가루다가 어머니를 뱀족으로부터 해방시키기 위해 불사의 영약인 암리타를 천계에서 빼앗아왔을 때 그 항아리를 잠시 이 풀 위에 놓아둔 적이 있었다. 암리타는 인드라 신이 회수해 갔지만, 그때 몇 방울이 쿠샤 위에 떨어져 '불사'의 성분을 가진 풀이 되었다는 전설이 있다.

마 신을 찾아가 자신들의 곤궁한 처지를 하소연했다. 결론은 시바 신에게 도움을 청하자는 것이었다.

신들은 시바 신을 찾아가 머리를 조아렸다. 신들의 간청을 받아들인 시바 신은 잘란다라를 쓰러뜨릴 수 있는 무기를 만들자고 제안했다. 이렇게 해서 만들어진 무기가 바로 차크라(원반)였다. 이 차크라는 신들이 한꺼번에 토해 낸 분노의 화염으로 만든 것이다.

드디어 신들의 대공세가 시작되었다. 그런데 이번 전쟁에는 지난번과 달리 다소 음습한 요소도 끼여들었다. 잘란다라는 이전에 시바 신의 아내인 파르바티를 유혹했다가 실패한 일이 있었다. 이런 사실을 안 비슈누 신은 역으로 미끼를 던졌다. 잘란다라의 모습으로 변신해서 그의 아내인 브린다를 유혹했던 것이다. 남편 모습으로 변신한 비슈누 신에게 몸을 허락한 브린다는 자신이 속았다는 사실을 알고는 분통이 터져 그만 죽고 말았다. 그러자 잘란다라의 분노는 극에 달하게 되었다. 전쟁터로 돌아온 잘란다라는 죽었던 병사들을 모두 되살리고 최후의 결전에 대비했다.

마침내 잘란다라와 시바 신 사이에 생사를 건 대결이 펼쳐졌다. 시바 신은 이 순간을 위해 신들과 함께 만든 최고의 무기 차크라를, 잘란다라를 향해 힘껏 집어던졌다. 잘란다라는 사상 최강의 아수라라는 말이 무색하게 차크라에 맞아 절명하였다.

사실 위에서 소개한 이야기는 시바 신이 자신의 파괴 욕구를 충족시키려는 의도에서 만들어낸 자작극의 성격이 짙다. 전투 대왕 잘란다라는 그의 마음에 잠재해 있는 파괴 욕구를 아수라로 형상화시킨 것이라고 할 수 있다. 또한 이러한 욕망은 시바 신의 마음에만 들어 있는 것이 아니라, 우리 인간의 마음 깊은 곳에도 숨어 있다는 사실을 시사하는 것이기도 하다.

아가수라 Agahsura

뱀으로 변해서 크리슈나를 유인한 악마

아가수라는 '아가'라는 이름을 가진 아수라라는 뜻이다. 그는 크리슈나를 죽이기 위해 혈안이 되었던 캄사 왕(제1장 '크리슈나' 항목 참조)의 부하였다. 그는 크리슈나 일행이 자신의 영토를 통과한다는 사실을 알고 아가자라 (Agajara)라고 불리는 거대한 뱀으로 변신해서 그들을 기다렸다. 아가자라가 크게 벌린 입은 어느 누가 봐도 거대한 동굴의 입구처럼 보였다.

길을 지나던 크리슈나 일행은 휴식을 취하기 위해 그 동굴 속으로 들어갔다. 아가수라의 계략은 완전히 성공을 거두는 것처럼 보였다. 이들 일행이 더 깊은 곳까지 들어오면 입을 닫아버린 다음, 일시에 강렬한 위액으로 뒤집어 씌울 심산이었다.

그런데 식도와 위 속에서 이상한 냄새가 나는 바람에 그만 일행에게 들키고 말았다. 크리슈나는 뭔가 낌새가 이상하다는 것을 느끼고 도중에 일행을 모두 밖으로 탈출시켰다. 밖으로 나온 일행은 아가수라와 격렬한 싸움을 벌인 끝에 힘겹게 물리치고 다시 길을 떠날 수 있었다.

카이타바 Kaitabha/마두 Madhu

브라마 신을 노린 자객

우주가 탄생할 때 비슈누 신의 배꼽에서 한 송이 연꽃이 피어올라 그 속에서 브라마 신이 태어났다는 이야기는 앞서 소개한 바 있다. 아수라 카이타바는 우주가 종말을 맞을 때 비슈누 신의 귀에서 튀어나왔다고 하며, 마두는 엄청나게 몸집이 큰 아수라라고 한다.

브라마 신이 빛의 상징인 것에 반해, 마두는 '암(闇=어두움)'을 상징한다. 이 두 아수라가 태어난 목적은 브라마 신을 죽여서 우주의 종말을 앞당기려는 것이었다.

이들은 온갖 수단을 동원해 브라마 신을 죽이려 했는데, 어느 순간 당사자인 브라마 신도 그런 사실을 알게 되었다. 우주의 유지신인 비슈누 신은 계속 우주를 존속시키기 위해 자신의 목숨을 노리는 거대한 두 아수라를 죽여 바다에 던져버렸다.

그런데 이들의 육체와 뼈, 피 때문에 바닷물이 흘러넘쳤다고 하니, 두 아수라의 몸집이 얼마나 컸는지 상상하기조차 어렵다. 그리고 이들의 골수는 한 덩어리가 되어 대지를 형성했다고 한다.

카반다 Kabanda

아수라로 격하된 천계의 정령

카반다는 『라마야나』에 등장하는 아수라 중 하나로, 단다카 숲[67]에 살고 있었다. 그는 슈리 여신[68]의 아들로 태어났으며, 몸집은 산처럼 거대했다. 카반다는 머리가 없이 상반신 전체가 머리처럼 되어 있고, 큰 눈이 가슴 부근에 붙

---

67) 단다카 숲 : Dandaka. 인도 중앙부를 관통하며 흐르는 고다바리(Godavari) 강과 나르마다(Narmada) 강 사이에 자리잡고 있는 삼림 지대. 『라마야나』의 주요 무대이다.

68) 슈리 여신 : Shri. 번영과 행운의 여신으로 락슈미라고도 한다. 신들과 아수라들 사이에 벌어진 '유해의 동요' 때 바다 한가운데에서 흰옷을 걸치고 나타나 비슈누 신의 아내가 된 여신이다.

어 있으며, 복부 근처에 나 있는 커다란 입 밖으로 많은 이빨이 튀어나온 기괴한 형상의 소유자다. 그리고 두 팔은 땅에 닿을 만큼 길다랗다.

카반다는 원래 천계의 정령 간다르바(제5장 참조)였는데, 인드라 신과 싸우는 바람에 아수라가 된 전력을 가지고 있다. 그때 인드라 신의 바주라(금강 방망이)에 머리를 얻어맞아 머리 부분이 몸속으로 들어가 지금과 같은 모습이 되었다고 한다.

카반다는 단다카 숲에서 라마와 락슈마나 형제와 싸움을 벌여 치명상을 입은 적도 있었다. 다시 살아날 수 없다는 사실을 안 카반다는 라마 왕자에게 이렇게 애원했다.

"내가 죽거든 부디 내 몸을 성스러운 불에 태워서 정화시켜 주시오."

라마는 그의 소원을 들어주었다. 그러자 카반다는 타오르는 불 속에서 다시 살아나 간다르바로 재생의 삶을 살게 되었다. 이를 계기로 카반다는 그후 라마의 조언자로 활약하게 된다.

가야수라 Gayasura

자신의 성지를 만든 아수라

가야수라('가야'라는 이름의 아수라)는 비슈누 신의 열렬한 신자로 3천 년간의 기나긴 고행 끝에 신들을 능가할 정도로 강력한 힘을 가지게 되었고, 그 후에도 고행을 계속했다.

신들은 가야수라의 위력에 커다란 불안감을 느꼈다. 그대로 두면 신들의 무서운 적대자가 될까 두려웠던 것이다. 그래서 신들은 가야수라의 고행을 중지시켜 달라고 비슈누 신에게 부탁했다. 비슈누 신은 가야수라에게 신들이 우려하고 있다는 뜻을 전하고, 다음과 같이 이야기했다.

"네가 지금 하고 있는 고행을 즉시 중지하면 원하는 것은 무엇이든 들어주겠노라."

그 말을 들은 가야수라는 소원을 말했다.

"예로부터 지상에 존재해 왔던 모든 것과 앞으로 존재할 모든 것이 제 몸을 청정하게 해준다면 고행을 그치겠습니다."

비슈누 신은 그대로 해주겠다고 약속했다.

그런데 가야수라의 몸이 한없이 청정해지자 그 소문을 들은 사람들이 그의 몸을 만져보려고 구름처럼 몰려들었다. 청정한 것을 만지면 자신도 청정해지며, 브라마 신의 '불사(不死)의 세계'에 들어가게 된다는 믿음이 있었기 때문이었다. 이러한 가야수라에 대한 믿음은 점차 강해져 인간들은 신들을 모시지 않게 되었다. 심지어는 가야수라의 은혜로 말미암아 죽는 사람도 생기지 않았다.

가야수라로 인해 세계의 질서가 혼란에 빠지게 되자, 신들은 다시 가야수라에 대한 대책을 세우기 위해 모였다. 회의 결과, 가야수라의 몸을, 신들을

위한 산 제물로 바치기로 결정하고 그 집행을 비슈누 신에게 의뢰했다. 비슈
누 신에 대한 신앙심이 깊은 가야수라는 이번에도 신들의 결정을 받아들이고
코라하라 산 정상에서 자신을 제물로 바쳤다.

그러나 어찌된 셈인지 가야수라는 완전히 죽지 않고 조금씩 움직였다. 이
모습을 본 브라마 신은 지옥에서 거대한 돌을 가지고 와서 가야수라의 머리
위에 올려놓고 그 위에 앉았다. 비슈누 신을 비롯한 다른 신들도 가야수라의
가슴 위에 올라앉았지만 그래도 그는 죽지 않았다. 비슈누 신이 가야수라에
게 물었다.

"너는 신들을 위해 산 제물이 되었는데, 죽지 않으면 곤란하지 않느냐. 곧바
로 죽으면 네가 원하는 것을 들어주마."

커다란 돌 밑에서 가야수라의 목소리가 들려왔다.

"제가 원하는 것은 이곳에 저와 관련된 이름을 남기는 것입니다. 영겁에 걸

쳐 이 땅을 성지로 만들고 싶습니다."

비슈누 신이 그의 바람을 들어주겠다고 하자 가야수라는 마침내 숨을 거두었다. 현재 이곳은 가야[69]라 불리는 곳으로 매년 수십만의 신자가 방문하는 성지가 되었다.

슴바 Sumbha/니슴바 Nisumbha

미녀를 좋아했던 살육자

이 둘의 이름에는 '살육자'라는 의미가 담겨 있다. 이 아수라들은 큰부자로서 금은보화를 비롯한 모든 지상의 부를 소유한 자들이었다. 어느 날 슴바의 부하들인 찬다와 문다가 갠지스 강에서 목욕을 하고 있는 절세의 미녀를 보고, 주인에게 그녀를 아내로 맞으라고 조언을 했다. 미녀를 본 슴바 역시 한눈에 반해 그 자리에서 청혼을 하였다. 그러자 미녀는 다음과 같이 대답했다.

"제 남편이 되려면 저와 싸워서 이겨야 합니다. 그런 남성만이 제 남편이 될 자격이 있습니다."

체력에는 누구보다도 자신 있었던 슴바는 이 조건을 받아들이고 미녀와 싸우기 시작했다. 그런데 이 미녀의 정체는 신들이 아수라를 물리치기 위해 파견한 전쟁의 여신 두르가(제3장 참조)였다. '미녀 하나쯤이야' 하면서 쉽게 생각했던 슴바는 의외로 고전을 하자 자신의 병사들을 불러모아 본격적인 전투에 들어갔다. 하지만 두르가 여신은 여러 가지 모습으로 변신해 가며 아수라들과 맞서 싸웠다. 이 과정에서 두르가 여신은 슴바의 동생인 니슴바를 죽였

---

69) 가야 : Gaya. 비하르 주 남쪽에 있는 힌두교의 성지. 가까운 곳에 부처가 보리수 밑에서 깨달음을 얻었다는 불교 성지 부다가야가 있다.

의식 · 제사

다른 나라에서는 쉽게 상상할 수 없을 만큼 일상 생활과 종교가 밀접한 관계를 맺고 있는 인도에서는 푸자(Puja=의식, 의례)가 매일처럼 벌어진다. 세속적인 인간의 삶 속에 종교가 확고히 뿌리를 내리고 있기 때문이다. 힌두교 신자는 아침에 일어나면 먼저 목욕을 하고 신상을 참배하는 것으로 하루를 시작한다.

각지에서 벌어지는 종교 행사 외에도 개인이 일생 동안 반드시 치러야 할 의식은 약 40여 가지에 이른다. 이런 의례 중에서도 탄생제와 힌두교 사회의 일원이 되기 위한 입문식, 결혼식, 장례식 등이 특별히 중시된다. 그리고 가정 내에서 행하는 것으로는 크게 다섯 가지 의식이 있는데, 우주의 근본 원리인 브라만을 칭송하는 만트라(진언眞言)를 외우는 '브라만제(祭)', 모든 생물을 공양하는 '발리제(祭)', 신들을 향한 믿음을 더욱 강하게 하는 '바이슈바데바제(祭)', 손님을 공양하는 '아티티제(祭)', 선조의 영혼을 공양하는 '조령제(祖靈祭)' 등이다.

사원에서 주요한 의식을 할 때는 불을 놓기 위한 사각형 '화단(火壇)'이 특별히 준비된다. 이런 의식은 일반적으로 '호마'라고 하는데, 진언밀교(眞言密敎)에서 말하는 '호마(護摩)'의 어원이 되었다. 특별히 신성한 의식을 치를 때는 일정한 장소에 줄을 치기도 한다. 이는 사악한 기운이 들어오지 못하게 하는 장치인 것이다. 의식이 시작되면, 먼저 신상(神像)을 물로 깨끗이 씻는 '세족(洗足=발을 씻는 의식)'을 하고 법라와 종소리 등으로 신을 불러 깨운다. 꽃과 향, 등불은 신에 대한 경의를 표하는 공물로 바쳐진다.

의식이 절정에 도달하면 신을 찬양하는 노래인 '바잔'을 부르며 신에게 성대한 공물을 바친다. 때에 따라 살아 있는 제물을 바치기도 하는데, 주로 시바 신을 모시는 사원에서는 피비린내가 진동하는 경우가 많다. 그리고 공물로 바쳐진 '프라사드'는 복을 내려주는 음식으로 여겨 신자들은 이를 대단히 소중하게 다룬다.

지만, 슘바는 자신의 힘으로도 어찌할 수 없는 강적이었다. 그래서 그녀는 브라마 신과 비슈누 신, 인드라 신의 도움으로 슘바를 물리치게 되었다.

발리 Bali

선량했던 다이티야족의 왕

발리는 비슈누 신의 화신 중 하나인 바마나(난쟁이) 신화에도 등장하는 다이티야족의 왕이다. 일설에 따르면, 그는 아주 선량한 왕이었다고 한다. 실제로 비슈누 신이 바마나의 모습으로 변신해서 삼계를 지배하고 있던 발리 왕을 방문했을 때도 그는 왕다운 관대함을 보여주었다. 그를 따르는 신하와 성자들은, 바마나가 비슈누 신의 화신일지 모른다며 아무런 약속도 하지 말라고 만류했음에도 불구하고 당시 왕족의 관습에 따라 '세 걸음만큼의 땅'을 주기로 한 약속을 지켰다.

왕이 약속대로 하라고 명하자 비슈누 신은 그 자리에서 거대한 모습으로 변신해 두 걸음으로 하늘과 땅을 되찾고, 세 번째 걸음으로는 발리 왕을 지하 세계에 가두어버렸다. 발리 왕은 난쟁이 바마나로 변신했던 비슈누 신에게 속았던 것이다.

비슈누 신은 세 번째 걸음을 걷기 전에 발리 왕에게 이렇게 말했다.

"아수라여! 너는 세 걸음만큼의 땅을 나에게 주기로 약속했다. 나는 두 걸음으로 세계를 차지했다. 내가 세 번째 걸음을 걸어도 되겠는가? 그런데 만약 내가 걸을 곳이 없다면 너는 거짓말을 한 셈이 된다. 거짓말을 하면 지옥에 떨어지고 만다는 것을 아는가?"

발리 왕이 대답했다.

"나는 지옥에 떨어질지언정 거짓말한 자라는 오명만큼은 뒤집어쓰고 싶지 않다."

결국 발리 왕은 세 번째 걸음을 디딜 장소로 자신의 머리를 내밀었다. 그의 솔직하고 대범한 성격을 인정한 비슈누 신은 많은 신들을 물리치고 지하 세계를 발리 왕에게 내주었다.

그후 잘란다라 군대와 신들 사이에 전쟁이 벌어졌을 때 발리 왕은 인드라 신에게 죽음을 당했는데, 쓰러진 그의 입에서는 생각지도 않았던 엄청난 보물이 쏟아져나왔다. 깜짝 놀란 인드라 신이 바주라(금강 방망이)로 발리 왕의 몸을 갈기갈기 찢어버리자 이번에는 조각난 몸뚱이 여기저기에서 보석이 다시 생겨나기 시작했다. 뼈에서는 다이아몬드, 눈에서는 사파이어, 붉은 피에서는 루비, 골수에서는 에메랄드, 이빨에서는 진주가 나왔다. 이는 발리 왕의 심성과 행동이 정직했다는 사실을 증명하는 것이라고, 후세 사람들은 그를 칭송해 마지않았다고 한다.

바나 Bana/코타비 Kotavi

아수라의 수호 여신과 그 아들

다이티야족의 발리 왕에게는 바나라는 아들이 있었다. 그는 1천 개의 팔을 가진 괴물로, 시바 신과는 친구 사이였다. 하지만 아버지를 속인 비슈누 신에 대해서만큼은 격렬한 적의를 품고 있었다. 그런데 바나에게 한 가지 문제가 생겼다. 자신의 딸이 크리슈나의 손자인 아르니다를 사랑했던 것이다.

"크리슈나는 비슈누 신의 화신이요, 비슈누 신은 네 할아버지를 속인 자다. 어찌 그의 손자를 사랑할 수 있단 말이냐?"

머리끝까지 화가 난 바나는 아르니다를 붙잡아왔다. 그러자 아르니다를 구하기 위한 크리슈나 일족과 시바 신은 물론, 그의 아들이자 군신(軍神)인 스칸다가 가담한 바나측 사이에 치열한 전쟁이 벌어지게 되었다. 전쟁이 되풀이되는 과정에서 무적의 용사들인 크리슈나와 스칸다가 부상을 당하고, 바나는 크리슈나의 차크라에 맞아 1천 개의 팔이 모두 잘려나가는 등 양측의 피해는 심각한 지경에까지 이르렀다. 결국 시바 신이 전쟁 중지를 선언하자 크리슈나 역시 동의함으로써 전쟁은 끝이 났다. 이로 인해 바나는 간신히 생명을 구할 수 있었다.

이 전쟁이 최고조에 달했을 때 크리슈나가 날린 차크라가 바나를 향해 날아가자 갑자기 어디선가 한 여인이 나타나 바나를 방어했다. 바로 바나의 어머니 코타비였다. 그 덕분에 바나는 팔을 모두 잃었지만, 목숨만은 구할 수 있었던 것이다. 코타비는 다이티야족의 수호 여신으로 알려져 있는 존재로서 현재 남인도 지방에서 많은 사랑을 받고 있다고 한다.

락샤사
Rakshasa

- 신 격 : 악귀
- 불교명 : 나찰(羅刹)

인간을 괴롭히는 악귀

아수라가 신들과 적대적인 존재라면, 락샤사는 지속적으로 인간을 괴롭히는 악귀라고 할 수 있다. 이들은 프라자파티 중 하나인 플라스티야의 자손이며, 반은 신이고 반은 인간인 존재다. 그리고 그 용모는 대부분 기괴하기 짝이 없다. 『라마야나』에 등장하는 원숭이 용사 하누만이 고양이로 변신해서 락샤사들의 본거지인 랑카 섬으로 정찰을 나간 적이 있었다. 그때 그는 락샤사들이 잠들어 있는 모습을 보았다. 어떤 자는 악귀답지 않게 아주 아름답고, 또 어떤 자는 긴 팔에 눈이 하나만 있는 자, 구부러진 다리를 가진 자, 다리가 네 개또는 한 개인 자, 아주 마른 자, 움직이기 힘들 만큼 살이 찐 자, 난쟁이 등이 있었으며, 특이하게도 뱀 머리

나 원숭이 머리, 말 머리를 가진 자도 있었다고 한다.

　이들은 사람들 앞에 나타날 때 변신을 하며 절대로 본래의 모습을 보여주지 않으므로 경계심을 풀고 잠들어 있을 때만 그들의 진짜 모습을 볼 수 있는 것이다. 또 이들은 모두 뛰어난 마술사들이어서 자신의 모습을 바꾸는 능력도 가지고 있다고 한다.

　일반적으로 락샤사는 사체가 묻혀 있는 무덤에 살면서 밤이 되면 사람들이 사는 곳에 출몰하지만, 신화 속에 등장하는 락샤사들은 이들보다 좀더 스케일이 큰 악귀들이다. 유명한 락샤사부터 살펴보도록 하자.

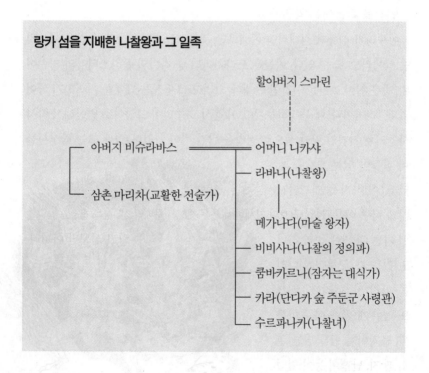

랑카 섬을 지배한 나찰왕과 그 일족

할아버지 스마린

아버지 비슈라바스 ━━━━ 어머니 니카샤

삼촌 마리차(교활한 전술가)

라바나(나찰왕)

메가나다(마술 왕자)

비비사나(나찰의 정의파)

쿰바카르나(잠자는 대식가)

카라(단다카 숲 주둔군 사령관)

수르파나카(나찰녀)

라바나 Ravana

락샤사 일족의 대장

모든 락샤사는 사악한 존재지만, 그 중에서도 라바나의 사악함은 타의 추종을 불허한다. 열 개의 머리와 스무 개의 팔, 구릿빛 눈과 달처럼 빛나는 이빨을 가진 라바나는 산처럼 보일 정도로 큰 체구의 소유자였다고 한다.

그가 랑카 섬(현재 스리랑카)을 본거지로 삼은 것은 할아버지인 스마린의 한을 풀기 위해서였다. 스마린은 한때 락샤사의 우두머리로서 신들과 대등한 권력을 가지고, 조형의 신 비슈바카르만에게 의뢰해 랑카 섬에 아주 크고 화려한 궁전을 건설한 적이 있었다. 그런데 이들의 세력이 점차 커지는 것을 경계한 비슈누 신의 공격을 받아 도시를 버리고 지하 세계로 숨어들어갔던 것이다. 따라서 라바나가 태어날 무렵 랑카 섬은 자신과는 이복형제 사이인 북쪽의 수호신 쿠베라의 차지가 되어 있었다.

라바나는 과거 스마린이 가졌던 권력을 회복하기 위해 필사적으로 고행에 매달렸다. 그래서 브라마 신으로부터 '가루다, 나가, 약샤, 신들에게는 결코 죽음을 당하지 않는' 영력을 얻은 후 가장 먼저 실행에 옮긴 일은 랑카 섬을 되찾기 위한 전쟁이었다(보다 자세한 내용은 제2장 '쿠베라 신' 항목 참조).

전쟁은 라바나 쪽의 압도적인 승리로 끝이 나서 그는 랑카 섬뿐만 아니라 쿠베라가 브라마 신에게 하사받았던 황금 전차 푸스파카마저도 자신이 차지했다. 근거지를 확보한 라바나는 할아버지의 뜻을 이어받아 삼계를 지배하기 위해 나서지만, 그의 운명은 생각지도 못했던 암초에 부딪혀 좌초하고 만다.

수르파나카 Surpanakha/카라 Khara

귀와 코가 떨어져나간 락샤사

라마 왕자 일행이 단다카 숲에 살고 있을 때 라바나 왕의 여동생인 수르파나카도 숲에 있었다. '부채 같은 손톱을 가진 여자'라는 뜻을 가진 수르파나카는 라마를 본 순간 그만 사랑의 노예가 되고 말았다. 그녀는 한결같은 자신의 마음을 라마에게 밝히고 그의 아내가 되고 싶다고 간청했다. 하지만 라마에게는 무척이나 사랑하는 아내 시타가 있어 그녀의 사랑을 받아들일 수가 없었다. 그래서 라마는, 자신의 동생 락슈마나에게 그녀를 소개시켜 주었지만 동생도 싫다며 거절하였다.

자존심에 크게 상처를 입은 수르파나카는 한 가지 계책을 생각해 냈다. 연적(戀敵)인 시타만 사라지면 라마의 마음이 바뀔 것이라고 생각하고 그녀를 삼켜버리기로 작정한 것이다. 하지만 이 역시 위험을 느낀 락슈마나에게 들키는 바람에 도리어 귀와 코만 잘리는 신세가 되었다.

흉한 몰골의 수르파나카는 울면서 숲에 사는 오빠인 카라에게로 도망쳤다. 카라는 동생의 모습을 보고 격분해 그 자리에서 14명의 락샤사를 이끌고 가서 라마 일행과 맞서 싸웠지만 곧바로 격퇴당하고 말았다. 그러자 카라는 병사의 수를 1만 4천 명으로 늘렸다. 하지만 이 대군도 라마의 적수가 되지 못했고, 카라 자신까지 목숨을 잃었다.

복수를 맹세한 수르파나카는 랑카 섬으로 돌아와, 다시 악의에 찬 계략을 세워 오빠인 라바나 왕을 끌어들였다.

"단다카 숲에 시타라는 대단히 아름다운 여자가 있는데, 오빠에게 어울릴 만한 절세의 미녀지요. 그런데 그 주변에 귀찮은 놈들이 진을 치고 있답니다. 그러니 그녀만 살짝 데리고 나오면 될 것 같습니다만……."

라바나는 동생의 계획을 받아들이고, 부하들에게 그 실행을 명했다. 이렇게 해서 라바나와 라마 일행과의 피할 수 없는 싸움이 벌어지게 되었다.

마리차 Marica

황금 사슴으로 변신해서 왕자들을 유혹한 락샤사

라마의 아내 시타를 납치해 오는 작전은 아주 치밀하게 전개되었다. 가장 먼저 나선 병사는 라바나 왕의 삼촌(혹은 친구)인 마리차였다. 라바나 왕은 마리차가 살고 있는 해안까지 손수 황금 전차를 몰고 가서 그와 함께 라마가 살고 있는 숲으로 잠입해 들어갔다.

마리차의 계획은 비록 나쁜 의도에서 나온 것이었지만 작전만큼은 기가 막히게 훌륭했다. 우선 마리차는 한 마리의 어린 황금 사슴으로 변신해서 라마 일행이 살고 있는 집 주위에서 풀을 뜯어먹으면서 시타의 관심을 끌었다. 얼마 후, 꽃을 따러 온 시타는 어린 사슴을 발견하고 라마에게 그것을 붙잡아달라고 했다. 그래서 라마는 사슴을 뒤쫓아가며 활을 쏘았다. 그런데 화살에 맞은 어린 사슴은 라마의 목소리를 흉내내며 이렇게 울부짖었다.

"시타! 락슈마나! 빨리 여기로 달려와줘."

그 순간 라마는 어린 사슴의 정체가 사악한 락사사임을 깨닫고 자신이 함정에 빠졌다는 사실을 알아차렸다. 라마는 황급하게 집으로 내달렸다.

한편, 집에 있던 시타는 라마의 절규(실제로는 마리차)를 듣고 남편에게 무슨 일이 생겼는지 알아봐달라고 락슈마나에게 부탁했다. 하지만 락슈마나는 시타를 혼자 남겨두고 밖으로 나가면 위험하다고 말렸지만, 시타의 간절한 애원을 이기지 못하고 숲 속으로 들어갔다.

혼자 집에 남은 시타 앞에 탁발승으로 변신한 나찰왕 라바나가 나타났다. 그는 방심한 시타를 전차에 태우고 단숨에 랑카 섬으로 날아가버렸다. 그때 마침 공중에서 시타가 납치되는 것을 본 대머리 송골매 자타유스[70]는 그녀를 구하려고 라바나의 전차를 향해 돌진했다. 한 차례 공격으로 전차를 쳐부수기는 했지만 라바나의 강력한 반격을 받아 의식을 잃고 말았다.

---

70) 자타유스 : Jatayus. 가루다의 아들. 라바나에게 맞아 추락한 자타유스는 빈사 상태에서 라마에게 사건의 전말을 알려주고 숨을 거두었다.

비비사나 Vibhisana

　의기양양하게 랑카 섬에 시타를 데리고 온 라바나는 그녀를 호화로운 궁전으로 안내했다.

　"네가 내 아내가 되어준다면 여기에 있는 모든 것은 너의 소유가 될 것이다."

　물론 라마를 깊이 사랑한 시타는 라바나의 제안을 완강하게 거절하며 이렇게 대답했다.

　"나는 남편 라마에 대한 정절을 지킬 터이니 나를 건드릴 생각은 추호도 하지 않는 편이 좋을 것이다."

　라바나는 생각지도 못한 그녀의 강한 거절에 분노가 치솟았다.

　"좋다. 이제부터 너에게 2개월의 여유를 주겠다. 그 동안 마음이 바뀌지 않으면 너를 잡아먹고 말 테다. 알겠느냐?"

　결국 시타는 랑카 섬에 있는 감옥 속에 갇히는 신세가 되었다.

한편, 라마는 시타를 납치해 간 적의 정체가 랑카 섬의 나찰왕 라바나라는 사실을 알고 복수의 칼을 갈았다. 드디어 라마와 라바나 사이에 목숨을 건 혈전이 벌어졌다.

정의감에 불타는 나찰왕의 동생

라바나 왕에게는 그의 참모역을 맡은 두 명의 동생이 있었는데(또 한 명의 동생이었던 카라는 이미 라마에게 죽음을 당했다), 비비사나와 쿰바카르나였다. 이들은 형인 라바나의 지도와 함께 격렬한 고행을 통해 브라마 신으로부터도 은혜를 받았다. 특히 비비사나가 받은 은혜는 '어떤 곳에서도 결코 가치 없는 행동은 하지 않으며, 언제나 올바르게 살아가는' 것이었다. 비비사나의 정직하고 정의감 넘치는 성격은 바로 이런 은혜에서 비롯되었다.

정의감에 불타는 비비사나는 형이 시타를 납치했다는 사실을 알고 그의 행위를 질책했지만, 라바나는 결코 자신의 생각을 바꾸려 하지 않았다. 그러자 비비사나는 더욱 거세게 형에게 항의했다. 동생의 말에 격노한 라바나가 거칠게 대답했다.

"감히 형인 나를 비난하다니, 그것은 우리 일족을 욕보이는 것이나 진배없다. 네 잘못은 죽을 만큼 중죄에 해당한다는 것을 모르느냐?"

형에게 버림받은 비비사나에게 남은 길은 오직 한 가지, 그는 네 명의 부하들을 이끌고 랑카 섬을 떠나 라마 쪽에 가담하는 길을 선택하였다.

『라마야나』

『마하바라타』와 함께 국민적으로 대단히 인기가 높은 서사시가 바로『라마
야나』다. 총 7편에 2만 4천 구(句)로 이루어진 이 서사시는『마하바라타』의
약 4분의 1 정도 길이로, 전설에는 '인도 최초의 시인'인 발미키가 썼다고
한다. 그리고 지금과 같은 형태로 골격을 갖춘 것은 약 3세기경이라고 알려
져 있다. 이 서사시는 인도뿐만 아니라 인도네시아, 말레이시아, 미얀마, 태
국 등 아시아 각지로 퍼져나가 문학과 예술 방면에 많은 영향을 주었다. 또
한 이 서사시의 등장인물은 후세의 힌두교에서 중요한 신이 되기도 했다.
'라마야나'라는 말은 '라마 왕자의 원정(遠征)'이라는 뜻이다. 이 시의 줄거
리는 다음과 같다.

북인도에 실제로 존재했던 코살라 왕국의 왕위 계승자인 라마 왕자(비슈누
신의 화신)는 계모의 음모로 왕국에서 쫓겨나는 신세가 된다. 그는 사랑하
는 아내인 시타와 이복동생인 락슈마나와 함께 단다카 숲으로 들어가 생활
을 하던 중, 어느 날 나찰왕 라바나의 계략에 빠져 아내가 납치되는 일이 벌
어진다. 그래서 라바나의 본거지인 랑카 섬(스리랑카)으로 쳐들어가는데,
이때 원숭이와 곰의 도움을 받는다. 결국 원숭이신 하누만이 맹활약을 펼쳐

쿰바카르나 Kumbhakarna

반년에 한 번 깨어나는 거대한 나찰

분명히 라마가 쳐들어올 것이라는 사실을 알고 있는 라바나는 비비사나가
없어지자 불안한 마음에 또 한 명의 동생인 쿰바카르나에게 도움을 청하기로
했다. 그런데 이 쿰바카르나는 언제나 잠만 자는 잠꾸러기였다. 그가 잠을 자
는 데에는 이유가 있었다.

예로부터 그는 형과 함께 고행을 쌓아 브라마 신으로부터 은혜를 받았다.
그때 쿰바카르나는 브라마 신에게 '영원한 생명'을 달라고 했지만 이 요구는

나찰왕을 물리치고 무사히 아내를 데리고 온다.

이 서사시는 이해하기 쉬울 뿐 아니라, 주된 테마도 라마 왕자의 사랑 이야기여서 많은 사람들에게 널리 사랑받아 왔다. 그리고 극도로 세련된 문체는 미문(美文) 문학의 대표적인 작품으로 평가받고 있다.

인도 민중이 이 작품에 특별히 관심을 가지는 것은 등장인물들의 삶의 방식이다. 라마 왕자는 문무를 겸비한 뛰어난 최고 영웅이며, 남편의 명예를 위해 목숨을 걸고 정절을 지킨 시타의 철저한 정조 관념은 인도 부인들의 이상이 되었다. 게다가 용맹스러운 원숭이신 하누만은 충성심의 표본이기도 하다. 즉, 힌두교 신자로서의 이상적인 생활 방식이 모두 이 서사시 속에 녹아들어 있는 것이다. 바로 그러한 매력들이 이 서사시를 힌두교의 가장 중요한 경전으로 만들었다고 할 수 있다. 주요 등장인물은 모두 신들로서, 오늘날에도 신앙의 대상이 되고 있다.

인도 독립운동의 아버지인 마하트마 간디는 이상적인 국가상을 '라마의 나라'라고 불렀는데, 이는 『라마야나』가 얼마나 인도 민중들 속에 널리 침투해 있었는가를 상징적으로 보여주는 것이라고 하겠다.

받아들여지지 않았다. 만약 락샤사를 불사신으로 만들어주면 신들과 대적할 게 분명했기 때문이었다. 그래서 브라마 신은 잘못 들은 척하면서 그에게 영원한 생명 대신 영원한 '잠'을 주었던 것이다. 그리고 나중에 브라마 신은 자신의 은혜를 수정해서 6개월에 하루는 깨어나게 해주었다. 쿰바카르나는 산처럼 거대한 몸집을 가지고 있어 일부러 잠에서 깨어나게 해서 식사할 시간을 주지 않으면 잠든 채 그대로 죽어버릴 것이기 때문이었다. 사실 그후에 쿰바카르나는 반년에 한 번 깨어나면 필사적으로 먹어댔다.

라바나 왕은 쿰바카르나가 잠든 곳으로 가서, 우선 엄청난 양의 쌀과 수백 마리의 물소, 사슴 요리를 준비했다. 그리고 잠에서 깨어나도록 큰 바위와 큰

나무를 동생을 향해 집어던졌다. 그러나 동생의 한숨에 그것들은 모두 제자리도 돌아가버렸다. 그래서 다시 수천 마리의 코끼리들을 동생을 향해 달려가게 했다. 그러자 쿰바카르나는 거대한 몸을 흔들며 잠에서 깨어나 준비된 음식을 모조리 먹어치웠다. 하지만 음식이 부족했다. 부족한 음식은 적의 병사를 잡아먹으면 된다는 라바나의 말에 쿰바카르나는 곧바로 라마의 진영으로 쳐들어갔다. 그 무렵, 라마의 진영에는 그를 도우려는 세력이 속속 집결하고 있었다. 원숭이왕 수그리바[71]와 곰의 왕 잠바바트[72]가 이끄는 군대가 가장 강력한 라마의 후원자가 되었다.

적진으로 달려온 쿰바카르나는 허기를 달래기 위해 닥치는 대로 원숭이와 곰을 입 안 가득 집어넣었다. 잔뜩 배를 채운 그는 용맹을 발휘해 원숭이왕을

---

71) 수그리바 : Sugriva. 남인도에 있었던 원숭이 왕국 키슈킨다(Kishkindha)의 국왕. 형 바린에게 추방되었을 때 라마와 만나 서로 도와주기로 협정을 맺었다. 라바나가 죽은 후에 라마의 도움으로 국왕으로 복귀한다.

72) 잠바바트 : Jambavat. 곰왕. 그와 크리슈나는 천계의 보석을 놓고 싸운 적이 있다. 이 천계의 보석 스카만타카는 선인(善人)이 가지면 그 주인을 지켜주고, 악인이 가지면 멸망케 하는 영력이 있다. 잠바바트는 사자를 죽이고 보석을 손에 넣었지만, 크리슈나는 자신이 보석을 차지하려고 곰이 있는 동굴에 들어가 싸움을 벌였다. 밖에서 기다리던 사람들은 며칠을 기다려도 크리슈나가 돌아오지 않자 그가 죽은 것으로 생각했지만, 21일째 되던 날에 잠바바트를 항복시키고 보석을 자신의 것으로 만들었다. 그후 잠바바트는 군대를 이끌고 라마 편에 가담하게 되었다.

사로잡아 랑카 섬으로 끌고 가지만, 결국에는 라마에 의해 죽음을 당하게 된다.

메가나다 Meghanada

인드라 신과 싸워서 이긴 마술 왕자

이 전쟁 과정에서 가장 용맹한 전사로 알려진 자가 라바나 왕의 아들인 메가나다(천둥소리)였다. 그에게는 '인드라지트(Injrajit=인드라 신을 쓰러뜨린 자)'라는 칭호가 있었다. 예전에 아버지 라바나가 천계에서 인드라 신의 군대와 싸울 때 시바 신으로부터 양도받은 괴력으로 신의 군대를 격파하고, 그 대장인 인드라 신을 사로잡아 랑카 섬으로 데리고 간 적이 있었다. 그러자 브라마 신은 곧바로 랑카 섬으로 뒤쫓아가서 인드라 신을 풀어달라고 요청했다. 그 대신 '인드라지트'라는 칭호를 주겠다고 약속했지만, 메가나다는 이 제안에 만족하지 않고 자신에게 '불사'의 은혜를 달라고 요구했다. 브라마 신은 그에게 불사의 능력을 줄 수밖에 없었다.

메가나다는 원래 시바 신만큼이나 강력한 힘을 가진 용사로 모든 마술에 정통해서 언제나 자신의 모습을 숨길 수 있는 비술의 소유자였다. 거기에다 영원한 생명까지 가짐으로써 가히 천하 무적의 용사가 되었던 것이다.

전쟁터에서의 활약도 대단히 뛰어나서 한번은 라마와 락슈마나를 거의 죽음 직전까지 몰고 가는 중상을 입히기도 했다. 뿐만 아니라 그는 놀라운 지혜를 발휘해서 갖가지 사건들을 일으켰다. 메가나다는 자신의 전차에 마법으로 만든 가짜 시타를 태우고 라마군(軍) 앞에 나타나 모두가 지켜보는 가운데 시타를 죽여버렸다. 이 사실은 즉시 라마에게 전해져 라마 진영의 사기를 꺾어

놓았다. 사랑하는 아내가 죽었다고 생각한 라마는 기절하고, 락슈마나는 깊은 탄식에 빠져 전의를 상실하고 말았다. 하지만 이때 이미 라마군에 가담해 있던 라바나 왕의 동생 비비사나는 그 자리에서 시타의 죽음이 메가나다의 마술이라는 것을 알아차렸다.

나찰 왕국의 멸망

메가나다의 마술에 속아 몹시 화가 난 락슈마나는 메가나다 진영을 기습했다. 이때 메가나다는 공교롭게도 제사를 드리던 중이었다. 어떤 이유든지 제사를 중지하는 것은 신들에 대한 최대의 모욕이었다. 만약 그런 사태가 벌어지면 제사의 주최자는 신에게 벌을 받게 된다. 그 벌이란 다름아닌 신으로부터 받은 은혜가 완전히 소멸되는 것이었다. 즉, 시바 신에게 받은 괴력과 브라마 신에게 받은 불사의 능력이 모두 사라지는 것을 의미했다.

기습을 당한 메가나다는 제사를 중지할 수밖에 없는 상황에 빠져 결국 신들로부터 받은 모든 은혜를 잃고 락슈마나의 칼에 찔려 죽음을 맞았다.

자식이 죽은 것을 안 라바나는 단신으로 전장에 나타나 라마와 마지막 승부를 벌였다. 치열한 전투가 하루 밤낮으로 계속되었다. 라마가 라바나의 머리를 아무리 베어버려도 계속해서 다시 생겨났기 때문에 도저히 쓰러뜨릴 수가 없었다. 그러자 신들이 라마를 돕기 위해 모습을 드러냈다. 특히 라바나와 원수지간이었던 인드라 신은 전차를 타고 날아와 바주라를 있는 힘껏 집어던졌다. 마침내 천하를 뒤흔들었던 나찰왕 라바나는 힘을 잃고 라마의 칼에 맞아 숨을 거두고 말았다.

라마군의 드높은 승전가가 랑카 섬에 울려퍼졌다. 이윽고 라바나의 장례가 치러지고, 살아남은 대부분의 나찰과 나찰녀들은 스스로 라바나의 뒤를 따라 죽음을 선택했다. 라마는, 전쟁에서 큰 공을 세운 비비사나를 랑카 섬의 새로운 지도자로 임명했다.

나찰왕 라바나와 라마의 전쟁은 이렇게 해서 대단원의 막을 내리게 되었다. 다음으로는 그 밖의 락샤사들을 살펴보기로 하자.

나무치 Namuci

신들에게 속은 신주의 약탈자

용맹함으로 널리 알려진 신들의 통솔자 인드라 신도 락샤사에 관해서는 결코 떠올리고 싶지 않은 부끄러운 과거가 있다. 예전에 그는 나무치라는 락샤사에게 사로잡힌 적이 있었기 때문이다. 나무치는 자신의 동족과 마찬가지로 원래 모습을 결코 사람들 앞에 보이지 않으며, 언제나 보통 인간의 모습으로 나타난다고 한다.

아무튼 나무치에게 붙잡혔던 인드라 신은 그에게 석방의 조건으로 다음과 같은 약속을 할 수밖에 없었다.

"낮이든 밤이든 방망이나 활, 혹은 젖은 것이나 마른 것을 사용해서 나무치를 죽이지 않겠다."

이런 조건으로 인드라 신을 풀어준 나무치는 웬만한 수단으로는 자신을 죽일 수 없다는 점을 악용해 인드라 신이 지키는 신들의 보물 소마주를 훔쳤다. 이에 필사적으로 추격하는 인드라 신의 눈을 피해 나무치는 태양 속에 숨었다. 소마주를 빼앗겨 신들 앞에서 도저히 면목이 서지 않은 인드라 신은 나무치의 친구 모습으로 변신해서 태양 가까이 다가갔다.

"절대로 죽지 않을 테니까 나와도 된다."

친구의 말에 안심한 나무치가 모습을 드러내자 인드라 신은 황혼 무렵 파도에서 모은 거품을 무기로 그의 목을 베어버렸다. 이 무기는 그와의 약속을 어기는 것은 아니었다. 하지만 속았다는 사실을 안 나무치의 분노는 극에 달했다. 땅에 떨어진 그의 머리는 인드라 신을 꽉 물고서 계속 비난을 퍼부었다.

"너는 친구를 속인 놈이다!"

곤혹스러워진 인드라 신은 브라마 신을 찾아가 어떻게 하면 좋겠느냐고 의견을 물었다.

"사라스바티 강에 가서 목욕을 하면 네가 지은 죄가 씻어질 것이다."

인드라 신은 브라마 신이 가르쳐준 대로 목욕을 통해 친구를 속인 죄를 깨끗이 씻어낼 수 있었다.

자라 Jara

마가다 왕국에 아들을 내려준 나찰녀

자라라는 이름을 가진 거대한 라크샤시(나찰녀)는 나찰족답지 않게 사람들의 열렬한 신앙의 대상이 되었다. 사람들은 그녀의 그림을 집에 걸어놓고 예배를 드리면 다른 악귀들이 출몰하지 못한다고 믿었기 때문이다. 현재 비하르 주 북부에 있었던 마가다 왕국의 왕은 유난히 이 자라에 대한 신앙심이 깊어서 궁전에 그녀의 동상을 안치해 놓고 매일 예배를 드렸다고 한다. 그래서 자라는 이 왕에게 무언가 보답해 주기 위해 때를 기다리고 있었다.

마가다 왕에게는 두 명의 아내가 있었지만 둘 다 자식이 없었다. 왕은 승려에게 자식을 낳을 수 있게 해달라며 기도를 부탁했다. 승려가 망고나무 밑에서 기도를 드리자, 망고 열매가 하나 떨어졌다. 승려는 이 열매에 영감을 느끼고 왕에게 바쳤다. 왕이 망고를 두 쪽으로 갈라 두 아내에게 주어서 먹게 했더니 곧바로 임신이 되었다. 10개월이 지난 후 두 아내는 아들을 낳았는데, 태어난 아이들은 반쪽의 몸밖에 가지고 있지 않았다. 아주 놀라 겁을 집어먹은 아내들이 황급히 도망친 후에 자라가 나타났다. 자라는 반쪽의 몸밖에 없는 두 아이를 합쳐서 한 명의 아이로 만들었다. 그래서 이 아들에게는 자라산다(Jarasandha=자라가 묶어준 것)라는 이름이 붙여졌다.

자라산다는 성장해서 왕위를 계승하고, 두 딸을 마투라의 캄사 왕에게 시집보냈다. 그런데 이 캄사 왕은 온갖 악행을 저지르다가 크리슈나에게 죽음을 당하고 말았다(제1장 '크리슈나' 항목 참조). 남편을 잃은 캄사 왕의 두 아내는 울면서 아버지 자라산다의 곁으로 돌아갔다. 딸들의 불행이 크리슈나 때문이라고 생각한 자라산다는 그에게 격렬한 적의를 품었다. 그래서 둘 사이에 열여덟 차례나 싸움이 벌어졌고, 결국 자라산다는 크리슈나에게 목숨을 빼앗기는 신세가 되었다.

히딤바 Hidimba / 히딤바하 Hidimbha

용사를 공격한 식인귀

『마하바라타』에 등장하는 다섯 왕자 중 하나인 비마(Bhima)는 뛰어난 용사로 알려져 있는 인물인데, 감히 그에게 도전했던 락샤사가 있었다. 다섯 왕자가 도시에서 쫓겨나 갠지스 강변의 어느 숲에서 방황하고 있을 때의 일이었다.

왕자들은 한 그루의 반얀나무를 발견하고 그 밑에서 잠이 들었다. 그 일대에 살고 있던 식인귀(食人鬼) 히딤바는 갑자기 사람 냄새가 나자 높은 나무 위에 올라가 호시탐탐 기회를 노렸다. 그리고 정찰을 위해 여동생인 히딤바하로 하여금 형제들의 뒤를 쫓게 했다. 그런데 히딤바하는 비마를 보고 그만 연정을 품게 되었다. 그래서 자신의 오빠가 그들의 생명을 노리고 있다고 솔직하게 털어놓고, 자신의 사랑을 받아만 준다면 모두의 생명을 구해 주겠다고 약속했다.

그런데 비마와 히딤바하가 너무 오랫동안 이야기를 하고 있자 화가 난 히딤바는 갑자기 공격을 개시했다. 히딤바는 엄청난 괴력과 거대한 몸집을 지니고 있었지만, 용맹스러운 비마의 반격을 받고 도리어 죽어버렸다. 비마는 히딤바하의 사랑을 받아들여, 자신의 아이를 낳을 때까지는 그녀의 집에서 머물기로 했다. 이렇게 해서 태어난 아이에게는 가트트카차라는 이름이 붙여졌고, 후에 왕자들 편에 가담해서 많은 도움을 주는 락샤사가 되었다.

그 밖의 마족들

마을에 출몰하는 악령들

아수라, 락샤사 같은 마족들은 힌두교 속에서도 혈통이 있는 마족이라고
할 수 있다. 하지만 인도에는 이 밖에도 여러 마족들이 존재하는데, 아수라나
락샤사에 비해 그 수는 많지 않다. 그리고 이들의 대부분은 토착적인 냄새가
나는 악령들이다. 이들을 소개해 보도록 하자.

부트 Bhut

부트는 대표적인 악령으로 사고나 자살, 사형 등으로 죽은 인간의 영혼을
가리킨다. 이들은 수척한 모습으로 화장터나 묘지 주변의 어두운 곳에 숨어
살면서 밤중에 모습을 드러낸다. 그리고 이들은 도로가 만나는 교차로에 자
주 출몰하는데, 이는 유럽 사회의 악령들이 출몰하는 장소와 동일하다는 묘
한 공통점이 있어 상당히 흥미롭다. 부트는 인간을 습격해서 그 육체를 먹어
치우는 것을 주된 목적으로 삼고 있다.

부트는 보통 다음과 같은 종류가 있다고 한다.

● 바가우트(Bagahaut)=호랑이에게 죽은 자의 영혼
● 비잘리야 비르(Bijaliya-Bir)=불에 타죽은 자의 영혼

- 타르 비르(Tar-Bir)=타르 야자나무에서 떨어져 죽은 자의 영혼
- 나기야 비르(Nagiya-Bir)=뱀에 물려 죽은 자의 영혼

부트는 특히 부인과 어린이들에게 무서운 존재로 알려져 있다. 펀자브 주에서는 자식 없이 죽은 사람의 영혼을 가얄(Gayal)이라고 부르는데, 어린아이가 있는 부인들에게는 아주 두려운 악령이다. 부트는 인간의 모습으로 변신해서 사람들 앞에 출현하기도 한다. 이들을 알아보는 방법은 몇 가지가 있다.

첫째, 부트는 그림자가 없다. 둘째, 우콘(커리에 들어가는 노란색 향료) 가루를 태우면 가까이 다가오지 못한다. 셋째, 진짜 부트는 콧소리로 이야기한다.

그리고 부트는 인간의 신체 여러 곳에 침입하기 때문에 행동을 각별히 조심하지 않으면 안 된다. 하품을 할 때가 특히 위험한데, 부트가 크게 벌린 입으로 들어갈 수 있기 때문이다. 따라서 하품을 할 때는 반드시 손으로 입을 가려야 한다. 또 부트는 언제나 목구멍이 말라 있어서 한 방울의 물에도 기뻐하며, 우유를 유난히 좋아한다. 그러므로 어린아이에게 우유를 마시게 한 후에는 절대로 혼자 놓아두면 안 된다고 한다.

프레타 Preta

인간은 죽고 나면 피트리(Pitri=조상들의 영혼)의 세계에 들어가 피트리의 일원이 되는데, 그 직전까지의 존재를 프레타라고 한다. 프레타는 일반적으로는 자신의 유해에 붙어살지만, 때로는 사악한 존재가 되기도 한다. 『마누 법전』에는 '최하층 카스트의 여자와 정을 통한 자는 프레타가 된다'고 기록되어 있다.

마산 Masan

마산은 '화장터' 라는 뜻으로, 검고 무서운 형상의 악령을 지칭한다. 이들은 화장된 사체의 재 속에서 나타나 주변에 있는 사람들을 기습한다. 공격을 받은 인간은 죽거나 병에 걸리며, 미치는 경우도 있다. 마산이 사람에게 들러붙은 것을 알면 친척 모두가 춤을 추고 악령이 몸에서 떨어져나가기를 빈다. 그리고 마산이 들린 어린아이는 차야(Chaya=그림자에 씌었다)라고 부르는데, 몸이 조금씩 말라들어간다고 한다.

돈드 Dond

머리가 잘린 병사의 영혼이다. 목을 안장 앞에 묶고, 말에는 머리가 없는 몸통만 타고 있는 모습으로 나타난다. 이들은 밤중에 도로를 배회하면서 집 안에 있는 사람들을 부른다. 이때 무심코 대답하면 병에 걸리거나 무서운 경험을 하게 된다고 한다.

추렐 Churel

임신중이거나 출산 때, 혹은 월경중에 죽은 여성의 영혼이다. 흰옷을 입은 아름다운 모습으로 나타나서 가족에게 해를 끼치는 위험한 존재다. 임신중에 아내가 죽는 것은 남편이 무언가 죄를 지었기 때문이라고 믿는다. 그러므로 임신중에 있는 아내를 잃은 남편은 1개월 정도 성지를 순례해서 청정한 몸이 된 후에 집으로 돌아와야 했다.

제5장
수신·반신·정령들
獸神·半神·精靈

서민들의 지지를 받고 있는 영웅들

이번 제5장에서는 신들의 세계에서 중요한 지위에 있지는 않지만, 인간에게 (遊漇) 인기가 높은 수신(獸神=동물신)을 비롯하여, 독특한 캐릭터를 가지고 있는 신들을 살펴보기로 하자.

가장 대표적인 수신인 원숭이 영웅신 하누만은 인도뿐만 아니라 동남아시아를 비롯한 광범위한 지역에서 열렬하게 신앙하고 있다. 그는 『라마야나』의 주인공인 라마 왕자를 도와 뛰어난 활약을 펼치는 무장이다. 강력한 힘과 함께 우정과 신의를 중시하는 그의 캐릭터는 서민의 영웅이 되기에 충분한 흡인력을 가지고 있다.

또한 사랑의 신 카마도 인기가 높다. 어떤 세계에서든 '사랑의 성취'를 담당하는 존재한테는 젊은이들의 뜨거운 관심이 쏟아지게 마련이다. 나이 든 사람들에게는 젊음을 되찾는 비술의 소유자인 아슈빈 쌍둥이신이 신앙의 대상이 되고 있다.

그 다음으로는 반신(半神)과 정령(精靈)들이 있다. 반신이라는 것은 인간은 넘어서지만 신에는 미치지 못하는 능력을 지닌 존재로서, 신에게 봉사하거나 그들을 즐겁게 해주는 역할을 맡고 있다.

이러한 존재들은 불교에도 받아들여졌는데, 예를 들면 약샤의 경우는 그 입장이 뒤

바뀌어 악마가 되었다.

천계의 요정인 아프사라스는 인도 신화 속에서 풍만한 육체를 가진 매력 만점의 여성으로 등장해서 미모를 무기로 맹활약을 펼친다. 그녀들의 연인이자 배우자로 정해진 반신 간다르바는 명예로운 용사들이 죽으면 그들을 천국으로 안내하는 역할을 맡고 있으며, 때로는 천계에 사는 신들을 즐겁게 해주는 재주꾼이기도 하다.

인도인들은 자연계에 존재하는 모든 것에 정령이 깃들여 있다고 믿고 있다. 따라서 여기에서는 인도의 대표적인 정령들을 소개해 보도록 하겠다. 특별히 유명하지 않은 정령들에 대해서는 이 책의 여러 곳에서 소개한 바 있으므로 참고하기 바란다.

■ 별　명 : 마루트푸트라(Marutputra=신의 아들), 라자타듀티(Rajatadyuti=빛나는 자), 랑
　　　　카 다힌(Lanka-dahin=랑카를 불태운 자)
■ 신　격 : 원숭이 영웅신

원숭이 왕국의 용사

　하누만은 『라마야나』에 등장하는 원숭이군(軍)의 영웅이다. 하누만은 '해
골을 가진 남자' 라는 의미를 가지고 있으며, 북쪽의 수호신인 바유와 아프사
라스 사이에서 태어난 수신(獸神=동물신)이다. 라마 왕자에게는 동맹을 맺은
원숭이군이 있었다. 그 사령관으로 등장하는 하누만은 초인적인 재능으로 라
마 왕자를 돕는다.

　하누만은 거대한 몸집에 루비색으로 붉게 빛나는 얼굴과 한없이 긴 꼬리를
가진 모습으로 묘사된다. 그리고 그가 포효하면 천지가 흔들리는 듯하고 아
주 먼 곳까지 울린다고 한다. 체력이 대단히 뛰어날 뿐만 아니라 상상을 뛰어
넘는 놀라운 지혜를 가지고 있으며, 공중을 자유자재로 날아다니는 신비한
능력도 갖추고 있다. 더구나 라마에게 보여준 자기 희생과 헌신적인 성격은
충성스러운 무사의 표본처럼 느껴진다.

　원래 하누만은 천상계에서 살았다. 현란한 태양빛을 동경했던 그는 태양을
잡아보려고 공중으로 날아올랐다. 그 바람에 뜻하지 않게 누군가에게 쫓기게
된 태양신 수리아는 너무나 두려워서 인드라 신에게 자신의 처지를 하소연했
다. 이야기를 들고 달려온 인드라 신은 하누만을 땅으로 떨어뜨렸다. 그래서

하누만은 더 이상 천상계에서 살지 못하고 지상으로 내려올 수밖에 없었다고 한다.

현재도 영웅신 하누만에 대한 사람들의 신앙은 절대적이다. 인도에서 하누만은 인간과 친근한 동물인 원숭이를 대표하는 존재로, 각지에서 악령을 몰아내고 자손들에게 은혜를 베풀어주는 신으로 숭배되고 있다. 그리고 원숭이가 가진 갖가지 재주 때문에 곡예사나 레슬러들의 수호신으로 숭배되는 경우도 있다.

일설에 따르면, 이 하누만 전설이 중국에도 전해져 『서유기(西遊記)』의 주인공 손오공이 되었다고 한다.

단신으로 랑카 섬에 뛰어든 하누만

궁전에서 추방된 형제들과 함께 단다카 숲에서 살아가던 코살라 왕국의 라마 왕자에게는 시타라는 사랑하는 아내가 있었다. 그런데 어느 날, 시타가 랑카 섬의 나찰왕 라바나에게 납치당하는 사건이 일어났다. 이에 라마는 라바나의 강력한 군대에 맞서기 위해 세력을 규합했지만, 동조자가 그다지 많지 않았다. 그래서 라마는 원숭이왕 수그리바와 서로 도와주기로 협정을 체결하게 되었다.

라마는 우선 사라진 시타의 행방부터 찾아야만 했다. 원숭이왕 수그리바는 자기 휘하에 있는 모든 병력을 네 개로 나눠 동서남북으로 파견했다. 이때 원숭이왕이 유달리 신뢰했던 무장 하누만은 남쪽 방면의 사령관으로 임명되었다. 그는 정찰을 떠나면서 나중에 시타를 만나게 되면 증거물로 제시할 라마 왕자의 반지도 함께 지니고 갔다.

하누만이 이끄는 부대는 맡은 지역을 철저히 수색한 결과 시타가 랑카 섬에 붙잡혀 있다는 사실을 알아냈다. 그런데 시타가 붙잡혀 있는 랑카 섬은 나찰왕 라바나의 본거지로, 인도 최남단에서 7백 킬로미터나 떨어진 곳이었다. 이 거리를 뛰어서 건널 수 있는 자는 오직 하누만뿐이었다. 단신으로 적지에 잠입하기로 결심한 하누만은 그 부근에서 가장 높은 마헨드라 산 정상에 올라가 랑카 섬을 향해 자신의 몸을 날렸다.

고양이로 변신한 하누만

하누만의 도약은 마헨드라 산을 뒤흔들 만큼 굉장한 것이었다. 그는 나흘 간의 비행 끝에 간신히 랑카 섬에 도착할 수 있었다. 나찰왕 라바나의 왕국은 엄중한 경계가 펼쳐져 있는 난공불락의 요새였다. 그래서 하누만은 고양이로 변신해서 도시 안으로 잠입해 들어갔다. 그는 치밀한 수색 끝에 어느 정원에 갇혀 있는 시타를 발견하고, 신분 증명을 위해 가지고 갔던 라마의 반지를 건네주었다.

시타는 하누만이 라마 왕자와 같은 편이라는 사실을 알고 이렇게 말했다.

"남편에게 전해 주세요. 앞으로 2개월 내에 구해 주지 않으면, 저는 라바나에게 잡혀먹히고 말 것이라고……."

"알았습니다. 안심하십시오. 반드시 모시러 오겠습니다."

시타와 헤어진 하누만은 적의 전력을 한번 시험해 보기로 하고 거대한 원숭이로 변신해 정원을 아수라장으로 만들어버렸다. 시타를 감시하던 나찰녀들은 비명을 지르며 도망가는 등 궁전은 순식간에 대혼란에 빠졌다. 라바나왕은 8만 명에 이르는 군대를 동원해 그를 포위했다. 하지만 나찰 병사들은 하누만의 적수가 되지 못했다. 하누만은 신들린 듯이 방망이를 휘두르며 병사들을 모조리 때려눕혔다.

다급해진 라바나 왕은 아들 메가나다(제4장 참조)를 불렀다. 그는 일찍이 인드라 신과의 싸움에서 승리해 '인드라지트(인드라 신을 쓰러뜨린 자)'라는 칭호가 있는 마술사였다. 두 영웅은 치열한 싸움을 벌였지만 승리는 메가나다의 것이었다.

하누만을 사로잡은 라바나 왕은 심문을 시작했다.

"너는 무슨 목적으로 우리 섬에 들어왔느냐? 여기가 나찰(악귀)들의 나라라는 사실을 알고 있었느냐? 그리고 궁전을 난장판으로 만들어버린 이유가 도대체 무엇이냐? 숨기지 말고 대답하라!"

"저는 당신을 만나기 위해 여기에 온 것입니다. 왕께서 지금 감금해 놓은 여성의 남편인 라마 왕자의 사자(使者)로서 온 것이지요. 라마 왕자의 전언은 아내를 즉시 풀어달라는 것입니다. 그리고 저에게 이렇게 말씀하라고 하셨습니다. 라마 왕자께 무례를 범한 자는 반드시 벌을 받게 될 것이라고."

시타의 기도로 목숨을 구한 하누만

라바나 왕은 하누만에게 사형을 선고했다. 하지만 정의감에 충만한 그의 동생 비비사나(제4장 참조)는 이 결정의 번복을 강력하게 요청했다. 비록 적이지만 사자(使者)를 사형에 처하는 것은 도의에 어긋난다는 주장이었다. 우여곡절 끝에 사형은 면했으나, 대신 하누만은 또 다른 벌을 받아야 했다. 그 벌은 하누만의 꼬리에 기름을 먹인 솜뭉치를 묶은 다음 불을 붙이는 것이었다. 불길은 점점 하누만 쪽으로 다가갔다. 이 광경을 본 시타는 불의 신 아그니에게 하누만을 불태워 죽이지 말아달라고 기도했다. 시타의 간절한 기도는 받아들여져 하누만은 위기를 모면하고 랑카 섬을 탈출해 단다카 숲으로 귀환할 수 있었다.

숲으로 돌아온 하누만에게 라마는 진심으로 감사하지 않을 수 없었다. 하누만의 상세한 보고 덕분에 적의 상황을 알게 되었지만, 바다를 건너는 것은 여전히 큰 문제로 남아 있었다. 일단 바닷가에 도착한 라마는 바다의 신에게

도와달라고 간절하게 기도를 올렸다. 그러자 바다의 신은 원숭이 병사 속에 조형의 신인 비슈바카르만의 아들 나라(Nara)가 있다고 알려주었다. 이렇게 찾아낸 나라는 라마의 부탁으로 원숭이 병사들이 바다를 건널 수 있는 엄청나게 긴 다리를 건설했다. 라마의 대군은 이 다리를 통해 랑카 섬을 향해 진격을 개시했다.

드디어 라마와 라바나의 군대 사이에 치열한 전면전이 벌어졌다. 양측의 전력이 만만치 않았지만, 특히 이전에 하누만을 사로잡았던 마술사 메가나다의 위력적인 공격은 라마와 락슈마나에게 치명상을 입힐 만큼 대단했다. 의사 출신으로 라마 쪽에 가담한 곰의 왕 잠바바트는 라마 형제를 치료하려면

동물 숭배 ①

인간을 비롯한 수많은 동물들이 인도 대륙에 광활하게 펼쳐진 대자연의 품에 안겨서 살아간다. 인간이 동물을 신앙의 대상으로 삼는 것은 그 동물들이 가진 능력에 대한 두려움이나 친밀감, 효용, 은혜를 소중히 여기는 마음이 있기 때문이다.

소(예 : 나딘)나 원숭이(예 : 하누만), 새(예 : 가루다), 뱀(예 : 나가족), 코끼리(예 : 가네샤) 등이 숭배받는 동물들로 알려져 있지만, 이 밖에도 여러 가지 동물들이 신앙의 대상이 되고 있다. 그런 동물에 대해 알아보도록 하자.

● **호랑이** : 두르가 여신의 탈것인 호랑이는 밀림의 왕으로 널리 신앙되고 있다. 특히 벵골 지방에 서식하는 '벵골 호랑이' 는 오래 전부터 숭배의 대상이었다. 일반적으로 호랑이는 함부로 사람을 죽이지 않고, 숭배를 하면 인간들에게 좋은 충고를 해주는 동물로 알려져 있다. 호랑이의 발톱과 이빨, 수염은 액운을 막는 데 큰 효과가 있어, 몸에 지니면 죽음을 막아준다고 한다.

● **쥐** : 인도 서부에 위치한 봄베이 지방에서 쥐는 숙부의 영혼으로 받아들여지고 있다. 물론 죽이는 것은 터부로 되어 있다. 쥐에게 맹세하고 공물(떡)을 주면 재난을 피할 수 있다고 한다.

히말라야의 카일라스 산에서 나는 네 종류의 약초가 필요하다고 말했다. 그날 밤, 하누만은 카일라스 산으로 날아가 약초를 찾았지만 도무지 어디에 있는지 알 길이 없었다. 하는 수 없이 그는 괴력을 발휘해 카일라스 산 정상을 통째로 떼어서 전쟁터로 들고 왔다. 물론 잠바바트로 하여금 약초를 찾게 하기 위해서였다. 이러한 노력들이 모여 라마군은 전쟁을 승리로 이끌고, 시타를 무사히 구출해 낼 수 있었다.

■ 별　명 : 아비루파(Abhirupa=아름다운 용모를 지닌 자), 슈링가라요니(Shringarayoni=
　　　　　 사랑의 근원), 푸슈파다누스(Pushpadhanus=활과 화살을 가진 자)
■ 신　격 : 사랑의 신
■ 소유물 : 활과 화살

인도의 큐피드

카마는 '성애(性愛)'를 의미하며, 남녀간의 애정과 애욕을 주재하는 신이다.
흔히 젊은 남성의 모습으로 표현되는데, 활을 가지고 다닌다. 이 활은 사탕수
수로 만든 것으로 꿀벌들이 연결해 준 활시위에, 화살촉은 꽃으로 장식되어
있다.

카마에게는 시바 신과 관련된 유명한 일화가 있다.

시바 신이 고행에 전념하고 있을 때 신들은 그를 장가보내려고 미녀 파르
바티를 보내주었다. 하지만 시바 신은 그녀에게 전혀 관심을 보이지 않고 영
원히 계속될 것 같은 고행에 몰두했다. 파르바티는 몇 년을 기다렸지만 시바
신이 아무런 관심을 보이지 않자 적잖이 걱정이 되었다.

하는 수 없이 신들은 사랑의 신 카마와 그의 아내인 라티[73]를 파견했다. 우
선, 카마는 시바 신의 관심을 파르바티에게로 돌리기 위한 기회를 엿보았다.

---

73) 라티 : Rati. '사랑'을 뜻하는 여신으로, 천계의 요정인 아프사라스의 하나. 라티의 별명으
로는 프리티(Priti=기쁨), 카마프리아(Kamapriya=카마가 사랑하는 여인), 켈리킬라(Kelikila=
바람둥이) 등이 있다.

그래서 파르바티가 시바 신에게 예배를 드리기 위해 가까이 다가갔을 때 시바 신을 향해 활을 쏘았다. 카마의 화살은 맞으면 누구든 바로 눈앞에 있는 상대를 사랑하게 되는 '사랑의 화살'이었다. 그런데 이미 그런 사실을 알고 있었던 시바 신은 이마 가운데 있는 제3의 눈으로 강렬한 빛을 내뿜어 카마를 불태워 죽여버렸다. 그래서 카마는 '아난가(신체를 가지지 않은 자)'라 불리게 되었다. 라티는 남편의 유해를 붙잡고 슬피 울었다. 그러자 그녀의 귓가에 이런 소리가 들려왔다.

"네 남편은 너에게 다시 돌아갈 터이니 너무 슬퍼하지 말아라. 시바가 파르바티를 아내로 맞으면, 시바는 카마의 혼에 육체를 되돌려줄 것이다."

동물 숭배 ②

● **다람쥐** : 펀자브 지방에서 서식하는 다람쥐는 '성자'로서 숭배의 대상이기도 하다. 『라마야나』에서 다람쥐는 라마 왕자가 랑카 섬을 공격할 때 도움을 주는 동물로 등장한다. 그리고 인도 원주민인 드라비다족은 그들의 선조가 다람쥐였다는 것을 지금도 굳게 믿고 있다.

● **악어** : 사람을 잡아먹는 무서운 동물인 악어는 사랑의 신 카마와 강가 여신의 탈것으로 알려져 있다. 농민들 사이에는 악어에 대한 공양을 소홀히 하면 언젠가 공격을 당한다는 믿음이 있다.

● **개구리** : 개구리와 관련된 재미있는 이야기가 있다. 언젠가 불의 신 아그니가 물에 떨어진 적이 있었다. 아그니 신은 불 그 자체였기 때문에 금방 물이 끓어올랐다. 그러자 근처에 있던 개구리가 깜짝 놀라 "앗 뜨거! 앗 뜨거!" 하면서 큰소리로 비명을 질렀다. 아그니 신은 자신의 실수를 선전하는 듯한 개구리의 태도에 화가 나 말을 하지 못하게 만들어버렸다고 한다. 인도인들은 암개구리는 라바나(나찰왕) 아내의 영혼이라고 믿으며, 개구리기름에는 하늘을 날 수 있는 마력이 숨겨져 있다고 한다.

● **산양** : 산양은 여신에게 바치는 공물로는 최고의 동물이다. 펀자브 지방에서는 산양이 독사를 잡아먹고 되새김질해서 토해낸 것을 만카(Manka)라고 부르며, 대단히 귀중하게 여긴다. 독사에 물린 상처에 이 만카를 바르면 만카에 독이 흡수된다고 한다.

■ 신 격 : 의료신

인간의 아내를 사랑한 쌍둥이신

아슈빈이란 '말(馬)을 가진 자'라는 의미지만, 자연 현상인 빛과 수증기를 신격화한 쌍둥이신(제6장 참조)이다. 『리그베다』에 등장하는 아슈빈 쌍둥이신은 언제나 젊음을 유지하는 빛으로 충만한 존재이며, 이들이 탄 차를 끄는 말은 날개가 달렸다고 한다. 이들은 농업 및 목축과 관계가 깊으며, 병을 치료하고 노인을 젊게 하는 능력도 가지고 있다.

프라자파티 중 하나인 프리그의 자식 챠바나(Cyavana)는 격렬한 고행을 한 적이 있었다. 그는 오랫동안 고행을 하며 미동은커녕 입조차도 열지 않았다. 그러자 그의 머리까지 흙이 덮여 마치 개미 무덤처럼 보였다. 그런 그의 앞을 왕의 일행이 지나갔다. 왕의 딸 스칸야(Skanya)는 개미 무덤을 타고 놀다가 챠바나의 두 눈이 반딧불처럼 보여서 재미삼아 막대기로 찔러보았다.

이에 화가 난 챠바나는 왕의 모든 병사들이 대소변을 보지 못하게 만들어버렸다. 병사들의 비정상적인 생리 기능이 무슨 이유 때문인지 알게 된 왕은 챠바나에게 사과하고, 딸 스칸야를 아내로 주었다. 스칸야는 자신보다 나이가 훨씬 많은 남편을 헌신적으로 보살폈다.

그러던 어느 날, 아슈빈 쌍둥이신은 우연히 스칸야가 옷을 벗고 목욕하고 있는 모습을 보게 되었다. 쌍둥이신은 한눈에 그녀에 아름다움에 매료되어 누구의 아내인지도 모른 채 그 뒤를 따라갔다. 하지만 그녀가 챠바나를 진정으로 사랑하고 있다는 것을 알고 한 가지 제안을 했다.

"젊은 여인이 노인의 아내가 된 것은 그다지 자연스럽지가 않으니 신들의 의사인 우리들이 네 남편을 젊게 만들어주마. 그런 다음에 네가 누구를 남편으로 삼고 싶은지 결정하도록 하자."

쌍둥이신은 먼저 챠바나를 물 속으로 들어가게 한 다음, 자신들도 뒤따라 들어갔다. 잠시 후 밖으로 나온 셋은 대단히 아름다운 용모를 지닌 젊은이들이 되어 있었다.

"자, 누구를 택하겠느냐?"

스칸야는 주저하지 않고 한 남자를 선택했는데, 바로 챠바나였다.

고귀한 신의 반열에 들어간 쌍둥이신

젊음과 아름다움, 게다가 건강한 두 눈까지 되찾은 챠바나는 대단히 기뻐했다. 그래서 그는 감사의 표시로 제사를 드리면서 아슈빈 쌍둥이신에게 소마주를 헌상하려고 했다. 이런 모습을 천상에서 지켜본 인드라 신은 챠바나의 제사를 반대했다.

"챠바나여! 소마주는 고귀한 신들이 마시는 음료가 아닌가. 결코 아슈빈 쌍둥이신에게 주어서는 안 된다. 인간의 의사로 일하는 그들은 부정(不淨)한 존재들이다. 신들에게나 어울리는 소마주를 마실 자격이 그들에게 없지 않느냐."

하지만 챠바나는 인드라 신의 말을 무시하고 제사를 강행했다. 분노한 인드라 신은 바주라(금강 방망이)를 집어던졌지만, 고행을 통해 영력을 얻은 챠바나에게는 팔을 마비시키는 정도의 효과밖에 없었다. 챠바나는 인드라 신의 방해를 막기 위해 불 속에서 한 마리의 거대한 아수라를 만들어냈다. 마다

(Mada=술에 취한 자)라고 불리는 이 아수라는 입을 크게 벌려서 인드라 신을 통째로 삼켜버렸다. 인드라 신은 마지못해 아슈빈 쌍둥이신이 소마주를 마셔도 괜찮다고 인정할 수밖에 없었다. 결과에 만족한 챠바나는 아수라의 신체를 네 가지 악덕으로 나누었다. 그것은 '주사위(도박)' '여자(질투, 음란)' '수렵(살생)' '술(주사酒邪)' 이었다.

아슈빈 쌍둥이신에게 소마주를 바치는 제사는 이렇게 해서 무사히 끝나고, 챠바나와 스칸야는 오래도록 행복하게 살았다고 한다.

간다르바
Gandharva

■ 신　격 : 반인반수(半人半獸)의 정령
■ 불교명 : 건달바(乾闥婆), 건달바(健達婆), 심향(尋香), 심향행(尋香行)

황금 날개를 가진 인간

간다르바는 일반적으로 물 속이나 공중에 사는 반신(半神) 정령으로, 반인
반수의 모습을 가지고 있다. 『아타르바베다』에 따르면, 간다르바는 강한 향기
를 지닌, 상반신은 날개가 달려 있는 인간의 모습이며, 하반신은 새와 비슷하
다고 한다.

그의 신격은 시대에 따라 조금씩 달라졌다. 『리그베다』에서 간다르바는 바
루나 신의 사자(使者)로서 황금 날개를 가진 새로 등장한다. 그리고 물에 뿌려
진 소마주는 '물 속의 간다르바'라고 불렸다. 후세가 되면서 간다르바는 천계
의 축제 때 음악을 연주하는 악사의 역할을 맡게 되었다. 일설에 따르면, 세계
에는 모두 6,333명의 간다르바가 존재하는데, 그들은 인간들을 우호적으로
대한다고 한다.

불교에서 간다르바는 건달바(乾闥婆) 또는 건달바(健達婆) 등의 이름으로 불
린다. 신격 역시 힌두교와 마찬가지로 제석천(帝釋天=인드라 신)의 아악(雅樂=
궁중 음악)을 주재하는 신으로, 하늘을 날면서 음악을 연주하는 역할을 맡고
있다. 그리고 불법(佛法)을 수호하는 팔부중(八部衆 : 부처가 설법할 때마다 항상
따라다니며 불법을 수호하는 여덟 장수─옮긴이)의 하나이기도 하다.

270

죽은 용사들을 위해 노래하는 음악의 신

영웅신 인드라는 무용신(武勇神)답게 죽은 용사들을 접대하기 위한 궁전을 가지고 있다. 메루 산 동쪽에 위치한 아마라바티(Amaravati) 궁전이 바로 그것이다.

이 빛나는 도시에는 1천 개의 문과 1백 개의 궁전이 있으며, 계절은 언제나 꽃이 피어나는 봄이라고 한다. 인간계의 왕후나 영웅들은 이곳을 사후의 이상향으로 여겼는데, 이 도시에 초대받았다는 것은 생전에 훌륭한 용사였다는 것과 다름이 없었다. 물론 용감하게 적과 싸우다 명예롭게 죽은 자에게만 문호가 개방되었다는 것은 두말할 필요도 없다. 이 도시에서 신들과 죽은 용사들을 음악으로 위로하는 존재가 바로 간다르바와 그의 연인 아프사라스이다. 이들이 연주하는 우아한 음악을 들으며 용사들은 즐거운 시간을 보내는 것이다.

나가족과의 전면전

간다르바들도 한때 나쁜 일을 한 적이 있었다. 어느 때 마우네야(Mauneya=성자의 아들)라 불리는 6천만이 넘는 간다르바들이 나가족을 공격해서 그들의 영토와 재산을 모조리 빼앗는 사건이 벌어졌다. 이때 쫓겨난 나가족의 우두머리는 비슈누 신을 찾아가서 간다르바들의 악행을 고발했다. 비슈누 신은 달(月) 종족의 자손인 푸르크차(Purktsa)의 화신이 되어 그들을 도와주기로 약속했다.

나가들은 자신들의 여동생인 나르마다(Narmada)에게 푸르크차를 맞아들이게 하고, 간다르바들이 점령한 영토로 침공해 들어갔다. 나가족은 푸르크차의 맹활약 덕분에 단숨에 간다르바를 격파하고 영토를 되찾을 수 있었다.

그후 나가족은 감사의 표시로 푸르크차에게 나르마다를 아내로 주었다. 그리고 나르마다에게는 지참금 대신 독사에게 물려도 죽지 않는 주문을 가르쳐 주었다. 그 주문은 "아침이나 저녁이나 나르마다에게 명령한다. 독사의 독으로부터 지켜주소서!"였다.

이 주문을 아침과 저녁에 두 번씩 반복해서 외우면 독사의 공격을 받지 않는다고 한다.

■ 신 격 : 물의 정령

천상계의 아름다운 춤꾼

아프사라스라는 말에는 '물 속에서 움직이는 것, 구름의 바다에서 사는 것'
이라는 의미가 있다. 이들은 천계에 사는 신들에게 춤으로 즐거움을 주는 역
할을 맡은 반신(半神) 또는 정령들이다.

자유롭게 변신하는 것이 가능하지만, 대개의 경우에는 아름답고 관능적인
여성의 모습으로 나타난다. 그래서 서양 신화에 등장하는 님프와 동일시하는
경우도 있다.

이들이 얼마나 아름다운가는 카주라호(마디아프라데시 주)에 있는 사원을
방문해 보면 알 수 있다. 외벽에 새겨져 있는 조각상들의 풍만한 가슴과 잘록
한 허리, 건강미 넘치는 자태는 인도 여성의 이상이기도 하다.

아프사라스는 물과 관계가 있는 장소인 강이나 호수, 구름, 번개 속에 존재
하며, 물새로 변신해서 호수나 강에서 노는 모습으로 나타나는 경우도 있다.
그리고 이들은 반인반수인 간다르바의 배우자이기도 하다. 아프사라스들은
자신들의 아름다운 용모를 이용해 영웅들을 매료시키거나 성자들의 고행을
방해하기도 한다. 후세에는 간다르바와 더불어 전쟁에서 죽은 영웅들을 인드
라 신의 궁전 아마라바티로 인도하는 역할을 맡게 되었다.

그리고 이들은 간다르바와 함께 숲 속의 나무들, 특히 신성한 나무인 반얀

과 우담화(優曇華 : 3천 년에 한 번 꽃이 핀다는 상상 속의 꽃—옮긴이)에 살며, 가끔 나무 위에서 비나(거문고의 원형으로 알려져 있는 현악기)와 심벌즈를 연주하기도 하는데, 사람들에게 그 소리가 들리는 경우도 있다고 한다. 아프사라스는 혼례 행렬에 은혜를 베풀며, 도박꾼들의 수호 여신으로도 숭배받고 있다.

천녀의 사랑

이다[74]의 아들인 푸루라바스(Pururavas)는 아프사라스 중 하나인 우르바시(Urvasi)와 열렬한 사랑을 나누었다. 원래 아프사라스는 간다르바의 아내로 정해진 존재이기 때문에 이들의 결혼은 도저히 성사될 수 없는 일이었다. 하지만 우르바시는 청혼을 받아들이면서 다음과 같은 조건을 제시했다.

"제가 원하지 않을 때는 절대로 저에게 다가와서는 안 됩니다. 당신의 벗은 몸을 저에게 보여주지 마세요."

푸루라바스는 이 제안을 흔쾌히 수락했다. 그래서 이 둘은 행복한 결혼 생활을 영위하게 되었고, 얼마 지나지 않아 우르바시는 임신을 했다. 하지만 이 둘의 사랑을 못마땅하게 생각하는 자들이 있었다. 바로 간다르바들이었다. 이들은 푸루라바스에게 빼앗긴 우르바시를 되찾기 위한 계획을 세웠다. 그래서 우선 그녀가 귀여워하는 어린 양을 빼앗은 다음, 또 한 마리를 더 빼앗으려고 하자 그녀가 크게 비명을 질렀다. 그 소리를 들은 푸루라바스는 옷을 벗은 채로 다급하게 달려나왔다. 간다르바들은 즉시 그에게 번개를 내리쳐 우르바시가 그의 벗은 몸을 보게 만들었다. 그러자 우르바시는 결혼할 때의 약속을 지키지 못한 남편을 원망하며 그의 곁을 떠나버리고 말았다.

홀로 남은 푸루라바스는 깊은 슬픔에 잠겨 아내의 행방을 수소문하며 기나

---

74) 이다 : Ida. 인류의 선조인 마누가 자손을 얻으려고 행한 공양제의 공물에서 태어났다. 마누는 그녀를 통해 자손을 얻을 수 있었다.

긴 방랑길에 올랐다. 오랜 여행 끝에 어느 호숫가에 당도한 그는 물새의 모습
으로 변신해 목욕을 하고 있는 아프사라스들을 만났다. 그런데 그 속에 자신
의 아내인 우르바시가 있었다. 우르바시는 남편을 보고 황급하게 몸을 숨기
려고 했지만, 중간에 있던 아프사라스들의 권유로 그와 다시 만나게 되었다.

"사랑하는 아내여! 예전처럼 나와 같이 살아주시오."

"그건 안 됩니다. 당신은 약속을 깨뜨리지 않았습니까. 빨리 집으로 돌아가
세요."

"그대가 돌아오지 않는다면 나는 목을 매달아 죽고 말겠소이다. 그러면 내
몸을 이리가 먹어치울 테지요. 당신과 함께 살지 못할 바에야 그럴 도리밖에
없지 않겠소."

하는 수 없이 우르바시는 타협안을 제시했다.

"그러면 1년에 한 번만 만나도록 하지요. 내년에 다시 만날 때쯤이면 지금
제 뱃속에 들어 있는 아이도 세상에 태어나 있을 것입니다."

그로부터 1년 후, 푸루라바스가 다시 호수를 찾아가니 그곳에는 황금 궁전이 서 있었다. 그가 궁전으로 들어가자 우르바시는 둘 사이에서 태어난 아들을 보여주었다. 그러고는 1년에 단 한 번 허락된 부부 관계를 맺었다. 그렇게 5년이 지나자, 다섯 명의 자식이 태어났다.

5년째 되던 날, 우르바시는 남편에게 이렇게 말했다.

"당신을 가엾게 여긴 간다르바들이 당신이 원하는 것을 들어주기로 했답니다. 내일 아침까지 무슨 소원을 말할지 생각해 두세요."

"무엇을 바라는 것이 좋겠소?"

"'나도 당신들처럼 간다르바가 되고 싶소이다' 라고 하면 될 것입니다."

다음날 아침, 간다르바들 앞에서 푸루라바스는 아내가 일러준 대로 말했다. 간다르바들은 즉시 그에게 제사 방법을 일러주었다. 그것은 아스바타[75]라는 나무를 마찰시켜서 제사용 불을 만든 다음, 기도를 드리는 것이었다. 푸루라바스가 그대로 실행에 옮기자 그도 간다르바족의 일원이 될 수 있었다. 이렇게 해서 푸루라바스와 우르바시는 예전처럼 다시 행복한 결혼 생활을 하게 되었다고 한다.

돌이 된 미녀 람바

성자 중의 하나인 비슈바미트라(Vishvamitra)는 격심한 고행을 쌓은 것으로 알려져 있다. 고행의 성과에 만족한 브라마 신은 그에게 왕선(王仙=크샤트리아 계급의 성자)의 지위를 주었지만, 그는 만족하지 않고 범선(梵仙=브라만 계급의 성자)이 되기 위해 더욱 고행에 정진했다. 이런 사실을 안 인드라 신은 몹시 노

---

75) 아스바타 : Asvattha. 흔히 보리수라고 하며, 힌두교 신자들에게 가장 신성시되는 나무로 알려져 있다. 특히 시바 신과 크리슈나와 깊은 관계가 있다. 이 나무는 불교 신자들에게도 신성시되는데, 부처가 이 나무 아래서 깨달음을 얻었다고 한다.

했다. 그가 강력한 힘을 가지게 되면 신들의 질서를 위협하지 않을까 우려했기 때문이었다. 인드라 신은 비슈바미트라의 고행을 훼방놓기 위한 계책을 세웠다. 그것은 아프사라스 중에서 가장 미녀로 알려져 있는 람바(Rambha)를 끌어들여 그를 유혹하는 것이었다. 하지만 람바는 비슈바미트라의 분노가 두려워 이 제안을 승낙하지 않았다. 그러자 인드라 신은 자신이 뻐꾸기로 변신해서 지켜주겠다며 람바를 설득했다.

인드라 신의 말에 용기를 얻은 람바는 비슈바미트라에게 다가가 은밀하게 유혹하기 시작했다. 비슈바미트라는 미녀를 보고 크게 마음이 끌렸지만 이내 인드라 신의 간계라는 사실을 알아차렸다.

그는 람바에게 화를 내며 이렇게 말했다.

"람바여! 애욕과 분노를 극복하고자 하는 나를 이렇게 유혹하다니, 도저히 용서할 수가 없다. 앞으로 1만 년 동안 돌이 될지어다!"

람바는 그 말이 떨어지기가 무섭게 순식간에 돌로 변했다. 그 모습을 곁에서 지켜보던 인드라 신은 깜짝 놀라 황급히 도망치고 말았다. 이에 비슈바미트라는 혼잣말을 내뱉었다.

"앞으로는 결코 화를 내지 않을 것이다. 그리고 절대로 말하지 않고, 1백 년 동안 숨도 쉬지 않겠다."

그는 이런 엄격한 고행을 오랫동안 쌓아나간 끝에 원하는 범선의 지위에 오르게 되었다.

성자 칸두를 유혹한 아프사라스 프람로차

지난번의 실패에도 불구하고 인드라 신은 다시 한 번 같은 방법으로 성자들의 고행을 방해하기 위해 나섰다. 이번 표적은 칸두라는 성자였다. 유혹자로는 프람로차(Pramloca)라는 아프사라스를 내세웠다. 칸두는 비슈바미트라

터부와의 전쟁

경건한 신자들은 음식에 관해서도 엄격한 터부를 가지고 있다. 그것은 힌두교 신자의 경우에도 마찬가지다. 인도에는 종교적인 이유로 채식주의자가 된 사람이 적지 않다. 인도 국영 항공사인 '에어 인디아(Air India)'를 타면 채식주의자인지 아닌지를 반드시 확인한다.

영국 식민지 시절, 최대의 반란 전쟁이었던 '세포이(용병)의 항쟁(1857~1858)'의 직접적인 발단은 동인도 회사가 돼지와 소의 지방을 혼합해서 만든 기름을 총기 손질용으로 용병들에게 지급한 데 있었다. 힌두교 신자에게 소는 신성한 동물이고, 이슬람 신도에게 돼지는 아주 부정한 동물이라는 사실을 영국 관리들이 간과했던 것이다. 용병들이 총에 탄알을 장전하기 위해서는 기름이 칠해진 탄약통 끝부분을 입으로 물어서 떼어내야 했는데, 이는 두 종교의 신도들에게는 엄청난 모욕이 아닐 수 없었다. 이러한 모욕적인 행위를 강요한 영국에 대한 분노는 결국 대규모 항쟁으로 이어졌다.

와는 달리 미녀의 매력에 흠뻑 빠져 함께 수백 년을 화목하게 보냈다. 이런 모습을 본 인드라 신은 자신의 목적이 거의 달성되는 듯하여 몹시 기뻐했다. 그런데 어느 날 갑자기, 칸두는 자신이 고행을 하지 않고 있다는 사실을 깨닫고 프람로차를 내쫓아버렸다.

프람로차는 울면서 칸두의 곁을 떠났는데, 이때 그녀는 임신중이었다. 얼마 후 한 여자아이가 프람로차의 땀방울로 태어났다. 그녀는 갓태어난 땀방울을 나뭇잎 위에 곱게 올려놓았다. 그러자 땀방울은 천천히 굳으면서 아름다운 아프사라스가 되었다. 마리사(Marisha)라는 이름의 이 아프사라스는 후에 프라자파티 중 하나인 다크사의 어머니가 되었다고 한다.

나가

Naga

■ 신　격 : 인간의 얼굴과 뱀의 신체를 가진 반신(半神)

불사와 생명력의 상징

　나가라는 말은 '뱀'을 뜻하며, 정확하게는 코브라를 지칭한다. 아리아인들이 인도 대륙에 침입해 거침없이 남쪽으로 쳐들어갈 때 만났던 가장 무서운 적이 바로 코브라였다. 아리아인들에게 이것은 차가운 눈과 갈라진 혀를 가지고 미끄러지듯 지면을 기어다니는, 이전까지는 전혀 보지 못했던 미지의 생물이었다. 또한 이 생물은 갑자기 공격해서 순식간에 적을 죽음에 빠뜨리는 무서운 존재였다.

　꼬리를 잘라도 되살아나고, 겨울이 되면 자취를 감추었다가 기온이 높아지면 어디에선가 다시 나타나는 이상한 동물. 허물을 벗는 것도 경이로운 현상이었다. 두려움의 대상인 동시에 신비로운 느낌을 주는 코브라는 점차 신성시되어 인간의 염원인 '불사'와 '생명력'의 상징이 되었던 것이다.

　신화 세계에서 나가는 반신의 뱀(용)족으로 등장하며, 강력한 세력을 가진 왕도 배출한다. 우주가 아직 혼돈에 빠져 있을 때 물 위에서 명상하던 비슈누신의 침대가 되었던 아난타 용과 인드라 신과 격전을 벌였던 브리트라, '유해의 동요' 때 등장하는 바수키 용, 시바 신의 머리와 손목을 장식한 뱀들도 인도인들 사이에서 널리 알려져 있는 나가들이다.

　이들은 대체로 인간들에게 우호적이지만, 때로는 기습적인 공격과 음험한 책략으로 사람들을 공포에 빠뜨리기도 한다.

나가를 왕조의 선조로 보는 신화도 있으며, 현재도 인도인들에게는 숭배의 대상이 되고 있다. 특히 남인도에 가면 이런 신앙을 쉽게 접할 수 있는데, 나가상을 조각해서 나무 밑에 놓아두거나 집 마당에 나가를 위해 빈터를 마련해두는 관습이 지금까지도 남아 있다.

자객이 된 뱀의 왕 탁샤카

나가족의 왕들 중에서 가장 교활했던 탁샤카와 관련된 이야기를 소개해 보도록 하자.

달[月] 종족 중에 하나인 크루족의 왕 파리크시트(Pariksit)는 사냥을 몹시 좋아했다. 어느 날 그는 영양을 추적하다가 숲 속 깊은 곳까지 들어가게 되었다. 왕은 그곳에서 수행 중인 성자를 만나 영양의 행방을 물었으나 성자는 '무언(無言)의 고행' 중이어서 아무런 대답도 하지 않았다. 모욕을 당했다고 생각한 왕은 성자의 목에 죽은 뱀을 휘감아버렸다. 그후 성자의 아들이 아버지를 방문해서 보니 아버지의 목에 뱀이 감겨 있는 게 아닌가. 사정을 전해들은 아들은 격노해서 파리크시트 왕에게 저주를 퍼부었다.

"무례하게 아버지를 모욕한 파리크시트 왕이여! 너는 오늘부터 7일 이내에 뱀족의 왕 탁샤카에게 공격을 받아 죽고 말리라."

자신에게 저주가 내려졌다는 사실을 안 파리크시트 왕은 호수 가운데에 거대한 기둥을 세우고 그 꼭대기에 궁전을 건설했다. 외부와 단절된 궁전에 틀어박히면 저주가 통하지 않으리라고 생각했던 것이다.

하지만 탁샤카는 엄중한 경계를 교묘하게 돌파하고 궁전으로 잠입해 들어갔다. 마침내 7일째 되는 날 오후, 탁샤카는 부하를 고행승으로 변신시켜 궁전에 과일과 물을 바치도록 했다. 저녁 식사시간이 되자 왕은 아주 들뜬 기분으로 신하들에게 이렇게 말했다.

"우리 모두 승려들이 헌상한 과일을 함께 먹어보도록 하자."

그런데 깨진 과일 속에서 기묘하게 생긴 벌레 한 마리가 기어나왔다. 강철처럼 광채를 발하는 작은 눈에서는 번쩍번쩍 빛이 났다.

"벌써 7일째 되는 날이 지나가고 있구나. 성자의 저주는 아무런 효력도 발휘하지 못했다. 이제 나는 그 무엇도 두렵지 않다. 만약 뭔가 사건이 일어난다면 필시 이 기묘한 벌레가 나를 깨무는 정도일 것이다."

이 말을 마치자마자 벌레는 거대한 뱀으로 변신해 파리크시트 왕을 공격했다. 탁샤카는 벌레로 변신해서 궁전에 잠입했던 것이다. 대신들이 우왕좌왕하는 사이에 탁샤카는 왕의 몸을 휘감고 괴성을 내질렀다. 그가 왕의 목덜미를 깨물자 붉은 피가 한 가닥 띠가 되어서 천계로 올라갔다. 왕은 그 자리에서 절명하고, 궁전은 탁샤카가 지른 불로 화염에 뒤덮였다.

브라만 승려에게 굴복한 탁샤카

파리크시트 왕이 죽은 후 그의 아들인 자나메자야(Janamejaya)가 왕위를 계승했다. 어느 날, 브라만교의 학승인 우탄카(Utanka)는 왕비에게 한 가지 일을 의뢰받았다. 자신의 스승 부인에게 헌상하는 보석을 전달해 달라는 것이었다. 왕비는 우탄카에게 이렇게 말했다.

"본래 이런 일은 군인들에게 부탁해야 하지만, 이 보석은 뱀의 왕 탁샤카가 이전부터 탐내던 것입니다. 만약 스님께서 가져가시면 탁샤카도 눈치채지 못하겠지요. 그럼, 조심해서 돌아가십시오."

우탄카는 보석을 가지고 귀로에 올랐다. 도중에 한 남자가 그의 뒤를 따랐지만, 걸인이어서 신경쓰지 않았다. 강변에 도착한 우탄카는 옷을 벗고 목욕을 했다. 물론 보석은 옷 속에 그대로 놓아두었다. 그런데 이 모습을 본 걸인

은 순식간에 보석을 훔쳐서 도망쳤다. 뜻하지 않은 일을 당한 우탄카는 허겁지겁 걸인을 쫓아갔다. 거의 다 쫓아가 붙잡으려는 순간, 걸인은 뱀으로 변신해 땅바닥에 난 틈 속으로 기어들어가고 말았다. 그곳은 사람이 도저히 들어갈 수 없는 좁은 구멍이었다.

보석을 잃어버린 우탄카는 필사적으로 인드라 신에게 기도를 드렸다. 이 기도를 들은 인드라 신은 바주라(금강 방방이=번개)에게 명령했다.

"가라! 가서, 저 승려를 도와주어라!"

그러자 갑자기 천둥소리가 울리더니 탁샤카가 도망친 틈으로 벼락이 떨어졌다. 우탄카는 벌어진 틈으로 들어가 땅 속 깊은 곳까지 탁샤카를 추격했다. 이렇게 해서 겨우 도착하고 보니, 그곳은 나가족의 세계였다. 호화로운 궁전과 사원을 비롯한 수백 채의 건물이 즐비하게 늘어서 있었다. 그는 궁전 앞에 앉아 나가족을 위한 찬가를 바쳤지만, 탁샤카는 아무리 해도 보석을 돌려주지 않았다.

우탄카는 그곳에서 다시 한 번 인드라 신에게 간절히 기도를 드렸다. 그러자 인드라 신은 거대한 화염으로 나타났다. 그가 뿜어대는 연기가 나가족 세상을 뒤덮자 탁샤카는 두려움에 질려 궁전 밖으로 뛰쳐나오지 않을 수 없었다. 결국 그는 우탄카에게 깊이 사죄하고 보석을 되돌려주었다.

약샤

Yaksa

■ 신 격 : 재물의 소유자
■ 불교명 : 야차(藥叉), 야차(夜叉)

천계의 재물을 수호하는 자

약샤는 재물의 신 쿠베라를 따르는 정령으로, 히말라야 산 속에 감추어져 있는 천계의 재산과 보물을 호위하는 역할을 맡고 있다.

오래 전에는 산과 나무의 정령, 혹은 생산력의 상징인 지모신(地母神)으로 숭배되었다. 인간에게는 대단히 우호적이지만, 신들의 재물을 빼앗으려는 자들에게는 두려움의 대상이다.

불교 쪽에서는 집에 침입하려는 악령을 방어하는 문신(門神)으로 등장하며, 나중에는 북쪽의 수호신인 쿠베라, 즉 비사문천(毘沙門天)의 일족으로서 불법(佛法)을 수호하는 팔부중(八部衆)의 하나가 되었다. 팔부중이란 불법을 수호하는 여덟 장수를 가리키는데, 천(天=데바), 용(龍=나가), 건달바(乾闥婆=간다르바), 아라한(阿羅漢=아수라), 가루라(迦樓羅=가루다), 긴나라(緊那羅=킴나라), 마후라가(摩睺羅伽=마호라가=큰 뱀이라는 의미)와 야차(夜叉=약샤)로 이루어져 있다. 후세의 불교 설화에서 야차는 인간의 정기를 빨아들이고, 피가 뚝뚝 떨어지는 고기를 먹어치우는 흉포한 악마로 등장한다.

킴나라
Kimnara

■ 신격 : 천계의 악사
■ 불교명 : 긴나라(緊那羅)

브라마 신의 손톱 끝에서 태어난 반인반마

킴나라는 반신(半神)으로 인간의 신체에 말의 머리를 가진 것과, 반대로 말의 신체에 인간의 머리를 가진 것이 있다.

그리스 신화에 등장하는 반인반마(半人半馬)의 켄타우로스와 비슷하다는 점이 상당히 흥미롭다. 그는 카일라스 산에 있는 쿠베라 신의 천국에서 살며 천계의 음악을 연주한다고 알  려져 있다. 킴나라는 약샤와 함께 브라마 신의 손톱 끝에서 태어났으며, 약샤와 마찬가지로 북쪽 수호신의 일족으로 팔부 중의 하나이기도 하다.

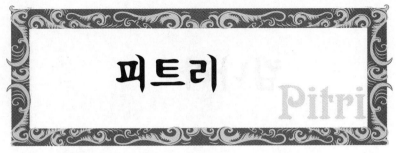

피트리
Pitri

■ 신 격 : 조상의 영혼

윤회에서 해방되는 의식 슈라다

피트리라는 말은 '불' 또는 '선조' 라는 의미를 가지고 있으며, 일반적으로는 '조상의 영혼' 을 지칭한다. 정령의 일종인 피트리는 민간 신앙의 색채가 농후한 존재라고 할 수 있다.

인도에서는 사람이 죽으면 12일 동안 장례를 치르는데, 10일째 되는 날에는 죽은 조상을 추모하는 슈라다(Shraddha)라는 의식을 치른다. 그후 1년 동안은 매월 정기적으로 사자(死者)를 위해 슈라다를 지내며, 그때 이후부터는 과거 3대조 선조와 함께 1년에 한 번씩 제사를 지낸다. 이러한 의식을 거치면 사자는 피트리의 세계에 들어가게 된다.

그런데 만약 슈라다를 지내지 않으면 어떻게 될까? 그러면 인간의 영혼은 윤회의 사슬에서 벗어날 수 없는 불멸의 존재가 된다고 한다. 즉, 계속해서 동물이나 화초 등으로 다시 태어나기 때문에 사자의 영혼은 안정을 찾을 수 없다. 따라서 살아 있는 자들(후손)이 청정한 생활을 하고, 착실하게 슈라다를 지내야만 사자가 윤회의 굴레에서 해방될 수 있는 것이다.

슈라다 의식에는 대단히 엄격한 규정이 있다. 피트리를 제사 지내는 성지로 가장 유명한 곳은 비하르 주에 있는 가야(Gaya)다. 선조의 해탈을 염원하는 사람들은 가야에 가기 전에 순례의 맹세를 하고 물을 대지에 바친 후 흰옷을 입고 출발한다. 도중에 바라나시 같은 성지에 들러 목욕을 한 후에, 가야지방 입구에 도착하면 두발을 정리하고 다시 목욕을 한다.

가야 지방에는 모두 51곳의 성지가 있다. 순례자들은 그 중 15곳에서 21곳 정도의 성지에 공물을 바치며 공양을 한다. 공양은 선조의 이름을 반복해서 부르며 자신의 죄를 참회하는 방식으로 이루어진다. 순례 도중에는 맨발로 다니고, 식사는 하루에 한 끼만 먹는다. 잠은 노천에서 자며, 해가 있는 동안에는 술과 담배를 하지 않는다. 무덤이 없는 힌두교 신자들은 선조들에게 이런 방식으로 공양을 하는 것이다.

■ 신격 : 성석(聖石)

신의 화신 암모나이트

돌도 인간의 신앙의 대상이 되는 경우가 있다. 인도 농촌 지역에 있는 사당에서는 자연석을 신으로 모셔놓은 모습을 어렵지 않게 보게 된다. 등불과 공물, 꽃 등이 바쳐져 있는 모습에서 돌에 대한 사람들의 신앙심이 상당히 깊다는 것을 느낄 수 있다. 이 중에는 표면이 조각된 것처럼 보이는 돌도 있다.

숭배받는 돌 중에서 가장 인기 있는 것이 살리그라마라 불리는 암모나이트 화석(化石)이다. 신심이 깊은 힌두교 신자 집안에서는 이 돌을 신의 거룩한 신체로 생각하고, 향과 물 같은 공물을 바친다. 살리그라마는 비슈누 신의 화신으로 여겨지기도 한다.

'불길함'을 암시하는 토성

비슈누 신은 인간의 운명을 주재하는 나바그라하(Navagraha)라는 아홉 개의 행성을 창조했다. 이 아홉 개의 행성은 수리아(태양), 소마(달), 브다(수성), 슈크라(금성), 만가라(화성), 브리하스파티(목성), 사니(토성), 라후(일식과 월식을 일으키는 별), 케토(혜성)이다.

비슈누 신이 토성(사니Sani)에게 부여한 임무는 인간에게 닥치는 불행이나 불길한 기운을 조절하는 것이었다. 당시 천문학에서는 토성이 지구에서 볼 수 있는 가장 먼 행성이었다. 어두운데다 운행도 늦었기 때문에 '사악한 눈'이라는 이미지를 갖게 된 토성에게 부여된 이런 캐릭터는 서양의 점성술과도 일맥상통하는 면이 있다.

토성은 자신의 임무를 맡은 대가로 12년간 일을 하면 놓아달라는 부탁을, 브라마 신을 통해 비슈누 신에게 전했다. 브라마 신은 이 요구를 전하기 위해 비슈누 신을 찾아갔지만, 그 무렵 비슈누 신은 간다키(Gandaki) 산으로 변신해 있었다. 그래서 브라마 신은 어쩔 수 없이 토성의 부탁을 들어주지 못했다.

토성은 한참을 기다려도 아무런 응답이 없자 비슈누 신과 직접 담판을 짓기 위해 벌레로 변신한 다음, 간다키 산을 야금야금 파먹어들어갔다. 그러자 비슈누 신은 아파서 도저히 견딜 수가 없었다. 결국 본래의 모습으로 돌아온 비슈누 신은 토성의 요구를 들어주게 되었다.

그때 이후로 네팔에 있는 간다키 산에서 나는 '벌레가 파먹은 돌', 즉 암모나이트가 비슈누 신의 화신으로 신앙의 대상이 되기에 이르렀다. 이 돌은 검은색이며, 크기는 손바닥만하다. 현재도 네팔에 가면 관광객을 상대로 이 암모나이트를 파는 모습을 어렵지 않게 볼 수 있다.

제6장
오래된 신들

오래된 신들의 프로필

『리그베다』는 베다 시대의 경전 중에서 가장 오래된 것인데, 아리아인들이 인도 대륙에 침입한 후 인더스 강 유역의 펀자브 지방에 정착할 무렵인 기원전 10세기경에 만들어진 것으로 추정된다. 이 경전을 바탕으로 브라만교는 인도 대륙에서 가장 유력한 종교로 부상했지만, 다른 한편으로는 기존의 토착 종교와 경쟁하는 과도기였다고도 할 수 있다.

당시 브라만교의 신들 중에는 그리스나 로마, 페르시아의 신들과 유사한 신격을 지닌 신들도 적지 않았으며, 유럽이나 페르시아로 광범위하게 퍼져나간 아리안 문화의 영향을 받으면서 인도 고유의 토착적인 문화도 더해지게 되었다.

『리그베다』에 등장하는 신들의 특징은, 주요 신들의 거의 대부분이 자연계의 여러 현상들과 구성 요소들을 신격화한 것이라는 사실이다. 그 밖에도 하천이나 산은 물론이고, 직능이나 추상 관념을 신격화한 것도 상당수 존재한다. 그래서 원래 다신교였다는 것을 증명이라도 하듯 절대적인 힘을 가진 최고신은 존재하지 않는다.

다만 『리그베다』에 등장하는 빈도수나 신화 속에서 맡은 역할에 따라 신들의 인기 정도를 파악하는 것은 가능하다. 당시 가장 인기 있었던 신은 인드라 신이었고, 그 다음은 불의 신 아그니였다. 신들은 모두 우주의 질서를 존중하고, 초인적이면서도 인

간적인 향취를 가지고 있었다는 점이 사뭇 흥미롭다.

제6장에서 소개할 '오래된 신들'은 브라만교가 힌두교로 재정립될 때 대규모 '인사 이동'을 경험하게 되었다. 신들의 승진이나 좌천은 사실 아리아인들의 급격한 생활 양식의 변화에서 비롯되었다고 할 수 있다. 코카서스 지방에서 유목민으로 살아왔던 그들은 인도 대륙에 정착하면서부터 농경 생활을 기본적인 삶의 양식으로 받아들이지 않을 수 없었던 것이다. 이를 다르게 표현하면 힌두교는 그 형성 과정에서 원주민이 가지고 있던 기존의 신앙과 필연적으로 융합되었다는 것을 의미한다. 따라서 힌두교에 등장하는 신들의 근원을 이해하려면 반드시 '오래된 신들'의 캐릭터를 이해해야 된다. 이번 제6장에서는 오래된 신들에 대해 자연신, 곧 천계신 · 천공신 · 지계신과 인문신으로 나누어서 살펴보도록 하겠다.

천계신(天界神)

자연신은 크게 세 가지로 나눌 수 있다. 천계와 지계, 그리고 그 중간에 있는 천공(天空)이다.

천계신은 언제나 인간의 머리 위에서 빛나는 하늘과 같은 존재들이다. 그래서 결코 인간 세계와는 어긋나는 법이 없다.

천신 디아우스 Dyaus

디아우스는 '허공' '대공(大空)'을 의미하는데, 대개의 경우 그 혼자만의 이름을 부르지 않고 지신(地神)인 프리티비(Prithivi)와 함께 디아바프리티비(Dyavaprithivi), 즉 천지 양신으로 불리는 경우가 많다. 이 두 신에 의해 여러 신들이 탄생했다. 디아우스 신은 신들의 아버지이기 때문에 디아우스 피타(Dyaus-Pita)라고 불리기도 한다. 그리스 신화의 제우스(Zeus), 로마 신화의 주피터(Jupiter), 그리고 북구 신화의 토르(Thor)와 동일한 성격의 신이라고 할 수 있지만, 그들만큼 중요시되지는 않는다.

법의 신 바루나 Varuna

인드라 신만큼이나 강력한 세력을 가진 신으로, 만인의 존경을 받는 법의 신이다. 그가 호위하는 리타(하늘의 법칙)와 브라타(서약)에 따라 우주의 질서가 유지된다.

바루나 신은 흰옷을 입고 바다의 괴물인 마카라(Makara)에 올라타고 있는 모습으로 묘사된다. 사람들의 행동거지를 감시해서 엄격하게 처벌 여부를 판단하는데, 그가 내리는 벌은 무서운 '탈수병(脫水病)'이라고 한다. 냉철하고 엄격한 신이지만 자신의 잘못을 뉘우치고 마음을 고쳐먹기로 맹세한 사람에게는 자비를 베풀어줄 만큼 온정도 풍부한 신이다. 인간의 생명을 지키기 위

해 갖가지 의약품을 가져다주는 것도 그의 은혜라고 한다.

바루나라는 말은 원래 '푸른 하늘'을 의미한다. 사실 베다 시대에 바루나는 전지전능한 신으로서 우주의 모든 법칙을 주재하는 중요한 존재였다. 그리고 조로아스터교의 최고신인 아후라 마즈다와 동일한 신격을 지닌 신이기도 하다. 후세가 되면서 물과 깊은 관계를 갖게 되어 서쪽의 수호신(제2장 참조)이 되었다.

태양신 수리아 Surya

수리아라는 말은 '태양'을 뜻하며, 프랑스어 솔레이유, 이탈리아어 솔레와 같은 의미라고 할 수 있다. 수리아는 가장 구체적인 형태가 있는 태양신으로, 머리가 일곱 달린 마차가 끄는 수레에 올라타고 창공을 동쪽에서 서쪽으로 달린다. 그 모습은 하늘의 보석이라고 할 만큼 아름답다. 하늘의 길은 물론 법의 신인 바루나가 미리 준비해 둔 것이다.

수리아는 여명(黎明)의 여신인 우샤스의 연인(어머니라는 설도 있다)으로도 알려져 있다.

수리아 신은 미트라 신과 바루나 신의 눈으로도 활약한다. 그는 모든 인간들이 우러러보지만, 스스로는 모두를 내려다보는 존재이므로 인간들의 행위를 감시하는 눈의 역할을 맡고 있기 때문이다.

사람들은 그의 감시하에 있음으로써 목적을 달성할 수 있다고 믿었다. 즉, 모든 생물과 무생물의 보호자로서 숭배받았던 것이다. 그의 아버지는 천신 디아우스로 알려져 있다.

미트라 Mitra

이 신은 대지로 쏟아져내리는 태양빛이 가진 '모든 생물을 성장시키는 작용'을 신격화한 것이다. 미트라라는 말은 '계약'을 뜻하며, 그 계약에 따라 맺어진 '맹우(盟友)'라는 의미가 첨가되어 계약과 우정을 수호하는 신격을 가지게 되었다. 『리그베다』에서는 그다지 중요시되지 않았을 뿐만 아니라 후세 인도인들에게도 거의 잊혀진 존재가 되었지만, 고대 이란인들이 신봉했던 조로아스터교의 경전인 『아베스타』에서는 '죽음에서 구해 주는 신' 또는 '승리자' 등으로 예찬되었다.

로마 제국에서는 1세기부터 4세기 중반까지 미트라교(Mithrasism)라는 밀교가 유행했는데, 이 종파의 주신 미트라는 그 성격이 인도의 미트라 신과는 적지 않은 차이가 있었지만 이란인들을 통해 받아들인 미트라 신과는 동일한 신이었다.

사비트리 Savitri

사비트리는 '자극을 주는 존재' '고무(鼓舞)하는 존재'라는 의미를 가지고 있으며, 일반적으로는 '격려의 신'으로 알려져 있다. 이 신은 모든 존재를 고무하고 격려하며, 전진을 재촉하는 역할을 맡고 있다. 아리아인들은 태양의 역할을 몇 개로 분류해서 그에 걸맞게 신격을 부여했는데, 사비트리 신은 태양이 모든 존재에 차별을 두지 않고 효과적으로 '자극'을 주는 측면을 상징화한 것이다.

구체적으로 사비트리 신은 온몸이 황금색으로 빛나며, 금색 마차에 올라탄

모습으로 등장한다. 그리고 양손을 넓게 펼쳐서 전세계를 황금색으로 밝게 비추며, 모든 살아 있는 존재나 죽은 자, 무생물에게 활발한 생의 기운을 북돋운다. 그리고 이 신은 살아 있는 사람들에게 지혜와 장수의 복을 주며, 죽은 자에게는 그 영혼을 하늘로 인도하는 역할도 맡고 있다.

사비트리 신의 '고무·격려'하는 힘은 프라사바(Prasava)라 불리는데, 신들이 어려운 일과 맞닥뜨리면 이 프라사바를 받아 자신의 능력을 증강시킨 후에 행동에 들어간다고 한다.

인도인들이 가장 신성한 신들에게 바치는 가야트리 찬가(제1장 '사라스바티'항목 참조)는 바로 이 사비트리 신을 칭송하는 것이다. 브라만 계급으로 태어난 남자는 매일 아침 이 찬가를 바치는 것이 중요한 일과의 하나로 되어 있다.

푸샨 Pushan

푸샨이라는 말은 원래 '기른다'는 뜻이지만, 『리그베다』에서는 '영양(榮養: 잘 봉양함)'을 상징하는 신으로 등장한다. 이 신은 미트라나 사비트리와 마찬가지로 태양 숭배에서 나온 것으로, 태양이 가진 '생장력'을 신격화한 것이다. 신으로서의 지위는 그다지 높지 않지만, 태양신 수리아의 사자(使者)로서 그의 딸인 '수리야'를 자신의 아내로 맞아들인다.

푸샨 신의 가장 큰 특징은 '영혼의 길 안내를 하는 신' 또는 목축신의 성격을 가지고 있다는 것이다. 푸샨은 언제나 암컷 산양이 끄는 차를 타고 인간이나 가축을 철저하게 감시한다. 만약 가축이 죽거나 사라진 재산이 있으면 이 신이 찾아내 돌려준다고 한다. 그리고 이 신은 죽은 인간의 영혼을 피트리 (Pitri)의 세계로 안내하는 역할도 맡고 있다. 하지만 푸샨 신은 아리아인들이 인도 대륙에 침입한 후에 농경 생활을 하게 되면서부터는 점차 그 영향력을 잃어가게 되었다.

후세가 되면서 푸샨 신은 신들 사이에서 벌어진 어떤 사건 때문에 이가 없는 신이 되고 말았는데, 그 사연은 이러하다.

어느 때 신들은 제사에 초대되어 많은 공물을 받았다. 그런데 공교롭게 루드라 신(후에 시바 신) 혼자만 초대를 받지 못했기 때문에 몹시 화가 난 그는 제사 장소에 나타나 공물을 향해 활을 쏘았다. 힘차게 날아간 그의 화살이 푸샨 신에게 바쳐진 공물을 꿰뚫고 말았다. 하지만 푸샨 신은 그런 사실도 모르고 화살이 박힌 공물을 모조리 먹어치웠다. 그래서 그의 입 속에는 이가 하나도 남아 있지 않게 되었다고 한다.

비슈누 Vishnu

비슈누 신 역시 태양이 신격화된 존재로, 태양의 '빛나는 작용'을 상징한다. 비슈누라는 말에는 '이 세상에 널리 퍼지다' '널리 두루 꽉 차다'라는 의미가 들어 있다.

비슈누 신은 몸집이 큰 젊은이의 모습으로 표현되는데, 『리그베다』에서는 삼계(천계 · 공계 · 지하계)를 단 세 걸음에 차지했다고 기록되어 있다. 원래 그는 다른 신들에 비해 영향력이 약했으며, 그 존재 자체도 희미한 신이었다.

하지만 후세로 내려오면서 사람들에게 대단히 인기가 높아져 브라마 신, 시바 신과 더불어 힌두교의 3대 신으로 군림하게 되었다. 힌두교 시대에서의 활약에 대해서는 제1장 '비슈누 신' 항목을 참조하기 바란다.

비바스바트 Vivasvat

비바스바트는 '빛나는 자'라는 뜻으로, 아리아인들이 인도에 침입하기 이전부터 믿어왔던 신이다. 따라서 그 연원이 대단히 오래된 신이라고 할 수 있다. 일설에는 태양신 수리아의 다른 이름이라고도 한다.

『리그베다』에서는 최초의 제관(祭官)으로, 사자(死者)의 왕 야마와 인류의 시조인 마누의 아버지로 등장한다. 태양신의 하나였지만, 후세가 되면서 점차 영향력을 상실하고 잊혀진 존재가 되었다.

아디티아 Aditya

아디티아는 '구속되지 않은' '때묻지 않은' '무한(無限)'이라는 의미를 가지고 있으며, 아디티 여신의 아들로 태양신 수리아의 별칭이기도 하다. 후세로 내려오면서 하나의 신이 아닌 여러 신을 하나로 묶어서 이르는 명칭이 되었다. 『리그베다』에서는 5~8명의 신을 지칭하는데, 여섯인 경우에는 바루나, 미트라, 아리야만, 다크사, 바가, 암샤를 가리킨다.

이들은 태양빛과 깊은 관계가 있으며, 크샤트리아(무사 계급)의 권리를 수호하는 것으로 알려져 있다. 우주의 지배권을 이들이 가지고 있다고 한다.

우샤스 Ushasu

태양이 동쪽 하늘에 모습을 드러내는 순간 지상의 모든 것은 연분홍빛으로 뒤덮인다. 새벽이 열리는 것이다. 이 '새벽'을 상징하는 존재가 여명의 여신 우샤스다. 그녀는 천신 디아우스의 딸이며, 밤의 신인 라트리와는 자매 사이다. 우샤스라는 말은 '빛나다'는 뜻으로, 영어 오로라(Aurora)와 같은 어원을 가지고 있다. 매일 아침 태어나는 우샤스는 젊고 아름다운 여신으로, 태양신 수리아의 아내 혹은 연인으로 알려져 있다. 수리아가 날마다 우샤스를 쫓아가서 껴안으면 금방 소멸해 버리고 마는 것이다.

우샤스는 수많은 암소, 또는 말이 끄는 빛나는 마차를 타고 있는 모습으로

등장한다. 그리고 매일 아침 태양보다 먼저 하늘에 나타나 암흑을 내쫓아서 인간을 비롯한 모든 살아 있는 생물이 눈을 뜨게 하는 역할을 맡고 있다. 그래서 베다의 시인들은 우샤스에게 최고의 찬가를 지어서 바치기도 했다. 그리고 인도인들은 어머니 손길이 닿은 아름다운 처녀나 금은보석으로 치장한 무용수, 방금 목욕을 끝마쳐서 물방울이 떨어지는 미녀를 우샤스에 비유하기도 한다.

아슈빈 쌍둥이신 Ashvunau

아슈빈 쌍둥이신(제5장 '아슈빈 쌍둥이신' 참조)은 '말(馬)을 가진 자'를 뜻하며, 이들의 별명인 나사탸(Nasatya)는 '구하다'라는 의미를 가지고 있다.

아슈빈 쌍둥이신은 황금색의 쌍둥이 전사로서, 구름을 헤치고 나타나 새벽의 여신인 우샤스를 위해 길을 닦는다. 이들의 주된 임무는 신들을 치료하는 의사지만, 일반적으로는 농업·목축과 관계가 있으며, 특히 말과 깊은 관련이 있다. 그리고 출산과 치료, 젊음을 되찾게 해주는 신으로도 알려져 있다.

이들이 타고 다니는 삼륜 마차는 공예에 뛰어난 리부 3신이 만든 것으로, 여기에 올라탈 때는 전사답게 각종 장비를 신체에 부착하고 이슬을 흩뿌린 채찍을 지참한다.

공계신

공계신(空界神)은 지상 세계와 천계를 연결하는 역할을 맡고 있다. 공계에 군림하면서도 때로는 인간들이 사는 세계와도 접촉을 하는 신들이다.

인드라 Indra

인드라 신은 『리그베다』에 등장하는 신 중에서 가장 인기가 높다. 무인 계급(크샤트리아)의 신인 인드라는 사람들을 괴롭히는 악마들을 철저하게 격퇴하는 영웅신이다. 반면에 그는 신이라고 생각하기 힘들 만큼 난폭하며, 소마주(酒)를 엄청나게 많이 마시는 술꾼의 면모도 지니고 있다. 한마디로 대단히 인간적인 냄새가 풍기는 성격을 소유한 신인 것이다. 이런 그의 서민적인 풍모가 인기를 모았기 때문인지, 베다 경전의 많은 찬가들이 그에게 바쳐진 것들이다.

인드라 신은 전신과 수염이 온통 다갈색 털에 뒤덮여 있는 군인의 모습으로 묘사되며, 하리라고 불리는 말이 끄는 전차를 타고 다닌다. 신주 소마를 많이 마시며, 바주라(번개)를 무기삼아 대부분의 악마들을 물리치는 용사의 모습으로 사람들 앞에 등장한다.

인드라 신의 존재가 가장 강렬한 인상을 남긴 것은 사상 최강의 악마인 브리트라를 물리친 공적 때문이다. 이것을 자연 현상에 대입시켜 생각해 보면, 물을 독점한 악마 브리트라는 겨울을 상징하고, 그런 악마를 물리치고 대지에 물을 가져다준 인드라 신은 히말라야의 눈마저도 녹게 만드는 봄을 상징한다고 볼 수 있다. 따라서 인드라 신과 악마 브리트라의 싸움은 계절이 존속되는 한 매년 되풀이되는 것이다.

인드라 신의 구체적인 이미지는 유목 민족이었던 젊은 아리아인 전사의 모습이다. 이민족과 전쟁을 되풀이하면서 인도 대륙 남쪽으로 이동했던 아리아인들의 선봉으로서, 젊은 전사는 언제나 미지의 적의 공격을 받으며 남진해야 했다. 그리고 인드라 신은 조로아스터교에서는 브라만교와 달리 마신(魔神)으로 등장한다.

루드라 Rudra

루드라는 '외치다'는 의미를 가지고 있으며, 정기적으로 인도를 휩쓸었던 사이클론(태풍)을 신격화한 것이다. 신화 속에서는 그다지 영향력이 크지 않았으며, 적갈색으로 빛나는 강인한 피부에 활과 화살을 무기로 가지고 있었다.

루드라 신은 '사나운 신'의 전형이라고 할 수 있는데, 한번 화를 내면 그 누구도 막을 수 없는, 우주 전체를 파멸시킬 수 있을 만한 능력을 가진 존재다. 이 야만적인 신을 부타파티(Bhutapati=마왕)라는 별명으로 부르는 것에서도 알 수 있듯이 신이라기보다는 악마 쪽에 가까운 캐릭터의 소유자다. 그래서 고대 이란의 종교인 조로아스터교에서는 신이 아닌 아수라로 등장한다.

하지만 강력한 힘을 가진 신은 어느 세상에서나 두려운 법이다. 북구 신화

의 최고신인 오딘(Odin, 판타지 라이브러리 『켈트·북구의 신들』 참조)도 시체를 먹어치우는 악마적인 요소를 가지고 있다. 오딘과 루드라, 이 둘은 적지 않은 공통점을 가지고 있는 신들이다.

실제로 루드라 신의 잔인한 성격은 종종 사람들을 공포의 나락으로 떨어뜨린다. 인류의 시조인 프라자파티가 딸과 근친상간을 범하는 사건을 일으켰을 때 루드라 신은 무서운 분노를 드러냈다.

"이렇게 간절히 부탁드립니다. 제발 저를 쏘지 말아주십시오. 저를 쏘지 않으신다면, 백수의 왕(파슈파티Pashupati)이라는 칭호를 드리겠습니다."

두려움에 떠는 프라자파티의 애원에도 불구하고 루드라 신은 그를 무자비하게 죽여버렸다. 루드라 신이 가지고 있는 필살의 화살은 인간이나 가축을 향하기도 한다. 인간들은 그의 화살이 정확하다고 칭송하면서도 다른 한편으로는 자신이 그 표적이 되지 않게 해달라고 그에게 기도를 드린다.

루드라 신은 후세로 내려오면서 시바 신으로 이름이 바뀌어 인도 전역에서 강력한 세력을 가지게 되었다. '사납고 난폭한 신'은 대영웅이 될 만한 충분한 자격을 갖추도 있었던 것이다.

마루트 Marutah

마루트 신군(神群)은 루드라를 아버지로 둔 폭풍우신이다. 언제나 여러 명의 신으로 등장하는 이들은 바람과 구름들을 움직여서 산을 뒤흔들거나 비를 많이 내리게 해서 숲을 황폐하게 만드는 폭풍우를 신격화한 것으로 피부색은 마치 화염처럼 붉다. 마루트는 한번 진군을 시작하면 맹수처럼 울부짖으며 미친 듯이 모래먼지를 일으키고, 세차게 비를 퍼부어서 수목을 쓰러뜨리기도 한다. 이들은 인드라 신의 부하로 활약하는 경우가 많다.

바타 Vata/바유 Vayu

바타 신과 바유 신은 원래 '바람'을 의미하며, 바람이 가진 위력을 신격화한 것이다. 바타 신보다 바유 신이 구체적인 형태의 바람신으로 더 널리 알려져 있는데, 인드라 신이 타고 다니는 마차의 마부로서 인드라 신을 보좌한다. 따라서 인드라 신보다 더 높은 지위의 신은 아니며, 인드라 신의 친구나 동맹자로서 함께 소마주를 즐겨 마시는 사이라고 하겠다.

바타 신은 '생기(生氣)'에서 태어났으며, 사람들에게 명성과 지위, 재산을 가져다주는 신이다. 후세에는 북서쪽의 수호신이 되었다.

파르잔야 Parjanya

이 신은 아리아인들이 각지로 흩어지기 이전부터 존재했던 신이다. 파르잔야는 '비' '비구름'을 뜻하는데, 비슷한 신의 이름이 북구 신화에도 등장한다. 폭풍우의 신인 마루트 신군, 바람의 신인 바타 신과도 깊은 관계가 있으며, 인드라 신과 유사한 면도 있다.

비는 지상의 식물을 자라나게 해서 사람들에게 풍요의 혜택을 가져다준다. 따라서 비를 신격화한 파르잔야 신은 인간과 가축을 번영시키는 존재로서 모든 생명체의 지배자라는 지위를 얻게 되었다. 후세에는 이러한 신격이 점차 변해서 집을 지을 때 수호하는 신이 되었다.

아푸 Apu

아푸는 물을 지배하는 여신이다. 아푸는 '물'을 의미하는데, 불교에서 성수(聖水)를 '아카수'라고 부르며, 라틴어로는 아쿠아(aqua)다. 물은 만물을 깨끗하게 하고, 부정한 것을 없애기 때문에 인간은 목욕을 통해 죄나 병을 떨어내고, 불사의 힘도 얻게 된다. '정(淨)·부정(不淨)'의 사고방식은 인도인들에게 깊게 뿌리 박혀 있는데, 정화하는 힘을 가진 물의 존재는 불[火]과 마찬가지로 인도인들의 생활에 강한 영향을 주었다.

유감스럽게도 아푸 여신은 후세가 되면서 점차 세력을 잃어버렸지만, '부정한 것을 없애는' 물의 역할은 지금도 사라지지 않고 목욕의 형태로 매일 이루어지고 있다.

지계신

지계신(地界神)은 오로지 지상에만 존재하는 신격이다. 그런 만큼 땅 위에서 살아가는 인간들과 대단히 가까운 곳에 있는 것이다.

프리티비 Prithivi

프리티비는 '넓은 것'이라는 뜻으로, '대지'를 의미한다. 원시적인 형태의 토지신이라고 할 수 있는 이 여신은 천신 디아우스와 함께 드야바프리티비 (Dyavaprithivi)라는 이름으로 불리기도 한다.

이 여신과 관련된 신화를 소개해 보도록 하자.

옛날에 사악한 성격을 가진 베나(Vena)라는 왕이 있었다. 그는 조금도 신들을 믿지 않았기 때문에 성자들은 그를 죽여버렸다. 그런데 왕이 죽고 나자 왕국은 온통 악인들의 차지가 되었다. 성자들은 차라리 이럴 바에는 베나 왕이 다스리던 때가 더 나았다고 후회하면서 사체가 된 베나 왕의 넓적다리를 문질러보았다. 그러자 그곳에서 아주 새까만 난쟁이가 나왔다. 이 난쟁이는 베나 왕의 죄악이 구체화되어 나타난 것이었다. 성자들은 그에게 자리에 앉으라고 명령했다. 그런 다음 깨끗하게 씻은 베나 왕의 오른팔을 문지르자 빛나는 왕자가 출현했다. 성자들은 이 왕자에게 프리투(Prithu)라는 이름을 붙이고,

그에게 왕위를 계승시켰다.

그런데 프리투 왕이 통치한 지 얼마 지나지 않아 왕국에 기근이 들었다. 대지의 여신 프리티비가 지상에서 수확을 하지 못하게 만들었기 때문에 사람들이 곤경에 처한 것이었다. 그래서 프리투 왕은 프리티비를 산 제물로 삼아 수확을 거두기로 했다. 프리티비는 암소 모습으로 변신해서 도망을 다녔지만, 결국에는 프리투 왕에게 붙잡히고 말았다.

"여자를 죽이는 것이 큰 죄라는 사실을 모르지는 않겠지?"

"설사 내가 한 가지 죄를 짓더라도 세상 모두가 행복하게 된다면 나는 결코 주저하지 않을 테다."

프리투 왕의 말을 들은 프리티비는 이미 썩어버려 수확을 하지 못하게 된 식물들을 모두 소생시켜 주겠다고 약속하는 대신 두 가지 조건을 내놓았다. 한 가지는 사람들을 위해 우유를 많이 짤 수 있는 암소를 찾아달라는 것, 또 한 가지는 식물의 씨앗을 뿌릴 수 있도록 대지를 편평하게 만들어달라는 것이었다. 프리투 왕은 두 가지 약속을 모두 지켰다. 목축과 농경의 역사는 이렇게 해서 시작되었다고 한다.

사라스바티 Sarasvati

사라스바티 여신은 '호수의 부유한 자'라는 의미를 가지고 있으며, 『리그베다』에 등장하는 가장 대표적인 강의 여신이다.

사라스바티 여신은 '최고의 어머니, 강 중에서 가장 높은 자'로서, '여신 중의 여신'이라는 최상급의 찬사를 받는다. 이 여신의 별명은 스바가(Subhaga)이며, 사람들에게 부와 명예, 행복, 식물을 가져다주는 역할을 맡고 있다. 또

한 농작물을 생장시켜서 수확하게 해주는 신이기도 하다.

그런데 점차 물이 가진 정화작용을 중시하면서부터 이 여신은 물가에서 열리는 제사의 보호자 역할도 겸하게 되었다. 후세에는 가야트리(운율, 찬가의 여신)와 동일시되어 브라마 신의 아내로 등장한다. 사라스바티가 대단히 아름다운 여인의 모습으로 그려지는 것은, 브라마 신이 이 여신을 언제나 쳐다보려고 머리를 다섯 개나 만들었다는 이야기에서 유래한 것이다(제1장 '브라마 신' 항목 참조).

인문신

여기에서 소개하는 인문신(人文神)은 자연 현상의 신격화라는 소박한 신앙 형태에서 한 걸음 더 나아가 인간이 삶을 영위하는 사회 속에서 신격화된 신들이다. 구체적으로는 목축신, 농경신, 기술신, 제식(祭式)신 등이다.

시타 Sita

시타는 '밭이랑' 을 의미하며, 농작물의 수확이나 축복을 내려주는 여신이다. 이 신은 농경이 활발하게 이루어짐에 따라 점차 신앙의 대상으로 확고하게 자리잡게 되었다. 후세의 서사시『라마야나』에서는 주인공인 라마 왕자의 아내로 등장한다.

라마 왕자와 나찰왕 라바나 사이에 벌어진 전쟁의 발단도 라바나가 그녀를 납치했기 때문이었다. 이 서사시에서 시타는 정절을 지키고, 남편의 명예를 위해 목숨을 바칠 만큼 깊은 애정을 지닌 여인으로 묘사되어 있어 지금도 인도 여성의 귀감으로 칭송받고 있다.

트바스트리 Tvastri

트바스트리는 '공작자(工作者)'라는 의미를 가지고 있다. 이 신은 일상 생활에서 필요한 여러 가지 도구를 만들어냈다. 인도인들은 호미와 가래, 수레, 집, 의복 등을 신들이 만들었다고 생각했는데, 그런 신 중에서 가장 대표적인 존재가 바로 이 트바스트리다. 인드라 신의 바주라(금강 방망이), 브라흐마나스파티(기도의 신)의 쇠도끼, 주신 소마의 술 저장고도 모두 그가 만든 것으로 알려져 있다.

트바스트리 신이 가진 기술의 비밀은 아름답고 유연한 손에 있는데, 단순한 물건만이 아니라 천지의 모든 장식, 인간과 동물의 형태도 그가 만들어냈다. 게다가 인간 태아가 어머니의 뱃속에서 자라나게 하는 것도 이 신이 맡은 일이다.

일설에 따르면, 트바스트리 신의 딸인 사라뉴가 태양신 비바스바트에게 시집을 가서 최초의 인간이 된 야마(죽음의 신)와 야미(야마의 여성형)를 낳았기 때문에 그는 '인류의 할아버지' 라는 칭호를 가지고 있다고 한다.

공예와 기술의 신은 세계 각지의 여러 신화 속에도 존재한다. 그리스 신화에 등장하는 헤파이스토스와 이집트 신화의 부타도 트바스트리와 같은 성격의 신으로 볼 수 있다.

비슈바카르만 Visvakarman

비슈바카르만은 '모든 것의 창조자' 라는 의미로, '천지 창조' 의 힘을 신격화한 것이다. 『리그베다』에서는 우주 창조신으로 칭송되며, 그뒤 문헌에서는 조형신(기술신)으로 등장한다. 트바스트리 신과 유사한 신격을 가지고 있어서 때로는 두 신의 이름을 착각하는 경우도 있다. 하지만 비슈바카르만은 트바스트리와 달리 신을 위해서만 일을 하는 것으로 알려져 있다.

리부 3신 Ribhava

리부 3신은 리부(Ribhu) · 바자(Vaja) · 비브반(Vibhvan)을 지칭하는 것으로, '리바바'라고 부르기도 한다. 이들 역시 공예와 기술의 신으로 알려져 있는데, 인드라 신을 위해 머리가 둘 달린 명마 하리와 말이 끌지 않아도 창공을 달릴 수 있는 전차를 만들어주었다. 그리고 브리하스파티에게 비슈바루파(Vishvarupa)라는 암소를 만들어준 것도 바로 이들이었다고 한다.

원래 이 세 신은 인간이었다. 그런데 공예와 기술의 신인 트바스트리가 소마주를 마시기 위해 만든 목제 잔 하나를, 아그니 신의 부탁으로 네 개로 만든 것이 신들의 높은 평가를 받아 신의 영역에 들어갈 수 있었다는 것이다. 소마주를 마셔서 '불사'의 존재가 된 이들은 나이가 든 자신의 부모를 젊게 만든 것으로도 알려져 있다. 이 신들은 인드라 신과 격려의 신인 사비트리와도 깊은 관계가 있다고 한다.

소마 Soma

『리그베다』는 신들에게 바친 찬가인데, 신들에게 어떻게 제사를 드리는가 하는 것은 아주 중요한 문제였다. 소마는 원래 야생 대황(大黃 : 마디풀과의 여러해살이풀로 시베리아 원산의 약용 식물—옮긴이)의 일종이었던 것으로 추정된다. 이 풀을 짓찧어서 거른 다음 발효시킨 술이 제사 때 바치는 중요한 공물이 되었던 것이다. 이 술은 환각과 흥분 작용이 있으며, 영감을 고양시키는 효과가 있었다.

이 불가사의한 술은 조로아스터교의 의식 때 사용하는 '하오마(Haoma)'와 동일시되었다. 소마는 아리아인들에게 대단히 귀중한 것으로, 이것을 마시면 영력과 용기, 불사의 힘을 얻을 수 있었다고 한다.

신화에서 소마는 천계의 수소, 수계(水界)의 거인, 식물의 왕, 죽은 영혼들의 거처, 어떤 병도 치료할 수 있는 성스러운 힘 등으로 표현된다.

소마는 천계와 인간계를 연결해 주는 끈이라고도 할 수 있다. 그러므로 인간이 천계의 신비를 경험하기 위해서는 소마를 마셔야 했던 것이다. 그래서 소마는 달〔月〕 속으로 들어가게 되었다. 이리하여 달이 차고 기우는 현상을 신들이 교대로 소마를 마시는 것으로 설명하였고, 그후 소마는 달 그 자체로 여겨 숭배의 대상이 되었다.

아그니 Agni

아그니는 '불'을 의미한다. 인간만이 다룰 수 있는 불은 모든 것을 재로 만들어버리기 때문에 정화 작용이 있는 것으로 간주되었고, 이런 측면이 부각되어 각종 제사에서 빼놓을 수 없는 요소가 되었다. 조로아스터교는 불을 대단히 중요시하기 때문에 흔히 배화교(拜火敎)라고도 불린다.

아그니는 『리그베다』 속에서 인드라 신과 거의 대등한 세력을 가지고 있으며, 세계의 중심인 태양과 동일시된다. 신격화된 아그니의 머리카락은 화염으로 묘사되고, 이마에는 녹아내린 버터가 빛나며, 벌어진 입 속에는 예리한 황금색 이빨이 나 있는 모습으로 표현된다. 또 다른 설에 따르면, 그는 세 개의 다리와 일곱 개의 팔, 검은 머리카락을 가진 인간의 모습으로 나타난다고 한다. 브라만 계급임을 나타내는 우파비타(성스러운 끈)를 어깨에 두르고, 입에서는 화염을 내뿜는데, 몸에서는 일곱 색깔의 빛이 퍼져나온다. 그리고 그의 소유물은 도끼와 방망이, 풀무, 횃불, 제의용 숟가락 등이다.

아그니 신은 지상은 물론이고 물 속이나 공중에서도 산다. 번개를 아내로 삼아 구름을 꿰뚫고 대지에 비를 내리는 것도 그가 하는 일이다. 그리고 그는 신과 인간을 연결하는 사자(使者)의 역할도 맡고 있다.

고대에 아그니 신에게 제사를 드릴 때는 세 종류의 불을 준비해야 했다. 하나는 신들에게 바치는 공물용으로 동쪽에 준비했으며, 또 하나는 죽은 영혼들을 위한 예배용으로 남쪽에 피웠고, 마지막으로는 식물과 공물을 불태우기 위해 서쪽을 향해 불을 피웠다고 한다.

브리하스파티 Brihaspati

브리하스파티는 '기도의 주인'이라는 의미를 가지고 있는 신으로, 제식의 신비한 요소를 신격화한 것이다. 그래서 이 신은 신의 세계에서 제관(祭官)을 맡고 있다. 천계의 왕자인 인드라 신과도 깊은 관계가 있으며, 후세에 등장하기 시작한 왕실 부속 제관의 원형이 된 존재다.

제사에서 핵심적인 역할을 하는 아그니 신과 동일시되었으며, 후에는 창조신으로까지 지위가 높아졌다.

일라 Ila

일라는 제식 때 사용되는 버터를 신격화한 것이다. 신성한 소에서 나온 젖으로 만든 버터는 등불을 켜는 데 반드시 필요한 재료였다. 일라에는 '영양(榮

養)'이라는 의미가 있다. 『리그베다』에는 '가축들의 어머니'로 등장하며, 사라스바티, 마히와 더불어 환희를 주는 세 여신 가운데 하나이기도 하다. 후세에는 이다(Ida)라는 이름으로 불리며, 제식에서 가장 중요한 신이 되었다.

만유 Manyu/타파스 Tapas

만유는 '분노', 타파스는 '열(熱)' '영(靈)' '고행'이라는 의미가 있다. 만유는 인드라 신의 '분노'가 신격화된 것으로, 타파스와 함께 악마와 적을 퇴치하는 신이 되었다. 두 신은 인도의 종교 생활에서 중요한 역할을 한 '관념'이며, 신성한 힘을 얻기 위한 수단 또는 고행을 의미하기도 한다.

맺음말

이제는 일상 용어가 되어버린 '자연 보호'나 '지구 환경 보존' 같은 이야기들을 접할 때면 동양과 서양의 차이를 생각하게 된다. '자연 보호'나 '지구 환경 보존'이란 말은 인간 중심적인 사고에서 나온 것이라고 할 수 있다. 여기에는 '인간에게 아름다운 자연'이라든가 '인간을 위한 지구'라는 좋은 의미가 담겨 있는 듯하지만 실제로 그렇게 생각할 수 있는 것만은 아니다.

정직하게 말하면, 본래 자연의 모습은 그다지 아름다운 것이 아니다. 원시림을 보면 알 수 있듯이 잡다한 수목들이 빽빽하게 들어서 있을 뿐이다. 우리 인간들이 아름답다고 생각하는 자연은, 자연 그대로의 모습이 아니라 인간의 의도에 맞게 '만들어진' 자연이다.

지구 환경을 파멸로 이끄는 장본인이 바로 우리 인간이라는 사실만큼은 어느 누구도 부인할 수 없는 분명한 사실이다. 이러한 문제가 일어나게 된 근본 원인은 서양적 세계관에 바탕을 둔 과학기술 문명의 급속한 발전에 있다고 할 수 있다. 자연에 순응하기보다는 '인간의 행복을 추구한다'는 미명하에 자연을 '정복' 대상으로 삼은 결과가 엄청난 재앙으로 나타나고 있는 것이다.

오늘날 이러한 인간 중심적 사고에서 비롯된 각종 재앙들을 시정하기 위한 다양한 형태의 운동이 활발하게 펼쳐지고 있다. 하지만 이러한 행동들 역시 다분히 편의적인 것이라고 하지 않을 수 없다. '지구상에서 마지막으로 남아 있는 자연'이라는 이유로 아마존과 캐나다의 원시림에 대한 벌채를 금지하라고 외치지만, 이는 도시에 살면서 각종 문화의 혜택을 충분히 누리고 있는 사람들에게는 아무런 고통이 되지 않는 단지 '관념적인 당위'일 뿐이다. 산업화를 통해 이미 개발된 도시는 단 한 겹의 아스팔트조차도 벗겨내지 못하면서 자신에게 피해나 불편이 없을 때만 목소리를 높이는 것이다.

종(種)의 보호라는 명분으로 이루어지는 동물 보호 대책에도 '동물은 보이지 않는' 일방적인 시각이 들어가 있는 것처럼 비쳐진다. 사람의 숨결만 느껴지는 것이다. 이는 서구 휴머니즘의 명백한 한계라고 하지 않을 수 없다.

하지만 힌두교라는 종교는 인간을 중심에 두지 않는 사상이라고 할 수 있다. 인도인에게 자연은 단순히 아름다운 존재일 뿐만 아니라 '경외'의 대상이기도 하다. 즉, 정복의 대상이 될 수 없는 존재다. 힌두교에는 단선적인 인간의 가치 기준만으로는 받아들이기 힘든 부분이 상당히 많다. 힌두교의 우주관과 종말관은 인간의 사고를 초월할 만큼 그 스케일이 크다. 서양 사상에서는 감히 상상하기 힘들 정도로 인간의 존재가 작게 느껴지는 것이다. 물론 인간에 의해 만들어진 종교이기 때문에 한계가 있지만, 분명히 서양적인 휴머니즘의 한계를 뛰어넘는, 한 걸음 더 앞선 사유(思惟)가 있는 것만은 분명하다고 할 수 있다.

사이 다케오

[참고문헌]

〔사전류〕
동양사 사전(東洋史辭典) 京都大 東洋史 辭典 編纂會 東京創元社
세계 종교 대사전(世界 宗教 大辭典) 山折哲雄 監修 平凡社
세계의 종교와 교전(世界の宗教と教典) 金岡秀友 外 自由國民社
신화 · 전승 사선(神話 · 傳承辭典) B.G ウォーカー 大修館書店
인도 신화 전설 사전(インド 神話傳說辭典) 菅沼晃 編 東京堂出版
일본 불교어 사전(日本 佛教語辭典) 岩本裕 平凡社

〔인도 신화〕
라마야나 1 · 2(ラーマーヤナ) 岩本佑譯 平凡社 · 東洋文庫
마누 법전(マヌの法典) 田邊繁子 譯 岩波書店 · 岩波文庫
마하바라타(マハバーラタ) C. ラーシャーゴーバーラーチャリ 第3文明社 レグルス 文庫
시귀25화(屍鬼二十五話) ソーマヂーウサ 平凡社 · 東洋文庫
십왕자 이야기(十王子 物語) ダンディン 平凡社 · 東洋文庫
판차탄트라(パンチャタントラ) 田中於菟彌ほか 外 大日本繪畵

〔해설서〕
고대 사상(古代 思想) 中村元 春秋社
고대 인도의 과학사상(古代 インドの科學思想) 佐藤任 東京書籍
만다라 도감(マンダラ圖鑑) 西上靑曜 國書刊行會
밀교(密教) 宋長有慶 中央公論社 · 中公新書
밀교 · 코스모스와 만다라(密教 · コスモスとマンダラ) 宋長有慶 日本放送出版協會
신비와 현실 · 힌두교(神秘と現實 · ヒンドゥ教) 山崎利男 談交社
여신들의 인도(女神たちのインド) 立川武藏 せりか書房

요가의 사상(ヨーガの思想) 番場一雄 日本放送出版協會

원시 불교(元始佛敎) 中村元 日本放送出版協會

유구한 인도(悠久のインド) 山崎利男 講談社

인도 독립사(インド 獨立史) 森本達雄 中央公論社 · 中公新書

인도 문명의 여명(インド 文明の曙) 辻直四郎 岩波書店 · 岩波新書

인도 민중의 문화지(インド 民衆の文化誌) 小西正捷 法政大學出版會

인도 신화 입문(インド 神話入門) 長谷川明 新潮社

인도 신화(インド 神話) ウェロニか · イオンズ 靑土社

인도 신화(インド 神話) 上村勝彦 東京書籍

인도 아트(インド アート) H.ツインマ- せりか書房

인도교(インド敎) ルイ ルマ- 白水社

인도우주지(インド宇宙誌) 定方晟 春秋社

인도의 민속종교(インドの民俗宗敎) 齊藤昭俊 吉川弘文館

인도의 성전과 신들(インドの聖典と神々) 光島督 成文堂

인도의 신화(インドの神話) ゥルセル/モラン みすず書店

인도의 역사(インドの歴史) 近藤治 講談社 · 現代新書

인도의 축제(インドの祝祭) 齊藤昭俊 國書刊行會

일본 밀교(日本密敎) 佐和隆硏 日本放送出版協會

카스트의 사람들(カーストの民) J.A デュボア 平凡社 · 東洋文庫

힌두교사(ヒンドゥ-敎史) 中村元 山川出版社

힌두의 신들(ヒンドゥ神々) 立川武藏外 せりか書房

Hindu Epics, Myth and Legends V.G. Vitsaxis Oxford Univ. Press Delhi in Popular Illustrations

328

판타지 라이브러리 ①
판타지의 주인공들

이 책은 신화와 전설에 등장하는(귀여운, 혹은 무서운, 또는 아름다운) 존재들에게 초점을 맞추었다.

드래곤, 피닉스, 엘프, 드워프 등 한 번쯤 이름을 들어본 존재에서부터 만티코어, 에키드나처럼 고개를 갸우뚱거리게 만드는 것까지 환상세계에는 많은 존재들이 있다.

그들은 무엇을 먹고 살아가고 있을까? 어디에서 살고 있을까? 왜 그런 이름이 붙었을까? 모양새나 성격은 어떨까? 그리고 그들을 만났을 때 우리는 어떻게 반응해야 할까?

만약 판타지 문학이나 옛날 이야기를 좋아하고, 게임이나 영화의 세계에 흠뻑 빠져들고 싶으며, 모험심을 품고 있는 사람이라면, 이 책은 환상세계로의 즐거운 여행을 약속하는 완벽한 동반자가 될 것이다.

다케루베 노부아키 외 지음/ 임희선 옮김/ 변형국판/ 400쪽

판타지 라이브러리 ②
켈트 · 북구의 신들

우리에게 잘 알려진 판타지와 동화들의 유래는 북구 · 켈트의 신화와 전설에서 찾아볼 수 있다.

이 책은 민간으로 전승되어 내려오던 수많은 전설과 민화들, 귀중한 고전 속에 담긴 흥미진진한 이야기와 그 주인공들을 소개하고 있다.

광명의 신 '루', 은팔의 '누아자', 아버지 신 '다자'를 비롯한 켈트의 신과 요정들이 사악한 포워르족과 벌인 처절한 전쟁, 교활한 '오딘', 아름다운 '프레이야', 천둥신 '토르' 등 북구의 신들이 그들에 대항하는 거인족과 펼치는 아름답고 때로는 충격적인 신화가 손에 잡힐 듯 그려진다.

신화가 실제로 있었던 과거의 일을 인간의 상상력으로 각색한 것이라면, 이 책은 판타지의 고향으로 떠나는 머나먼 시간여행이 되지 않을까……

다케루베 노부아키 외 지음/ 박수정 옮김/ 변형국판/ 392쪽

판타지 라이브러리 ③
판타지의 마족들

이 책은 『판타지의 주인공들』에서 미처 소개하지 못했던, 그러나 매우 개성적이고도 독특한 캐릭터들과 판타지의 영웅들을 더욱 돋보이게 했던 매력적인 조연(助演)들을 총망라했다.

켈트와 게르만계의 요정들, 슬라브계 괴물들, 고대 메소포타미아에서 발호했던 괴물들과 페르시아의 요정 및 성수(聖獸), 그리고 인도와 최근 유명해진 발리섬의 랑다와 발롱을 덧붙였으며, 남북아메리카 대륙과 문학작품에 출몰하는 환상생물을 총괄했다.

그뿐만 아니라 지옥의 주민들(악마 · 마신)을 비롯하여, 서양의 중세미술에 등장하는 수백 종의 악마와 마신이 묘사되어 있다. 부록에는 『판타지의 주인공들』과 『판타지의 마족들』에 나오는 몬스터를 모두 담아 마족들의 특성과 활동지역을 상세히 밝혀놓은 환상생물들의 분포도가 실려 있다.

다케루베 노부아키 외 지음/ 임희선 옮김/ 변형국판/ 392쪽

판타지 라이브러리 ④

천사

신은 7일 간에 걸친 천지창조를 시작하기 전에 '불꽃' 으로 천사들을 만들었다. 그들은 항상 신의 옥좌 주변에 거주하며 '위대한 신의 대리자' 로서; 또한 '천계의 수호자' 로서 오늘도 인간의 삶을 지켜보고 있다.

하지만 우리들에게는 천사의 이미지만이 부각되고 그 내용과 탄생의 동기 에 관해서는 전혀 알려진 바가 없었다.

이 책은 천사들을 대표하는 7대 천사 이하 수많은 천사들의 탄생 배경과 역할, 그리고 인류에게 알려지지 않았던 숨겨진 메시지까지 '천사' 에 대한 모든 것을 싣고 있다.

마노 다카야 지음/ 신은진 옮김/ 변형국판/ 318쪽

판타지 라이브러리 ⑤

중국 환상세계

천지창조 이래로 신비한 산 곤륜의 웅대한 기운이 지배해 온 나라.

끝없이 펼쳐진 광활한 대지 위에서 수천 년의 세월 동안 축적된 방대한 괴기담과 기괴한 사건들로 가득한 중국의 환상세계를 소개한다.

창조신 반고와 여와, 인류보다 먼저 세상을 지배했던 제왕들과 한발 · 공공과 같은 난폭한 태고의 신들, 그리고 용, 기린으로 대표되는 환수, 불가사의한 능력의 진수들과 태세, 야구자, 강시와 같은 요괴들이 엮어내는 흥미진진한 역사의 현장으로 독자 여러분을 안내한다.

시노다 고이치 지음/ 이송은 옮김/ 변형국판/ 335쪽

판타지 라이브러리 ⑥

환수 드래곤

그 누구도 감히 넘볼 수 없었던 신비한 능력과 강력한 힘으로
수많은 신화와 전설 속에서 절대 강자로 군림한 신수.
판타지 최강의 캐릭터이자 환수들의 제왕, 드래곤의 모든 것!!

위대한 자연의 힘을 상징하는 대지의 수호자인가?
악을 지배하며 인간을 위협하는 악마의 화신인가?

성스러운 갑옷과 날카로운 창이 준비되었다면
자, 신의 가호를 빌며 당신의 운명을 시험해보라!

소노자키 토루 지음/ 임희선 옮김/ 변형국판/ 424쪽

판타지 라이브러리 ⑦
소환사

네가 원하는 것은 부인가, 영광인가?
그렇지 않으면 신에 이르는 진리인가? 피와 재앙인가?
우리들의 소환사는
가만히 앉아서 시간과 공간을 초월할 수 있다.
초월적인 힘을 가진 다른 세계의 주민을
이 세상으로 불러낼 수 있다.
그리고 그들을 움직이게 하면, 모든 바람이 이뤄질 것이다.
자, 다른 세계로의 문이 열렸다.
그들의 잔치가 이제, 시작된다…….

다카하라 나루미 감수/ 신은진 옮김/ 변형국판/ 304쪽

판타지 라이브러리 ⑧
타락천사

신은 우주를 창조하기에 앞서 천사를 창조했다.
천사들은 신의 의지에 따라 다양한 활동을 개시했다. 천체의 운행, 자연의 제어
등 그들의 활동 범위는 끝이 없었다. 그런데 천사들 가운데 일부가 반역을 꾀했
고, '전지전능'한 신은 그들을 천계에서 추방하여 지옥에 살도록 했다. 이들 '타
락천사'야말로 이 땅에 '악'을 퍼뜨리는 근원이 되었다.
왜 천사들은 신에게 등을 돌렸던 것일까? 더구나 그들이 퍼뜨린 '악'은 신이 지배
하는 세계에서도 살아남았다. 어째서일까?
신 그리고 천사와 인간…….
선과 악의 기로에 선 인간의 운명은 무엇인지, 과연 신은 어떤 계획을 가지고 있
는지, 베일에 가려졌던 어두운 천계의 비밀을 공개한다.

마노 다카야 지음/ 신은진 옮김/ 변형국판/ 327쪽

판타지 라이브러리 ⑨
신검전설

신성을 부여받은 영웅과 용감무쌍한 전사들의 무용담을 말할 때 빼놓을 수 없는
것이 있다. 바로 용, 거인, 악마, 사악한 마법사들을 상대로 휘둘렀던 창칼과 활 등
의 독특한 무기들이다. 고대 민족 신화 및 중세 유럽의 기사 이야기에서 탄생한
그 무기들은 현대의 판타지에서도 계속 활약하고 있다. 『신검전설』은 그동안 우
리가 궁금해했던 판타지의 신검·성검·마검·명검의 신비한 내력과 속성, 특수
한 능력을 체계적으로 정리하였으며, 통쾌하지만 때로는 무시무시했던 그들의
활약상을 총망라했다. 만약, 당신의 눈앞에 놓인 보검이 신의 권위와 힘을 상징하
는지, 아니면 악마의 저주받은 힘과 파멸을 의미하는지 알고 싶다면 이 책이야말
로 최선의 안내자가 될 것이다.

사토 도시유키 외 지음/ 이규원 옮김/ 변형국판/ 303쪽

판타지 라이브러리 FANTASY LIBRARY 시리즈

수많은 영웅호걸들에 의해 파란만장하게 수놓아진 천하쟁패의 역사!!
영원한 고전 『삼국지』를 각 인물의 데이터를 중심으로 살펴본다.
『삼국지』를 알게 된 것은 학창 시절 TV와 게임에서였다. 무려 18시간이나 게임을 하다 맥이 풀려 키보드 앞에서 졸다가 퍼뜩 깨어보니 게임 종료 화면만 떠 있었던…… 그런 바보 같은 추억이 있었다. 그러나 게임을 진행하다가 '전투력·지력·정치력·활약도 면에서 이 무장의 수치가 과연 정확한 걸까?'라는 의문이 머릿속을 떠나지 않았고, 그때부터 나는 삼국지 만화부터 읽기로 작정했다. 이윽고 삼국지연의, 정사 등과 같은 문헌을 정신없이 탐독하기 시작했고, 어느 날 문득 주위를 둘러보니 방안이 온통 『삼국지』로 가득 차 있었다.

판타지 라이브러리 ⑩
삼국지 인물사전

고이데 후미히코 감수/ 김준영 옮김/ 변형국판/ 488쪽

칠흑 같은 밤하늘 속에서 찬연하게 빛나는 무수한 별들.
별들의 그 신비한 아름다움은 인간의 상상력에 날개를 달아주었다.
신화와 전설 속에는 유독 별자리에 얽힌 이야기들이 많다. 이는 '하늘에는 신들이 살며, 별자리는 인간의 운명을 새겨놓은 신들의 비밀문서'라는 고대인들의 우주관과 깊은 연관이 있다. 동물의 언어를 들으려는 사람에게 '솔로몬 왕의 반지'가 필요한 것처럼, 이 책은 수천 년을 반짝거리며 우주를 향해하던 별들의 속삭임을 알고 싶은 사람들에게 꼭 필요한 마법의 지도가 될 것이다.

판타지 라이브러리 ⑪
성좌의 신들

나가시마 아키히로 지음/ 신은진 옮김/ 변형국판/ 424쪽

"나는 지금 평온하게 이곳에 도착하였다"

원죄로 물든 인류의 고향, 에덴 동산
히말라야에 숨겨진 영혼의 고향, 샴발라
신비로운 도교사상의 정수, 무릉도원
켈트의 영광을 간직한 아발론 섬
신의 축복과 지혜가 가득한 시바의 왕국
사라진 전설의 대륙, 아틀란티스
신의 영역에 도전했던 신전 도시, 바빌론
무참한 살육과 피로 얼룩진 황금전설, 엘도라도
삶과 죽음의 경계를 비웃는 암살자의 계곡

판타지 라이브러리 ⑫
낙원

마노 다카야 지음/ 임희선 옮김/ 변형국판/ 284쪽

강철마저도 마치 진흙을 베듯 잘라내는 예리한 검,
마법사의 사악한 저주와 소환수들의 강력한 공격으로부터 몸을 지켜주는 든든한
방어구를 찾아서 내 분신으로 만드는 일은 판타지와 RPG매니아인 우리들의 공
통된 소망이다.
이 소중한 매뉴얼을 펼치고 시간을 다시 거슬러 올라가자.
고대·중세의 무기와 갑옷의 기원, 역사, 사용법을 정확히 습득하는 일이야말로
그 소망을 이루는 첫 관문일 것이다.

✢ 도검류 ✢ 단검류 ✢ 창류 ✢ 타격무기 ✢ 투척무기
✢ 특수무기 ✢ 갑옷 ✢ 투구 ✢ 방패

이치카와 사다하루 지음/ 남혜승 옮김/ 변형국판/ 352쪽

판타지의 세계에서는 간혹 고대와 중세에 사용된 무기들이 합당한 설명도 없이
한자리에 등장하곤 한다.
예컨대, 청동기 시대의 고대 켈트족 전사가 철제 플레이트 아머를 입었다든지, 스
파르타의 방패가 로마 병사의 손에 쥐어졌는가 하면, 말을 탄 기사가 투 핸드 소
드를 멋지게 휘두르는 등 그야말로 '환상적인' 엉터리 설정이 의외로 많이 발견
된다.

『환상의 전사들』은 판타지 속의 '환영'이 만들어낸 시대적인 오류를 바로잡아 본
래의 모습으로 되살리려는 노력의 결과다.
만약 당신이 창조한 판타지 세계에 현실감을 부여하고 싶다면, 당대에 맞는 군사
제도와 전술, 무기체계에 대한 정확한 설정이 필요하다면 이 '환상의 전사들'을
절대로 놓쳐서는 안 된다.

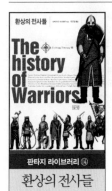

이치카와 사다하루 지음/ 이규원 옮김/ 변형국판/ 352쪽

예로부터 몬스터들은 신화·전설에서 없어서는 안 될 존재다.
신이 인간을 징계하기 위해 보냈는지, 악마의 사악한 계략에 의해 탄생했는지는
알 수 없지만, 몬스터들은 인간으로서는 이해하기 어려운 자연적 힘의 발현이며
그 자체로 세계를 규정짓는 상징이기도 하다.

신화·전설에 등장하는 대부분의 영웅들은 '몬스터 퇴치'라는 사명을 부여받는
다. 그들은 몬스터들을 쓰러뜨림으로써 인류가 처한 위기를 타개하고 세계의 질
서를 재구성한다. 이 책은 영웅과 몬스터 사이에 벌어진 격렬하고도 숨가쁜 싸움
에 관한 해설서다.

즈카사 후미오·이즈노 히라나리 지음/ 최수진 옮김/ 344쪽

판타지 라이브러리 FANTASY LIBRARY 시리즈

판타지 라이브러리 ⑯
고대 유적

**주술과 마법으로는 풀 수 없었던
'시공의 봉인'에 대한 많은 이야기들**

어리석은 가설과 추측으로 세운 허상의 신전을 허물어버리고, 이 책을 펼쳐라. 사라진 문명의 위대한 유산을 찾아 떠나는 모험자여…….
만약 그대가 수많은 신화와 전설을 잉태하고 낳아 기른 태초의 땅을 찾는다면 이 귀중한 안내서를 소중히 간직해야 한다.

모리노 다쿠미 · 마쓰시로 모리히로 지음/이만옥 옮김/ 284쪽

판타지 라이브러리 ⑰
도교의 신들

**『서유기』, 『삼국지연의』, 『수호지』, 『봉신연의』 등
4대 기서로 대표되는 중국의 환상세계!!
실로 놀라운 상상력과 기발한 재치, 그 한가운데 도교의 신들이 있었다!!**

태곳적 영웅들과 기괴한 마물, 진귀한 영수들이 엮어내는 흥미진진한 동양의 판타지. 그 이야기들은 곤륜산의 정기와 장강의 도도함이 가미되어 인류의 위대한 유산으로 계승되었다. 이 책은 그 정점에 자리잡은 도교의 사상과 그 주역들을 소개하고 있다.

마노 다카야 지음/ 이만옥 옮김/ 변형국판/ 432쪽

판타지 라이브러리 ⑱
환상동물사전

**판타지 주인공들의 총집합!!
『환상동물사전』, 전세계의 환상동물을 이 한 권에 담았다!!**

누구나 상상의 공간과 캐릭터들을 만들 수는 있다.
하지만 그 세계에 생명의 혼을 불어넣는 일은 연금술에 비견될 만큼 복잡하고 어렵다. 이 책은 고대 신화와 전설 그리고 최근의 판타지 작품 속에 등장하는 약 1천여 종의 환상동물을 망라한 판타지 대사전이다.
전지전능한 창조신의 영역에도 도전하는 사람이라면 꼭 지녀야 할 필수 아이템!

구사노 다쿠미 지음/ 송현아 옮김/ 변형국판/ 400쪽

판타지 라이브러리 FANTASY LIBRARY 시리즈

판타지 라이브러리 ⑲
지옥

살아서는 절대로 갈 수 없는 곳…….
한번 가면 결코 돌아올 수 없었던 그곳으로 당신을 초대한다.

전세계에는 수많은 지옥과 명계가 존재한다. 문화에 따라, 종교에 따라 그 내용은
너무나도 다채롭다. 아마도 세상에 존재했던 대부분의 사람들이 사후 세계에 지
대한 관심을 갖고 있었기 때문일 것이다. 이러한 세계 중에는 단순·소박한 곳도
있지만, 오랜 역사 속에서 거대한 건축물과 같이 복잡하게 구조화된 곳도 있다.
단순한 명계가 아닌, 지옥이라 불리는 세계에는 지옥의 고통은 물론이고 죄인이
어째서 이런 세계에 떨어졌는가 하는 논리적인 배경까지 얽혀 있어 흥미진진한
매력이 있다.

구사노 다쿠미 지음/ 송현아 옮김/ 변형국판/ 344쪽

판타지 라이브러리 ⑳
무기와 방어구 〈중국편〉

고대에서 중세까지의 중국 병장기를 다룬 한국 최초의 책!!
좀처럼 찾아볼 수 없었던 동양의 무기체계를 이제 판타지 라이브러리로 만난다!

이 책은 기원전부터 17세기까지 중국에서 사용되었던(또는 연구된) 무기체계를
8장에 걸쳐 소개하고 있다. 또한 개발과 변천과정, 사용법 등 구체적인 사료와 함
께 『삼국지연의』, 『수호전』, 『서유기』와 같은 소설에서나 볼 수 있었던 무기와 보
패(寶貝)에 대한 설명도 충실하게 담고 있다.

시노다 고이치 지음 / 신동기 옮김 / 변형국판 / 456쪽

판타지 라이브러리 ㉑
봉신전설

怪力亂神 총출동!!

중국 최고의 신마 판타지, '봉신전설' 완벽 가이드북
천계·선계·하계를 망라한 모든 등장인물의 계보와 진귀한 보패 및 영수, 그들
의 화려한 활약상을 이 한권으로 끝낸다!!

이상각 지음/변형국판/224쪽